浙江省哲学社会科学规划
后期资助课题成果文库

英国浪漫主义
诗歌中的身体与生态

袁霜霜　著

ZHEJIANG UNIVERSITY PRESS
浙江大学出版社

目　录

绪　论

　　诗，随着人类文明的进展而斑斓变化。英国工业革命是人类文明史上一个重要事件，文化与自然的种种纠葛或矛盾也在此间突显且延续至今。英国浪漫主义产生于此特殊时期，诗人们虽未曾系统地提出过生态思想，但他们的确较早地意识到自然的价值而正面歌颂大自然，并对被机械主义和工具理性异化了的人性世界做出强烈的反叛。在此特殊时代，人类文明与自然的联系及矛盾直接交织于诗人躯体本身，也透过诗歌中的身体因素呈现。济慈、雪莱、拜伦，他们或身患疾病，或躯体残疾，却用"乖张"的身体诗篇演绎短暂的人生之曲。布莱克书写身体，发现了身体的力量，他以身体想象环境。华兹华斯隐居湖畔，寄情山川湖泊，移情花鸟虫鱼，他在哲思中用安宁的身体感受自然，用诗歌言说人类的栖居问题。

　　"身体"概念，在西方文化中承载着丰厚的内涵，并在各种历史语境下反复延宕演变。身体首先是一具躯体，是我们存于世界的根本。对于诗人而言，诗歌亦是身体的蔓延。英国浪漫主义诗歌发出隐秘而悠远的躯体声音，身体话语首先通过躯体传递。此外，身体作为思想界古老的中心论题，缘结了审美、政治、伦理等各种领域乃至本体论的思考。在身体的生态维度中，它是嵌于自然的一种物质，是处于生态世界中的机体。同时也因承载着弥合二元对立的文化内涵和话语力量，身体因素在我们认识人与自然、人类与非人类生命体的关系当中起着至关重要的作用。十八世纪欧洲启蒙运动开辟了理性与科学的新天地，在注重理性的时代，身体似乎作为人类精神的对立面，在思想话语界受到极大的漠视与压制。而理性与科学的到来恰恰引领人们祛除迷信，推动生命科学的发展，关注自身躯体的物质性。这实际上推动了身体意识的萌芽。环境剧变极大程度上激活了身体因素，尽管身体在思想话语界受到漠视与贬低，身体因素却不可避免地活跃在十八世纪末至十九世纪初的浪漫主义诗歌当中。此时，身体意识处于萌芽阶段，浪漫主义诗人并未全面直接地宣扬身体。然而，向往大自然，酣畅宣泄自我情感，这种种表现却直接演绎了受理性至上与恶劣环境压抑的身体之反叛。因此，浪漫主义诗歌中的身体编码对于研究该时期人与自然的关系及其诗学特点至关重要。若将身体话语加入生态批评研究，生态批评的多重论题就能够得到拓展与深化。在多重身体视角下，英国浪漫主义诗歌的生态内涵与诗学价值也将更为全面地展现。

一、身体与生态批评

身体话题由来已久，不同时代在此话题上皆留下了不同的印记。同时，身体在客观上作为人存于世之根本，被不同研究领域纷纷纳入各自的研究视野之中。尤其是二十世纪以来，无论在医学、心理学、运动学，抑或哲学、美学、文学、政治学等领域，身体皆成为一个重要议题。兼具生物性和文化性是其公认的特征，这种特征与将重点致力于关注人类机体生存本身和物质环境关系的生态批评高度契合。身体与自然有着复杂的纠葛，对身体的思考流变与人和自然关系的变化一直交织在一起。事实上，"身体"在生态批评的发展过程中扮演了重要角色，生态批评无时不展现出身体维度。

（一）生态批评视域下的身体流变

"吾所以有大患者，为吾有身。及吾无身，吾有何患？"身体是人存于世之根本实体，人自开始思考自身，"身体"概念便交织着矛盾性，身体如陈年美酿一样给自我以愉悦，又如一个甩不掉的幽灵一样给精神以烦恼。随着人类文化的发展，人与自然关系的变化，身体观不断地被各种话语所构造。

"身体"一词，在现代汉语中的词义有二："①指个体的人或动物生理组织的整体。有时专指躯干或整体中头以外的部分。②体格；体魄。"①事实上，"身"字是一个象形字，它在甲骨文中被描绘为腹部隆起的人体侧面形象，表示女子怀孕，隶化后的"身"字结构有所调整，"怀孕"的本义消失，指向躯体。在《说文解字》中，许慎解释为"身，躯也。象人之身。从人，厂声。凡身之属皆

---

① 参见阮智富、郭忠新编著：《现代汉语大词典》，上海：上海辞书出版社，2000年，第309页。

从身"①。"身体"本义中的"体"字在金文中为"軆",指身体里的器官,此后楷书又创造了会意字"体",表示躯干。同时,"体"字在古今汉语中皆有体会、实践的意思。身体在英语中对应词是"body","body"一词用法较为丰富,与人体直接有关的名词性含义主要是人或动物(包括已经死亡)的躯体、(除头、四肢以外的)躯干。②此外,"body"作为动词时表示赋予抽象之物以形体。"body"的近义词"flesh",表示肉体,肉体是身体的物质组成,"肉体"在使用中往往带有生理性欲望的指涉,而身体话语则包含了更丰富的文化内涵,生理性的肉体只是它的一个维度。

综上可见,身体的中英词义首先突出的是其物质躯体性,即身体是一个生理学意义上的有机实体。"头"是大脑所在,是思维的象征,而从"整体中头以外的部分"可见演变至今的身体词义明显带有与思维对立的偏向性。而"体"字所包含的"体会"等动词含义表明"身体"词义又在一定程度上暗含了精神感受,"体"既是身体,又是感悟和实践,这与英文"body"作为动词时更加强调外在形体的呈现是不同的。"body"词义与汉语"身体"的此般区别,与自古希腊以来西方人对身体所进行的身心二元划分有着密切的关系。

柏拉图在《斐多篇》中描述了苏格拉底从容赴死的过程,借苏格拉底之口对身体与灵魂两者展开了辩证讨论。苏格拉底认为身体与灵魂是相对的存在,并把身体视为人追寻智慧之路上的障碍,他强调灵魂不朽且能摆脱身体,哲学家应该用灵魂、用心灵去探求真相。在他看来,灵魂带有知识,而灵魂一旦进入身体,即出生,我们便遗忘,知识的再次获得即回忆。身体在他这里便是低下的肉体,一直在扰乱着灵魂,身体是哲学家应该学习摆脱的凡俗之物,他直接言说着对现世肉身的不以为意:"真正的追求哲学,无非是学习死,学习处于死的状态。"③身体是灵魂达到澄明的障碍,他直言"我们有这个肉体的时候,灵魂和这一堆恶劣的东西搀和一起,我们的要求是永远得不到的"④,"我们得承认,

---

①　许慎:《说文解字全鉴》,北京:中国纺织出版社,2012年,第21页。

②　参见新牛津英汉双解大词典编委会:《新牛津英汉双解大词典》,上海:上海外语教育出版社,2007年,第227页。

③　柏拉图:《斐多:柏拉图对话录之一》,杨绛译,沈阳:辽宁人民出版社,2000年,第12—13页。

④　柏拉图:《斐多:柏拉图对话录之一》,杨绛译,沈阳:辽宁人民出版社,2000年,第16页。

和肉体同类的东西是烦人的、沉重的、尘俗的，也看得见的"①。在《蒂迈欧篇》中，柏拉图将世界比作一个永恒的生命体，神将灵魂安置在这个生命体的中心，并使它统摄整个身体，把身体包围起来。为了突出灵魂绝对至上，柏拉图还强调，"神在造身体时，已经把灵魂造好了，这样做就不会出现这样尴尬的局面，即当灵魂和身体合在一块时，后生统治先生"②。亚里士多德也在《政治论》中提到："灵魂和身体，前者自然地为人们统治的部分而后者自然地为被统治的部分。"③西方文化传统中贬低身体，视身体为灵魂或心灵的对立面并受其统治的思想源头即为此。

古希腊时期是人类的童年期，人与自然紧密相连，人之生活并未像今日般常常在现代文明中穿梭，习惯性用机器和数据解读任何现象，甚至遗忘亲近自然，因而彼时出现思想家思考灵魂或心灵与身体关系的现象，乃是人类的思维正从思考自身身体出发，继而萌发形而上学的象征，是思维进步的体现。众所周知，古希腊神话中的神有着七情六欲，古希腊雕塑等艺术常常以人的裸体形象为塑造对象。这实则意味着，彼时的人类能够坦然面对身体，较大程度地释放自己的动物性。他们依赖生态世界，并与之相融，他们也用身体构想自然或世界，古希腊思想家将灵魂的存在套用在自然观中，把世界"当成被'赋予了灵魂的'某种东西"④，如泰勒斯。然而，对于灵魂抽象提取，进而推崇提升，将身体贬为充满各种劣根性的肉体概念，古希腊思想家的这种意识经过基督教的接收和反复强化，深深地扎根在了西方文化传统之中，并随着基督教的不断深入在一定时期达到极致。

此外，身体与灵魂的对立作为一个基本思想范式，也被引申到动物与人，女性与男性等二元图式的建立中，亚里士多德直言道："灵魂与身体之间的关系也适用于人兽之间的关系。驯养动物比野生动物性情更为善良，而所有动物都因受到人的管理而得以保全，并更为驯良。男女间的关系也自然地存在着高低

---

① 柏拉图：《斐多：柏拉图对话录之一》，杨绛译，沈阳：辽宁人民出版社，2000年，第45页。

② 柏拉图：《蒂迈欧篇》，谢文郁译，上海：上海人民出版社，2005年，第23页。

③ 亚里士多德：《政治学》，吴寿彭译，北京：商务印书馆，2009年，第14页。

④ 柯林武德：《自然的观念》，吴国盛、柯映红译，北京：华夏出版社，1999年，第34页。

的差别，也就是统治和被统治的关系。"① 由此可见，在这种思维传统中，越是接近身体性、接近自然状态的事物，越是受到贬低。灵魂或心灵、精神或理性，这些都逐渐成了全能上帝的象征。

到了十七世纪，笛卡尔的学说延续了将拥有思维和灵魂视为人与动物的区别的传统，认为剥离了灵魂的身体与动物等同，且在他看来，可以把身体与动物视为机器。他在《第一哲学沉思集：反驳和答辩》中提出："我首先曾把我看成是有脸、手、胳臂，以及由骨头和肉组合成的这么一架整套机器，就像从一具尸体上看到的那样，这架机器，我曾称之为身体"②，"如果我把人的肉体看成是由骨骼、神经、筋肉、血管、血液和皮肤组成的一架机器一样，即使里边没有精神，也并不妨碍它以跟现在完全一样的方式来动作，这时它不是由意志指导，因而也不是由精神协助，而仅仅是由它的各个器官的安排来动作"③。这种学说逐渐受到了知识界的普遍接受，法国哲学家拉·美特里按照类似的思路创作了《人是机器》一书，表现了渗透于知识界的机械唯物主义精神。在当时，被神权压抑的漫长的中世纪走向尽头，自然科学有了很大的进步，随之涌现的是大量的机械奇迹，各种自动化机械装置不断在人们生活中呈现，这使得人们很容易接受机械化的身体观。在这种理念下，人对待身体的态度不仅仅是贬低或压制那么简单，而是开始对此表现出一种已彻底揭开其面纱后的不以为意。汪民安指出："意识战胜身体的方式从笛卡尔那里发生了变化，笛卡尔同样将意识和身体划分开来，但是从那里开始，身体不是被刻意地遭到压制，而是逐渐地在一种巨大的漠视中销声匿迹了。"④ 笛卡尔认为天赋理性，"我思故我在"，理性是独立于身体的存在，而身体只是机器。于是，身体成了彻底的客体，它与自然界的动植物一样，受到物理定律的支配，也可以用科学去解剖和探索其全部秘密。自十七世纪以后的一个多世纪，身体与自然一同开始了祛魅（disenchantment）的旅途。人类中心主义（anthropocentrism）开始膨胀。身体开始在社会人文思想中缺席了，成为医学等自然科学的研究对象。身体在社会人

① 亚里士多德：《政治学》，吴寿彭译，北京：商务印书馆，2009年，第15页。
② 笛卡尔：《第一哲学沉思集：反驳和答辩》，庞景仁译，北京：商务印书馆，1986年，第24页。
③ 笛卡尔：《第一哲学沉思集：反驳和答辩》，庞景仁译，北京：商务印书馆，1986年，第88—89页。
④ 汪民安、陈永国：《身体转向》，载《外国文学》2004年第1期，第39页。

文领域话语权的消失，也意味着自然之物话语权的消失，人文学科通常将心灵或精神作为主题，并且认为文艺是高于身体和自然的，黑格尔就认为艺术美高于自然，只因它是由心灵产生的。

身体在笛卡尔二元对立的思想下开始销声匿迹，然而这种机械主义的观念也推动着自然科学的不断发展，生物科学自十八世纪以来不断发展，作为心灵与物质统一体的"生命"概念被突出强调，生物学研究再次反过来打破了其身心二元论。笛卡尔在《论人》和《灵魂的激情》中认为松果腺位于人类大脑中，是灵魂所在，或者说它沟通了灵魂与身体，使二者能相互作用。"松果腺"理论在今日的生物学或医学看来显然无法成立。达马西奥（Antonio Damasio）所作的《笛卡尔的错误》一书，曾对此进行系统研究，从生理学等角度打破笛卡尔的身心二元论。

而从另一角度看，到了十八世纪启蒙运动时期，理性主义在身体的被湮没中走向了顶峰，到处宣称人的伟大是因为他是理性或精神的载体。从柏拉图到黑格尔，哲学家们把唯心主义运动推向了极致，在此等形而上学中，身体几乎没有话语权。然而身心统一体的事实无可厚非，吊诡的是，理性运动也将推动人不断地探索认识自己，人们终将回归，重新认识身体。更何况对于非理性的过度遮蔽和压抑，终将导致其爆发，正如一味地忽视自然终将遭到自然的报复。这一切的结果是，身体从十八世纪中后期开始发声。

容易被忽视的是，浪漫主义的诗学文本当中已开始大量流露诗人的身体意识或身体因素。环境的剧变加深了身体对自然的渴求与感知，诗人的身体感受突显，理性运动推动下的医学、解剖学等生命科学的发展，使他们初步产生身体意识。以华兹华斯的《〈抒情歌谣集〉序言》为例，它被视为浪漫主义的宣言，华兹华斯在其中定义了浪漫主义式的"诗人"，其中夹杂着身体意识。他将诗人与解剖学家做类比，认为诗人以他本身的敏感产生和表达情感，给人愉悦。华兹华斯在强调感受力、内在创造力时，无疑描绘了一个具身性诗人，"他是一个人，比一般人具有更锐敏的感受性，具有更多的热忱和温情，他更了解人的本性"[①]，不仅如此，"他有一种能力，能从自己心中唤起热情，这种热情与

---

① 华兹华斯：《〈抒情歌谣集〉序言》，曹葆华译，载王春元、钱中文主编：《英国作家论文学》，汪培基等译，北京：生活·读书·新知三联书店，1985年，第23页。

现实事件所激起的很不一样"①，"并且又比别人更有能力把他内心那样地产生的这些思想和情感表现出来……无疑地，它们与我们伦理上的情操、生理上的感觉，以及激起这些东西的事物相联系"②。同样，他也将诗歌视为有血有肉的存在："希望读者得到有血有肉的作品作为伴侣"③，"诗的眼泪，'并不是天使的眼泪'，而是人们自然的眼泪；诗并不拥有天上的流动于诸神血管中的灵液，足以使自己的生命汁液与散文的判然不同；人们的同样的血液在两者的血管里循环着"④。在此，他强调诗歌并非产生于外在的神性召唤，而是物质性生命的产物。以华兹华斯为代表的浪漫主义者普遍强调感受力与想象力，诗人作为这类能力的体现者，肩负着掌控想象的使命，华兹华斯设定了诗人重返自身的途径。情感产生于有血有肉的物质身体，对于内在情感的关注实际上是重返身体的体现。作为诗人或作家，浪漫主义者并未能如哲学家般理性地捕捉与阐明身体意识的到来，他们更多进行着诗性创作，于是，心灵、想象等标签成为浪漫主义诗歌中身体的外衣，传统批评话语往往忽略其内在身体性。事实上，这种强调情感的浪漫主义思潮引领着身体的崛起。

　　到了十九世纪，尼采称上帝已死，发出"从身体出发"的口号。他认为人的思维和行动背后有着一股起支配作用的力量，即权力意志，于是他直呼："人类，已经成了自然力的主宰，他的野性和放纵的主宰：欲望已经学会了服从，学会了功利。与一个猿人相比较，人类表现出一种巨大的权力。"⑤尼采强调了人性中无法撇去的动物性一面，它是非理性的，来自身体，人的身体不应该受到轻视。他在《查拉图斯特拉如是说》中直言："我全是肉体，其他什么也不是，灵魂不过是指肉体方面的某物而言罢了"，"我的兄弟，你称之为精神的你的小的理性也是你肉体的工具，你的大的理性的小工具和玩具"，"创造的肉体为自

---

① 华兹华斯：《〈抒情歌谣集〉序言》，曹葆华译，载王春元、钱中文主编：《英国作家论文学》，汪培基等译，北京：生活·读书·新知三联书店，1985年，第23页。

② 华兹华斯：《〈抒情歌谣集〉序言》，曹葆华译，载王春元、钱中文主编：《英国作家论文学》，汪培基等译，北京：生活·读书·新知三联书店，1985年，第28页。

③ 华兹华斯：《〈抒情歌谣集〉序言》，曹葆华译，载王春元、钱中文主编：《英国作家论文学》，汪培基等译，北京：生活·读书·新知三联书店，1985年，第19页。

④ 华兹华斯：《〈抒情歌谣集〉序言》，曹葆华译，载王春元、钱中文主编：《英国作家论文学》，汪培基等译，北京：生活·读书·新知三联书店，1985年，第22页。

⑤ 尼采：《权力意志：1885—1889年遗稿》，孙周兴译，北京：商务印书馆，2007年，第727页。

己创造了精神，作为其意志的帮手"。①形而上学长期以来将身体视为与动物等同，在这样的传统看来，这两者皆是次等的，人依靠理性而为人，尼采则为身体发声。虽然他并未正面建立身体哲学，但从身体的角度看，无疑在他的哲学视角中，权力意志源自对身体性的思考，它无疑是身体的一股超越性的力量。如此一来，尼采也不再强调人是高于动物的理性存在，而认为人是"联结在动物与超人之间的一根绳索"②。

此外，尼采又形象地将阿波罗精神（日神精神）与狄奥尼索斯精神（酒神精神）视为艺术的起源，酒神精神正是忘我的、狂欢的，表征着合一的力量，它更象征着身体性和自然力，身体性内在于人的自然，即生命力和本能的层面：

> 自然的本质就要得到象征的表达；必需有一个全新的象征世界，首先是整个身体的象征意义，不只是嘴、脸、话的象征意义，而是丰满的让所有肢体有节奏地运动的舞姿……为了把握这种对全部象征力量的总释放，人必须已经达到了那种忘我境界的高度，这种忘我境界想要通过那些力量象征性地表达自己……③

尼采形象地分析了酒神颂歌，它是身体的狂欢，是生命力的释放，悲剧精神正是通过回归身体、释放生命力的方式来达到生命的弥合感，故而他说："此即狄奥尼索斯悲剧的下一个效应，即国家和社会，一般而言就是人与人之间的种种鸿沟隔阂，都让位给一种极强大的、回归自然心脏的统一感了。"④尼采的理论明显包含着身体的大地性，人在这种狂欢式的艺术形式中达到自然的状态，这种自然的状态是人类共通的。于是，身体也成就了艺术的感染力，因为人即身体。

至此，身体从束缚中挣脱出来，开始去推翻"理念""我思""理性"在形而上学研究中的核心地位。身体不再被视为广延的物体，而是生命体的核心，

---

① 尼采：《查拉图斯特拉如是说》，钱春绮译，北京：生活·读书·新知三联书店，2014年，第30、31页。

② 尼采：《查拉图斯特拉如是说》，钱春绮译，北京：生活·读书·新知三联书店，2014年，第10页。

③ 尼采：《悲剧的诞生》，孙周兴译，北京：商务印书馆，2012年，第30页。

④ 尼采：《悲剧的诞生》，孙周兴译，北京：商务印书馆，2012年，第58页。

也是人类文明进程中诸多矛盾和问题的根源所在，它逐渐成为哲学等人文学科关注的重大焦点之一。巴赫金所讨论的狂欢节是身体的狂欢，弗洛伊德大胆强调身体的本能和欲望，现象学家梅洛-庞蒂更是系统地建立了身体现象学。

如果说尼采和以弗洛伊德为代表的心理学家们发现了精神中的非理性、动物性，使身体在人文研究领域发声，那么以梅洛-庞蒂为代表的现象学家们则进一步揭开了身体隐秘的文化内涵，彻底提出消除身心二元论。梅洛-庞蒂运用大量心理学、生理学等极为细致的科学分析，聚焦身体，来建立他的现象学体系，试图解构存在与意识、主体与客体之间的分裂。他看到了身体与世界的实在联系，指出"身体是在世界上存在的媒介物，拥有一个身体，对一个生物来说就是介入一个确定的环境，参与某些计划和继续置身于其中"①。身体不是纯粹独立的物体，它拥有统一性，我们对于世界的感知是身体性的，是一种知觉，身体赋予物体和抽象概念以意义，我们获得认识和理性皆离不开身体知觉。梅洛-庞蒂透过身体，也对自然世界有着独特的认识，他将人与外在自然世界的关系做了一个巧妙的比喻："由于物体之间或物体的外观之间的关系始终需要通过我们的身体，所以整个自然界就是我们自己的生活或处在对话中的我们的对话者的表演。"②那么，再进一步探索，他得出：

> 自然世界是所有界域中的界域，所有风格中的风格，它保证我的体验在我的个人历史生活的所有断裂中有一种给出的和非规定的统一性，它的关联物就是我们从中发现身体定义的我的感觉功能的给出的、一般的和前个人的存在。③

这段话启示着我们，人们的逻辑活动都建立在对世界的体验上，自在和自为无法分割，身体联结了自然世界中的万物，自然界亦是保证身体定义感觉与存在意义的场域。身体在环境中的嵌入，也使得现象学家对于"地方"（place）倍加关注，如海德格尔提出"栖居"，而人文地理学家对于"地方"的研究又深

---

① 梅洛-庞蒂：《知觉现象学》，姜志辉译，北京：商务印书馆，2012年，第116页。

② 梅洛-庞蒂：《知觉现象学》，姜志辉译，北京：商务印书馆，2012年，第405页。

③ 梅洛-庞蒂：《知觉现象学》，姜志辉译，北京：商务印书馆，2012年，第418页。

受身体现象学的影响，如段义孚对空间与地方的探讨。

　　自由烂漫的古希腊人从身体出发，思考生命和自然万物，开始认识人类自己，认识人之精神和思维的高贵，而到笛卡尔时代，人类中心主义膨胀，身心二元论思想全面铺开，在极度的理性崇拜下将身体与自然一同祛魅。十九世纪，尼采却面向大地，为身体发声，正面看待人身上非理性的自然力。二十世纪的梅洛－庞蒂更是将躯体性层面的身体与现象学研究结合，试图打破人文学科根深蒂固的身心二元论。由此历史轨迹可见，身体是人类认识世界的起点，它也在人类文明发展的进程中不断回归，人是身体并居于世界，人们对于身体和自然的认识也始终纠葛在一起。

（二）生态批评中的三重身体维度

　　自二十世纪以来，随着认知科学、心理学、现象学的深入发展，围绕"身体"的研究成果可谓蔚为大观。福柯将政治权力的运转与规训身体联系起来，建立了身体政治学，波伏娃、巴特勒等女性主义者又从身体视角出发，构建各自的女性主义理论。生态批评自诞生至今，虽未显明而普遍地强调身体研究的重要性，但其发展深受包括身体理论在内的众多理论的影响，并在其自身的理论探索和构建上与"身体"话题紧密相关，呈现出"身体"维度。对此，笔者认为生态批评与身体的勾连主要体现在弥合二元对立、物质转向以及关于"地方"的思考当中。

　　首先，弥合二元对立是生态批评中身体维度的一个原则性体现，生态后现代主义和生态女性主义皆对此做了重要探索。

　　身体研究对生态批评的影响，较大程度上来自女性主义。波伏娃在《第二性》开篇从生理学的角度，即从女性与男性身体在生物学上的差异角度展开研究，她主张采用存在主义的哲学视角，围绕"为何女人被界定为他者"的问题展开探讨。波伏娃认为女性与自然都是男权世界中的他者，女性被视为自然的同类，是土地，是水，具有被动的繁殖能力。在波伏娃看来，男性对女性的态度正如人对待自然一样是矛盾的，一方面人开垦自然，另一方面人又产生和死于自然，自然对于人而言有着不可被压倒的神秘性，而男性期待在女性身上把握自然，其实是用自己的意志塑造臣服于自己的女性。她提到，"首饰的作用是同时让她更密切地属于自然和使她摆脱自然，这是将认为的凝固的必要性赋予活生生的生命。女人使自己变成植物、豹子、钻石、珍珠，将花朵、皮裘、宝石、贝壳、羽毛和她的身体混合起来……在打扮过的女人身上，自然虽然在场，但是也被一种人的一员俘虏了，按照男人的欲望被重新塑造了"[1]。波伏娃对男权社会文化传统中女性与自然的紧密关系有着细致的分析，这对生态批评尤其是生态女性主义有着深刻的影响。但是她研究对象中的身体概念很大程度上还是与社会意识相分离的，因此以上对身体的研究一定程度上还建立在身体与思维二分的基础上。

当代女性主义研究者巴特勒延续了性别的社会构建论这一女性主义重要命题，并以身体为据点，对波伏娃的研究做了进一步的突破和发展。身体的"物质化"（materialization）是其在《身体之重》中重点谈论的概念，这里的"物质化"概念强调了被规训、塑造的被动性，换言之，身体在传统二元对立思想下被强化为本体意义上的被动性存在，即物质，权力关系不断地促成其物质化的形成。然而巴特勒笔下的身体是开放性和生成性的，它"从没有对强迫其物质化的规范完全顺从"[2]，再物质化（rematerialization）成为可能，即身体对不断压制的权力规范会发生反叛，两者是相互生成的。在她看来，被视为他者的女性、同性恋者正在某种程度上体现了身体对规范主体的反叛。此外，巴特勒曾提到，"其他女性主义学者指出，自然的概念需要重新被思考，因为自然概念有它的历史，将自然视为空白和无生命的纸张必然是出现于现代，可能与统治性的科技出现有关。事实上，有人认为将自然视为动态的相互关系同时适用于女性主义和生态目标"[3]。由此可见，巴特勒虽然强调权力对性别、身体、自然的构建作用，但在她的话语体系中，并没有一边倒地强调某种构建论，而是凸显身体本身的超越性，试图突破以身心为主导的各种二元关系，挖掘两者之间无法分割且动态的关联。巴特勒对身体物质性的重申为后现代主义研究做出了重要贡献，也深深影响了生态后现代主义和生态女性主义。

以查伦·斯普瑞特奈克（Charlene Spretnak）为代表的生态后现代主义和生

---

① 波伏娃：《第二性》，郑克鲁译，上海：上海译文出版社，2011年，第224页。

② Butler, Judith. *Bodies that Matters*. New York: Routledge, 1993, p.2.

③ Butler, Judith. *Bodies that Matters*. New York: Routledge, 1993, p.4.

态女性主义学者延续了后现代关注物质性的研究，更将视野跳出现象学的形而上和语言学的话语构建，将身体的真实生存状态与生态环境纳入研究范畴，并切身加入绿色运动的实际行动中。他们进一步发现了二元对立思想造成人与自然的严重分裂，发现现代意识形态引导下的人类行为对真实身体造成躯体性的影响，以此对现代性做了深入的批评。斯普瑞特奈克指出："现代生活允诺人们可以脱离变幻莫测的身体（body）、脱离自然（nature）的限制以及脱离对地方（place）的乡土联系。身体被看成一架生物机器，自然界被看作仅仅是现代经济的外壳，地方观念成了世界主义者眼中未开化之物。"[①]生存的物理性，包括身体、自然和地方的统一。她认为身体是包含心灵的，由此，也可以称其为"身心"（bodymind）。身体自身拥有自愈能力，并且与环绕着的自然相协调，由此她批评了现代医学中绝对偏向生命机械论的治疗模式，肯定中草药、针灸、瑜伽、太极等主张尊重身体整体性的调理模式。而身心二元分离使"心灵一方面失去了其理性和灵性之间的连续性，另一方面又受到了感觉和情感的'腐蚀'作用。这种二元论的栖身之地是某种更大的二元对立：即人与自然的分离"[②]。斯普瑞特奈克强烈批判了身心二元论，认为它强行造成现代人与自然断裂，从而引发一系列环境问题和身体自身的灾难。解构主义所主张的语言构建决定论在她看来亦是分割了身体对世界的实际感知。总而言之，斯普瑞特奈克强调了与环境紧密相连的身体的物质真实，以及它自身的整体调节能力，她对现代社会断裂身心、破坏环境的现象做了强烈的批评。

由此可见，女性主义广泛涉及以身体为焦点，将身体、女性、自然三者相联系的研究，并推动身体研究朝向"物质化"方向转移，女性主义对生态批评在身体维度上实现了重大影响。生态批评关注人类真实生存状况，身体必然成其焦点。身体、女性、自然在二元世界中被归为同类，三者因拥有二元世界的同类性而获得生态批评对于其互联性的格外关注，消解二元文化对此三者的压制、贬低、侵犯是生态批评的话语前提，质言之，弥合二元对立是生态批评中

---

① 斯普瑞特奈克：《真实之复兴：极度现代的世界中的身体、自然和地方》，张妮妮译，北京：中央编译出版社，2001年，第2页。

② 斯普瑞特奈克：《真实之复兴：极度现代的世界中的身体、自然和地方》，张妮妮译，北京：中央编译出版社，2001年，第89页。

身体维度的一个原则性体现。

其次，由近年来掀起的物质生态批评浪潮可见，以解构身体与心灵、自然与文化的二元对立为前提，物质转向是生态批评身体维度的根本性体现。物质生态批评或新物质主义尤其强调身体的躯体性，关注身体本身，它同时也更新了身体理论。

物质生态批评在物质女性主义和生态后现代主义的影响下，将物质化研究作为核心视角，成为近几年来生态批评的重要转向。值得说明的是，物质生态批评对身体和自然的物质化强调当中的"物质"概念，并非指向传统二元对立思想下所强调的低下、被动，受精神或人类控制的一元；恰恰相反，物质化研究借用量子力学等科学成果来诠释物质活力，实则为一种"再物质化"，是一种新物质主义，即突出物质本身的生成性、能动性、开放性、超越性。它深受物质女性主义、残疾研究、跨性别研究、生物学等身体研究影响，身体毫无疑问是其重要据点之一。

新物质主义的代表学者有伊欧维诺（Serenella Iovino）、阿莱莫（Stacy Alaimo）、班尼特（Jane Bennett）等，其中，阿莱莫尤其从身体的角度展开研究。阿莱莫通过提出和围绕"跨体性"（transcorporeality）、"毒性身体"（toxic body）等概念构建了物质生态批评的身体理论。"跨体性"即强调人类身体与自然界其他生物体间一直存在着食物、空气、水等物质交换，它旨在瓦解人与自然在文化语境中的分离，以身体为思考点，也可以促进人的认知感。身体研究虽然在女性主义等文化研究领域不断兴起，然而因其不可避免的生物性质，这些研究往往不自觉地将身体归为可塑性的物质，而在新物质主义或物质生态批评看来，物质不是被动地等待人们赋予意义的"空白"，"跨体性"概念的提出一定程度上调和了自然与文化、生物性与文本性之间二元解构理论的构建困扰。

物质化的研究焦点也将身体细化到与之切身相关的饮食、疾病、情感（affection）等方面。若从阿莱莫的身体理论出发，也可以发现最触手可及的"跨体物"便是食物。因为它直接将动植物化入人的身体，身体主要通过食物联结自然和社会，换言之，食物不仅维持着身体的物质性运转，还关乎人类的文化传统和伦理道德。与饮食研究类似，围绕着身体的物质躯体性必然会关注到身体与环境的一个重要躯体性现象——疾病。阿莱莫提出"毒性身体"的概念即关乎于此，她关注身体的器官病变（尤其是女性）与环境污染的关系。对于饮食和疾病的研究也是生态批评物质化浪潮中的一大体现。此外，在身心合一的物质化转向中，"情感"不再与"身体"对立，而被视为包含于身体的一部分。质言之，"身体"恰如斯普瑞特奈克声称的"身心"。生态批评与"情感研究"（affect study）相结合，也就结合了医学和认知心理学，对割裂文本情感表达与身体真实存在的传统文学批评做了极大的突破。"情感研究"主要在近几年的英国浪漫主义研究中收获一定成果，如丽莎·奥塔姆（Lisa Ottum）和赛斯·雷诺（Seth T. Reno）于2016年编撰出版了《华兹华斯和绿色浪漫主义：19世纪的情感和生态》（*Wordsworth and the Green Romantics: Affect and Ecology in the Nineteenth Century*）一书，该书收入了丽莎·奥塔姆（Lisa Ottum）、阿什顿·尼克尔斯（Ashton Nichols）、艾利森·杜桑纳（Allison Dushane）等学者的论文。尼克尔斯认为："语言是思维本身的物质化表达（词语必须被笔或键盘书写，或者用舌头和肺诉说），同理可得，文学形式是情绪状态的身体表现：从这个意义上来说，我的'快乐'是我所选择表达的词语，我的'害怕'即我为了记录害怕而作的诗歌。"[1]在这样的视角下，文字具有了物质实在性，它不是一种纯粹的意识或象征，却是情绪或情感本身。因此，生态批评的身体维度表现在秉承了物质化的后现代主义研究转向，在此基础上，又将焦点细化到饮食、疾病、情感等与身体休戚相关的各个层面。

由是，以阿莱莫为代表的身体研究提醒我们，我们不应该把身体看成一个独立的实体，而应是一个开放性的系统，以此来联结环境，然而"由于跨体性使人的身体成为焦点，这容易被指责为重建人类中心主义"[2]。同样被指责的还有人格化自然的文学描写，这被认为是人类文化强行黏附于自然，有些学者甚至极端地表示自然应当与文化彻底分离才有可能实现真正保护自然。在此类问题上，物质生态批评认为在环境问题频发的当下世界，我们不可能采取彻底地与

---

[1] Nichols, Ashton. "Fostered by Fear: Affect and Environment in Romantic Nature Writing." in Ottum, Lisa & Seth, Reno, eds. *Wordsworth and the Green Romantics: Affect and Ecology in the Nineteenth Century*. New Hampshire: New Hampshire UP, 2016, p.147.

[2] Alaimo, Stacy. *Bodily Natures: Science, Environment, and the Material Self*. Bloomington: Indiana UP, 2010, p.15.

自然分离，以此恢复其生态原貌的措施，而应当发挥人的主动参与性，去保护生态系统，实现可持续发展。

最后，由于身体与环境的物质传递是跨越本地的，是世界性的，自然亦不可能与人类分离，生态批评的发展向来伴随着身体与环境关系问题的思考，因而它的另一个身体维度必然指向关于"地方"（place）的思考，这是其身体维度的关联性体现。

身体即人的躯体，是嵌入环境中的一个有机体，对于身体的关注一直指向着地方或环境。海德格尔提出"栖居"理论，人文地理学家段义孚受现象学影响，探讨了身体与空间意义、价值观存在的联系，生态批评对"地方"的研究深受现象学影响，并且包含了更广阔的视角，对此相关的研究有"生物区域主义"（bioregionalism）、"生态世界主义"（eco-cosmopolitanism）、"再栖居"（reinhabitation）等理论。对于人而言，身体是环境的组织者，是认知的主体；对于环境而言，身体参与了自然世界的机体循环，身体与它的处所密切相连。而地方不是一般意义上的处所或自然，它往往与人的情感联系在一起，并被赋予了浓厚文化意义。劳伦斯·布伊尔借地方现象学家爱德华·卡西（Edward Casey）的观点指出："正如卡西意识到的那样，当代关于境遇性（situatedness）的多数讨论都集中关注社会语境的问题，很多把身体的嵌入性（physical embeddedness）作为中心问题的人更加关心'作为地方的身体'（bodies-as-place），而较少关心在物质环境中的'安居于地方'的问题。"[①]在他看来，生态批评的身体维度不应当仅仅局限于物质化的身体本身，而更应当扩展至栖居性的问题，这样的语境似乎更利于将现象学推向环境问题本身，极具现实解决意义。深受现象学影响的还有乔纳森·贝特，他在《大地之歌》（*The Song of the Earth*）中强调用现象学的方法展开生态批评，借用海德格尔"栖居"概念探讨浪漫主义诗学，并以华兹华斯为例，展开了他的"地方"研究。贝特在《浪漫生态学：华兹华斯与环境传统》（*Romantic Ecology: Wordsworth and the Environmental Tradition*）中借用希尼（Seamus Heaney）所提的"熟谙"（knowing）、"命名"（naming）、"记录"（recording）的概念来分析浪漫主义诗歌中所体现的人的自

---

① 劳伦斯·布伊尔：《环境批评的未来：环境危机与文学想象》，刘蓓译，北京：北京大学出版社，2010年，第73页。

我意识与地方的关系。此外，有些学者对地方则拥有更广阔的视野，如厄秀拉·海斯（Ursula Heise），她认为在身体流动频繁的当今社会，应当培养环境世界公民身份，"从全球环保主义的视角来构建地方主义"①。生态批评关于"地方"的研究，结合了现象学的哲性思考和社会政治学的格局关怀，是身体维度另一种方式的表现。

综上可见，生态批评的三重身体维度秉承了身体研究的发展脉络，主要受女性主义、后现代主义和现象学的影响。弥合二元对立始终是其源发性和原则性的体现，物质化则更加紧密地围绕躯体本身，表现了身体维度本质性的一面。关于"地方"的思考则进一步体现了生态批评高度关怀机体栖居状态的思维范式，表现了其身体维度的关联性。此三者密不可分，共同编织了生态批评的身体话语网。

值得注意的是，生态批评中的身体转向在我国生态批评界亦呈现出一定的趋势。美学与生态批评学者程相占在厘清环境美学理论时，认为环境美学引发着美学的生态转向与身体转向，同时，"环境美学与身体美学一道突出了身体在审美活动中的重要作用，正在共同促进审美的'身体'转向"②。审美的发生直接依赖于感官，也即视觉、听觉、嗅觉、触觉、味觉，这些感官直接指向身体的维度。

而强调人在与环境的交互中发生审美的环境美学必然又指向生态的维度，审美、生态、身体，这三者是无法割裂的。这便意味着身体话题在环境审美或是生态审美中存在着重要意义，也即关乎当下生态文明价值取向建设。同样，唐建南在《生态批评的多维度实践》一书中将生态批评中身体研究的主要体现归纳为三个层面——话语层面、物质层面、审美层面，他指出"身体的审美层面肯定了感官感知自然，从而促进身心融合、人类与自然融合的重要价值"③。身体在审美中的重要地位为解构二元对立提供了强有力的支撑，由审美领域自

① 厄秀拉·海斯：《地方意识与星球意识：环境想象中的全球》，李贵苍、虞文心、周圣盛、程美林译，北京：中国社会科学出版社，2015年，第10页。

② 程相占：《环境美学的理论创新与美学的三重转向》，载《复旦学报（社会科学版）》2015年第1期，第42页。

③ 唐建南：《生态批评的多维度实践》，广州：世界图书出版广东有限公司，2017年，第49页。

然引发研究者转向"诗"的领域，于是乎有学者敏锐地发现身体、文学（尤其是诗）、生态在本体论上的逻辑纠葛。王晓华在《身体诗学》一书的最后一章强调了身体诗学必然通向生态诗学，他关注到生态学的创始人海克尔（Ernst Haeckel）在建立有机体的生态学谱系时实际上已将身体意识涵括其中，他指出海克尔建立起了两个意象：在环境中的有机体（the organism in the environment）、位于有机体中的人类身体（the human body among the organism）。[①]因此，身体话语在我国生态批评理论中的兴起很大程度上得益于美学的发展，而以审美研究为开端介入生态批评中的身体问题，也为解决二元对立难题、深化文本的文学性研究提供了更为宽广的理论依据。本书的研究在诗学层面展开，秉承了当下身体美学中对感官感知环境或自然的强调，并加入物质生态批评开启的对物质与身体交互性的研究浪潮中，在生态批评视域下对诗歌文本做出身体研究实践。

人类因其身体而生存于世界，认识世界亦从身体开始。身体是人与自然或世界建立联系的起点和终点，人类对身体的认知也在文明发展的进程中不断回归，哪怕曾经所谓的理性一度给它蒙上了面纱，造成了它在人文话语中被贬甚至消失的假象。在生态批评的语境下，身体的话语更为人类认识和处理自身与自然的关系拨了层层迷雾。身体是生态批评发展中无法避之的核心维度之一，身体话语理当在中国生态批评语境中引起更多的重视。

二、英国浪漫主义诗歌研究综述

浪漫主义诗歌是英国浪漫主义文学的代表性成就，也是英国文学史上的经典成果。华兹华斯《抒情歌谣集》的出版，宣告着浪漫派新诗的诞生。无论是归隐湖畔而凝心静思的华兹华斯、柯勒律治，抑或是意气风发却英年早逝的拜伦、雪莱、济慈，在目睹工业社会所带来的生态危机和人性危机之后，英国浪漫主义诗人几乎都是大自然的观察者和崇拜者，也是自我情感的主动观照者。剧烈的社会和环境变化使得他们的诗歌凝结着强烈的身体性，身体性即内在于人的"自然"，属于生命力和本能。或许正是这种身体性的淋漓体现使得英国浪漫主义诗歌在诗歌语言和风格上有着很大的变革，它们全然不同于拘谨克制的

---

① 王晓华：《身体诗学》，北京：人民出版社，2018年，第266页。

古典主义，而是变得清新动人、情感真挚，更能引起读者强烈的共情。因而英国浪漫主义诗歌一直是文学研究的经典对象，浪漫派诗歌在人与自然问题上的集中观照，也使得其与生态批评结下不解之缘。

（一）自然失语下的诗歌研究传统

自二十世纪以来，国内外学界从未间断对浪漫主义的研究，尤其是国外学界，研究论著颇多。正如以赛亚·伯林（Isaiah Berlin）在《浪漫主义的根源》（*The Root of Romanticism*）中所指出的，"事实上，关于浪漫主义的著述要比浪漫主义文学本身庞大"[①]。就英国浪漫主义而言，浪漫派诗人思想和诗歌文本也被各种理论加以解读，如出现了结构主义、解构主义、新历史主义、女性主义、生态主义等方面的批评研究。其中，"重返自然"的思想一直与欧洲浪漫主义运动联系在一起，"自然"的主题也是英国浪漫主义研究中尤为重要的一环。二十世纪早期对于英国浪漫主义诗歌研究主要倾向于两个层面或两类问题的结合，一是诗人情感，二是历史政治背景，这两者呈现出"你中有我，我中有你"的融合。此外，从诗歌文本可见，浪漫主义诗人的情感呈现全然不同于此前的古典主义诗派，故此，以情感为线索的研究往往与其诗歌艺术理论研究相结合。在这些研究中，"自然"虽反复被提及，但实际上是失语的，作为物质的自然本身并未受到真正的关注，它通常被视为浪漫主义者政治失意的避居场所，这也构成了英国浪漫主义诗歌的研究传统。

二十世纪对于英国浪漫主义诗歌的研究做出重大贡献的学者首先是耶鲁大学的M.H.艾布拉姆斯。艾布拉姆斯于1953年出版著作《镜与灯：浪漫主义文论及批评传统》（*The Mirror and the Lamp: Romantic Theory and the Critical Tradition*），该著作是二战后英美文学研究的权威性代表之一，书中对英国浪漫主义的创作特点进行了细致的分析，以"镜与灯"的比喻突出浪漫主义所强调的情感和想象力的作用，将以华兹华斯为主要代表的浪漫主义关于诗歌艺术的理论称为艺术的表现说，也即"一件艺术品本质上是内心世界的外化，是激情支配下的创造，是诗人的感受、思想、情感的共同体现"[②]。另一位耶鲁大学的著

---

① 以赛亚·伯林：《浪漫主义的根源》，吕梁等译，南京：译林出版社，2008年，第9页。

② 艾布拉姆斯：《镜与灯：浪漫主义文论及批评传统》，郦稚牛、张照进、童庆生译，北京：北京大学出版社，1989年，第25页。

名学者哈罗德·布鲁姆（Harold Bloom）同样对英国浪漫主义诗歌做出了突破性的研究。他认为华兹华斯和彼特拉克是西方经典的抒情诗歌中两位划时代的人物，彼特拉克开创了文艺复兴时期的诗歌，而华兹华斯创立了现代诗歌。通过对英国浪漫派诗人的创作心理或情感世界进行心理学分析，布鲁姆动摇了T.S.艾略特的形式主义批评在美国学界的支配地位。他在《影响的焦虑：一种诗歌理论》（*The Anxiety of Influence: A Theory of Poetry*）中论述了弥尔顿对华兹华斯等后继者的影响，在《西方正典》（*The Western Canon*）中将华兹华斯与简·奥斯汀做了平行比较。从评述华兹华斯的《坎伯兰的老乞丐》一诗中反复提及的"自然之眼"可见，布鲁姆将华兹华斯的"自然"视为摆脱政治上的情感危机后，回归质朴心境的表现，即"忍受苦难并在大自然中匿迹的自由"。①

　　此外，围绕单个英国浪漫派诗人的研究著作也较多。美国学者杰弗利·哈特曼（Geoffrey Hartmann）于1971出版了专著《华兹华斯的诗歌（1787—1814年）》（*Wordsworth's Poetry 1787-1814*），该书对华兹华斯从经历法国大革命到回归自然的自我心路历程的发展进行了研究，指出华兹华斯的诗歌是其真实情感意识的表现。他在研究中使用了心理分析法、结构主义和解构主义等研究方法。杰弗里·贝克尔（Jeffrey Baker）在1986年的《济慈和浪漫主义》（*John Keats and Symbolism*）中细致探讨了济慈诗歌象征主义的情感表现手法。另外，玛丽莲·巴特勒（Marilyn Butler）、马者里·莱文森（Marjorie Levinson）等新历史主义批评家认为华兹华斯诗歌的魅力在于其历史的缺场，他们将诗歌与历史、个人意识与社会经验相结合来解读英国浪漫派的诗歌。

　　在这几类研究当中，英国浪漫主义诗人（尤其是华兹华斯）笔下的自然几乎皆作为一个与政治场所相对的大背景，它亦象征着心灵的隐匿世界，评论者们并未就"自然"一个命题单独加以强调，也未对其自然写作加以生态视域的关注，而是仅仅将"复归自然"作为一种情感偏向，从而研究诗歌语言风格和题材选取上的问题，以及突出研究情感问题本身所包含的意识形态与历史意义。无独有偶，我国学界早期对于英国浪漫主义诗歌的批评更是极端地仅仅关注作品是否鲜明地表达革命精神，湖畔派诗人的作品反而因其鲜明的自然书写特征

---

① 哈罗德·布鲁姆：《西方正典》，江宁康译，南京：译林出版社，2011年，第195页。

受到贬低。

英国浪漫主义文学从清末民初开始被译介入中国，鉴于当时的历史背景，我国文坛更倾向于欣赏拜伦、雪莱这般明显带有革命精神的诗人，他们所创作的宣扬自由、歌颂战争的诗篇被奉为"醒世恒言"。王国维、鲁迅、胡适等文人志士为拜伦作品的早期译介和研究做出了贡献。著名诗人和翻译家查良铮翻译了拜伦和雪莱的作品，杨熙龄、邵洵美翻译了雪莱和济慈的作品，这些老一辈翻译家的译诗韵味浓厚、文笔优美，为英国浪漫诗歌在我国的接受起了很大的促进作用，他们在译著前后所作关于诗人的评论也成了早期研究文献的一部分。在此之后，我国学界对这三者的诗学思想研究也有一定的发展，但主要集中于"拜伦式英雄"、雪莱的"自由和革命"精神、济慈的"美与真"等主题，几乎未曾有人关注到人与自然或生态方面的话题。关于华兹华斯与柯勒律治的诗的研究相对起步较晚，最先由陆志韦、卞之琳于二十世纪初译介入中国。由于受意识形态的影响，这两位湖畔派诗人因其作品反复表现回归自然、沉醉于神性而被贴上隐居遁世的"消极浪漫派"标签，对其研究相对冷淡且失公允。

二十世纪八十年代人民文学出版社出版了《十九世纪英国诗人论诗》（1984年）和《十九世纪英国文论选》（1986年），书中选录了华兹华斯、柯勒律治、拜伦、雪莱的代表性诗论散文，这两本诗论译作成为我国读者得以了解英国浪漫主义诗学思想的主要文献。这也为此后国内学者从英国浪漫主义诗人的文论中发现其生态意识，对其自然书写有新的认识做好了铺垫。此后，人民文学出版社于1990年出版了由著名学者、翻译家王佐良先生所撰写的《英国浪漫主义诗歌史》，该著作以叙述性的方式介绍和分析了几位代表性诗人及其主要作品，是一部断代诗歌史。同时，它也对诗人的重要诗歌理论做了深入浅出的评述，是国内学界解读英国浪漫主义诗歌的经典之作。值得强调的是，王佐良不仅提及了柯勒律治《古舟子咏》中的"超自然"，还在评论华兹华斯的《丁登寺》时初步解读了诗人的自然观，即"就诗人自己而言，同大自然的接触不仅能使他从人世的创伤中恢复过来，使他纯洁、恬静，使他逐渐看透事物的内在生命，而且使他成为一个更善良，更富有同情心的人"[1]，这为国内学者进一步发现英国

---

① 王佐良：《英国浪漫主义诗歌史》，北京：人民文学出版社，1991年，第26页。

浪漫主义诗歌中的自然书写，深入解读诗人的自然观开辟了先路。

（二）生态批评转向及其身体因素

二十世纪九十年代以来，国外学界掀起第一波生态批评浪潮，提出英国浪漫主义诗歌中的自然具有物质性，开启了浪漫主义研究的"绿色转向"，虽然在发展中不可避免地涉及身体因素，身体话语和身体理论却并未得到生态批评的足够重视。国内学界于该时期开始重视英国浪漫主义诗歌中的"自然"主题，但生态批评理论的跟进、建设以及运用到浪漫主义诗歌研究中相对不够，身体研究于浪漫主义当中几乎无人提及。

1. 国外研究状况

一部分国外学者不满于传统批评和新历史主义将"自然"视为浪漫派逃避政治失意的心灵场所，二十世纪九十年代掀起的第一波生态批评浪潮提出英国浪漫主义诗歌中的自然具有物质性，实现了对浪漫主义研究的"绿色转向"。在这浪漫主义研究的"绿色转向"中，部分学者试图探索文学与生命科学的联系，包含了一定程度的身体性因素。生态批评学者视浪漫派诗人为环境写作的先驱者，并且认为英国浪漫主义对自然的爱并不是建立于想象层面的空想，而是涵括了实际的生态意义，换言之，爱自然不是无助和逃避的表现，而是生态思考的产生。从以关注人类生存前景为出发点的生态批评视角出发，国外对英国浪漫主义诗歌的研究主要经历了以下三个阶段：一、关注自然的物质属性，实现文学批评的"绿色转向"；二、注重以文化和历史为向导的复归，建构以现象学为基础的生态诗学，身体因素出现萌芽；三、实现更宽泛的跨学科研究，如生物学、心理学、物理学、医学等学科理论的介入，身体因素多维度交织于研究中。

关注到英国浪漫主义诗歌中的自然写作，对其展开生态批评的首先是乔纳森·贝特。他于1990年出版了专著《浪漫生态学：华兹华斯与环境传统》（*Romantic Ecology: Wordsworth and the Environmental Tradition*），第一次从生态视角研究华兹华斯，由此掀起了英美批评界用生态批评的方法研究浪漫主义的热潮。贝特认为华兹华斯的诗歌是一种绿色的语言，重返自然不是躲开政治，而是将政治引入新的领域，即将爱自然和爱人类、人类的权利和自然的权利紧密相连。①此外，贝特在该书中极具先见地探讨了"地方"问题，他借用希尼所提的"熟谙""命名""记录"的概念，以华兹华斯为例来分析浪漫主义诗歌中所体现的人的自我意识与地方的关系。因而贝特也是生态批评中关于"地方"问题研究的先行者。

此后贝特又于2000年出版了《大地之歌》，该著作进一步完善了贝特的理论体系。贝特结合现象学的方法，引入气候、风景等生态批评新视点，将诗歌视为诗意栖居于地球的一种体验方式，强调文化的导向。此书主要探讨的作家除莎士比亚、哈代外，亦涉及华兹华斯、拜伦、济慈、雪莱等浪漫主义诗人。贝特在此书中提出，相较于"生态批评"，"生态诗学"一词会是一个更恰当的名称，因为"诗学"原意为制作的学问，生态诗学即研究对"家园"的"制作"②。该书强调生态批评不应只是关注生态政治方面的研究，而应从现象学的层面思考栖居问题，这为生态批评研究拓宽了新视角，提供了新的理论范式。贝特毫无疑问是生态批评关于英国浪漫主义诗歌研究的巨擘。贝特虽未有意识地关注身体，但由于现象学视角的加入，他将对人与自然的关注转向栖居行为本身，亦不可避免地引向对身体的注视。因此，贝特的研究已在一定程度上体现了身体因素的萌芽。

在此十年间，生态批评学者热衷于文化与历史导向对于浪漫主义诗歌研究的回归，从生态的角度将自然整合为浪漫主义关于伦理和政治等问题的抒写场。詹姆斯·麦考斯克（James McKusick）等学者追溯了美国环境主义传统来自华兹华斯、柯勒律治、克莱尔等浪漫派诗人的文学根源。麦考斯克在2000年出版了《绿色写作：浪漫主义和生态学》一书，他在书中认为自然既是物质根据又是观念构造，生态批评也应以历史和文化为向导。他认为华兹华斯、柯勒律治、济慈、克莱尔的思想影响了现代环境运动，爱默生、梭罗、约翰·缪尔等人皆受浪漫主义思想的影响。此著作可以视为从第一波生态批评浪潮转向以英美生态文学为主要研究对象的第二波生态批评浪潮的桥梁之一。

同为研究浪漫主义诗歌中的伦理与政治问题，蒂姆西·莫顿（Timothy

---

① 参见 Bate, Jonathan. *Romantic Ecology: Wordsworth and the Environmental Tradition*. London: Routledge, 1991, p.33.

② 参见 Bate, Jonathan. *The Song of the Earth* . Cambridge: Harvard UP, 2000, p.75.

Morton）首次直接从身体方面切入。他于1994年出版了《雪莱和口味的革命》（*Shelley and the Revolution in Taste*）一书，作为生态批评就单个浪漫主义诗人研究的经典著作，该书通过研究浪漫主义诗人雪莱，饶有新意地从饮食的角度阐释了身体与环境的新关系。他富有前瞻性地在此书中透露身体联结着社会与自然环境，而这种联结是通过消耗食物完成的。① 这与阿莱莫于近些年来所提出的"跨体性"等身体理论相契合。莫顿探究雪莱的素食主义，认为诗人的这种饮食选择富含了丰富的生态精神。由于对饮食这一身体行为的重点关注，莫顿在书中虽未明确地开拓身体在生态批评中的理论重要性，但身体毫无疑问在他的诗歌批评中成为重要场域，这在浪漫主义生态诗学研究中极具启发意义。

以上阶段的国外生态批评学者确立了英国浪漫主义在生态批评研究中的典型性与重要性，学者们强调了自然的物质性，挖掘了诗歌与生态环境的对话。而近十年来，生态批评掀起强调具有全球化语境的浪潮，国外学界对于英国浪漫主义诗歌的研究则进一步包含科学、医学、哲学等更宽泛学科的交叉探索，身体因素开始交织于生态批评之中。

英国浪漫主义的情感以及对自然的爱以往被视为意识层面的观念，近几年来生态批评学者对英国浪漫主义的研究转向从更宽泛的学科角度进行新"情感研究"。丽莎·奥塔姆和赛斯·雷诺于2016年编撰出版了《华兹华斯和绿色浪漫主义：19世纪的情感和生态》一书，该书收入了丽莎·奥塔姆、阿什顿·尼克尔斯、艾利森·杜桑纳等学者的论文，并结合了生态学、生物学、医学、美术学、心理学等跨学科研究方法。该书关注到诗人物质躯体性的层面，集中研究浪漫主义文学所表现的情感与生态之间的关系，拓展了生态心理学的研究领域，一定程度上集结了生态批评对浪漫主义的最新研究成果。情感研究强调对感性经验的解读，"情感"（affect）并非指单纯的生物现象或智性意识，生物学实验为其提供了某些理论支撑。达尔文与斯宾诺莎等人的著作在情感研究中受到全新的重视和解读，而英国浪漫主义诗人，尤其是华兹华斯，他的作品中有着大量表现感性刺激状态的"情感"瞬间，这引起了情感研究学者的浓厚探索兴趣。诗人如何用文字描绘和塑造自然，是人类如何感知自然世界的某种缩影，感受、

---

① Morton, Timothy. *Shelley and the Revolution in Taste*. Cambridge: Cambridge University Press, 1994, p.2.

思考、表达也是体现人之生态敏感性的重要部分。在生态批评中引入情感研究，换言之，研究"生态情感因素"（ecology's affects），一方面根植于回归身体、回归物质性的批评潮流，另一方面又从一定程度上弥补了后现代物质化研究趋势中易忽略感性现象的缺陷。

拜伦这位通常被生态批评学者忽略的英国浪漫主义诗人，在此新时期被进一步纳入研究范畴当中。安德鲁·哈贝尔（J. Andrew Hubbell）于2018年出版的《拜伦的自然：文化生态学的浪漫主义视域》（*Byron's Nature: A Romantic Vision of Cultural Ecology*）一书成为为数不多关于拜伦的生态批评研究专著。以往学者往往认为拜伦对于自然并未流露出如湖畔派诗人般的强烈兴趣，哈贝尔对此现象及拜伦的自然观进行了深入阐释。他借鉴人类学家朱利安·斯图瓦特（Julian Steward）所提的文化生态学（cultural ecology）来重读拜伦的经典诗作，如《唐璜》《恰尔德·哈洛尔德游记》等诗篇，指出拜伦将人的存在定义为文化与自然的交织渗透，强调环境对于文化模式的影响。[1]同时，哈贝尔认为拜伦的生态洞察力与他对自由的理解紧密相关，拜伦通过诗歌表现了他的民主全球化追求，也表露了某种生态世界主义（eco-cosmopolitan）。哈贝尔指出拜伦通过《曼弗雷德》《该隐》《天与地》这三部剧作，揭示了现代性的悲剧后果，对西方贬低身体的二元对立的认识论基础进行怀疑。[2]

在新的理论和时代背景下，西方学术界对英国浪漫主义诗歌中的自然写作研究着重于关注人与自然关系的本体论和生态伦理等问题。此时的探究具有较强的跨学科特点，尽管在不同维度交织着身体性因素，但身体话语仍然未引起足够的重视，其在语言、审美、情感、想象等问题上更是拥有宽广的开拓空间。

2. 国内研究状况

国内学界虽亦开始重视英国浪漫主义诗歌中的"自然"主题，但生态批评理论的跟进、建设以及运用到浪漫主义诗歌研究中相对不够，身体研究于浪漫主义当中几乎无人提及。这或许是由于，国内学者浸润于受道家影响的中国诗

---

① Hubbell, Andrew. *Byron's Nature: A Romantic Vision of Cultural Ecology*. New York: Palgrave Macmillan, 2018, p.9.

② Hubbell, Andrew. *Byron's Nature: A Romantic Vision of Cultural Ecology*. New York: Palgrave Macmillan, 2018, p.159.

论传统，对于自然这一命题的诗学思维更倾向于以道家式的感悟捕捉其天人合一的美学意蕴。然而无论如何，随着现实生态环境的变化，以及比较诗学、跨学科研究等文艺批评的不断深化，我国学者已然对英国浪漫主义诗歌当中作为物质环境的自然表示出兴趣。

自二十世纪中后期以来，我国学界亦出现了"自然"主题的复归，逐渐取消视湖畔派诗人为"消极"者的偏见。华兹华斯回归自然的观念也一定程度上与我国"老庄"思想相呼应，其诗歌亦包含了对人类现代文明的反思。故而，"自然"开始发声。学界出现了关于浪漫派诗人自然观解读等论文，以及与"老庄"、陶渊明、王维诗学平行研究的若干初探性论文。随着生态批评在我国文学研究领域逐渐成为一门"显学"，人与自然的问题受到了极大的重视，对自然包括物质层面的生态解读开始萌芽，华兹华斯、济慈正在逐渐成为浪漫派诗人中的研究热点，乃至约翰·克莱尔这位此前几乎被我国学术界完全忽略的浪漫派诗人也引起了零星关注。

二十一世纪以来，国内关于英国浪漫主义单个诗人诗学的研究有着一定的成果，较之以往的历史政治视角，学者们已将"自然"的议题提高到较为重要的研究范畴。值得一提的是，北京大学出版社于2014年出版了傅修延的《济慈诗歌与诗论的现代价值》，在此专著中，傅修延从现代价值的视角解读济慈诗学，并提出了济慈的诗论是生态诗论，为济慈诗学研究注入了生态视角，也使得济慈诗学在现代价值语境中获得了全新的生命力。从生态视角研究济慈诗作主要集中在此著的最后一章，此章题为"生态诗与生态之享受——'大地的诗歌从不间断'"。在此章中，傅修延认为济慈由于其特殊的生活生长环境，对城市环境有着很大的抵触，并用诗歌表现出亲近自然的强烈欲望，济慈诗歌对自然之爱的表达亦不同于华兹华斯等其他浪漫主义诗人在诗歌中所表现的，它不是一味歌颂自然的神圣，而是强调"亲近与品尝"①。作为国内唯一一部关于济慈诗学研究的权威专著，其研究对生态视角的引入，给予了国内学者以较大的启发，促进国内学界摆脱对于英国浪漫主义诗人的自然写作只集中关注华兹华斯的局面。

在期刊论文方面，近几年来对于英国浪漫主义的研究主要表现在对单个诗

---

① 傅修延：《济慈诗歌与诗论的现代价值》，北京：北京大学出版社，2014年，第207页。

人的探索分析上。对于拜伦和雪莱的研究依然集中在译介学方面，他们的经典作品如《哀希腊》《西方颂》等诗歌在译介学、文体学、语言学方面的研究不断地被更新，学者们对其诗作中的自然书写研究却少有兴趣。至于华兹华斯，相比长久以来对他的"消极"抵触，近几年来在其诗歌和诗学思想上的解读相对较有热度，无论是单个作品的研究，抑或是对诗人整体思想的研究，华兹华斯与自然的关系一直是其较为明显的主题。然而在这一主题上，大都围绕诗人情感和文本内部审美层面，鲜有新的解读出现。关于济慈，国内已有学者关注到济慈诗歌中所体现的生态关怀，开始从生态批评的角度解读济慈。如刘富丽的《论济慈〈希腊古瓮颂〉中生态伦理的诗性构建》（《湖北社会科学》2011年第1期）和田瑾的《生态关怀：济慈诗作中的自然主义向度》（《外语教学》2017年第2期）。前者对济慈的名作《希腊古瓮颂》进行了文本细读，认为济慈对自然的审美囊括于对古瓮的歌颂当中，此诗所传达的返回原生态的理想符合当代生态伦理学的主张。后者认为济慈诗作中的生态意蕴是当前研究所忽视的，生态意蕴在济慈诗作中处于隐性铺陈的模式，济慈通过隐性的自然书写和诗学哲思传达了物我相和的生态理念。两者均从生态批评的角度细读了济慈诗歌，发现诗人的生态关怀，对国内传统浪漫主义研究做出了新的突破。

关于柯勒律治、布莱克、克莱尔等其他几位英国浪漫主义诗人的重要期刊论文相对较少。其中，学界对柯勒律治的想象说和布莱克的诗画比较有着零星关注，而两者诗歌中的自然书写几乎未受关注。譬如，丁宏为在《灵视与喻比：布莱克魔鬼作坊的思想意义》（《外国文学评论》2007年第2期）一文中，对布莱克诗与文中的"灵视"思维做了深入探析。值得一提的是，他在探析布莱克想象思维的基础上，曾思考布莱克的著名小诗《虎》，指出老虎与羔羊同出于造物磨坊中的上帝敲打锤炼之手，两者可能象征"肉体与灵魂、激情与美德、能量与生命等因素之间都可以存在着有机关联"①，也即认为老虎不可能仅仅抽象化地作为二元对立中的肉欲一方。老虎在此被赋予更为宽泛的意义空间，这不禁引人思考，老虎作为自然界的动物，是否包含了布莱克较为深层的自然观？陈红教授就这首著名的小诗进一步做了创新性阅读，她在《布莱克的"虎"的

---

① 丁宏为：《灵视与喻比：布莱克魔鬼作坊的思想意义》，载《外国文学评论》2007年第2期，第86页。

"天真式阅读"》(《外国文学研究》2011年第2期）一文中指出，"布莱克不单是一个具有动物保护意识的先行者，他对自然的多样性，即不同物种的特性也有着充分的认识和尊重"[①]，认为布莱克的"虎"有着真实的物质意义，暗藏着他朴素的自然观。于此，《虎》这首小诗以及布莱克诗学首次被我国学者纳入生态批评的思考范畴。此外，陈红教授还在《古老牧歌中的绿色声音：约翰·克莱尔〈牧羊人阅历〉的生态解读》(《外国文学研究》2018年第1期）一文中，围绕田园诗歌传统，对克莱尔的诗作进行生态解读。这是国内学界为数不多的从生态批评的角度对布莱克和克莱尔的诗歌进行细读研究的论文。

英国浪漫主义作为英国文学史上最重要的流派之一，有着极其广阔的研究空间。然而，除去若干关于诗歌的赏析性书目，我国就其诗学的整体研究著作相对较少，对英国浪漫主义所含藏的生态精神和当代启示有待于深耕。

迄今为止，国内关于英国浪漫主义诗学整体研究的博士论文有4篇，具体如下：高伟光的《英国浪漫主义的乌托邦情结》(北京师范大学博士学位论文，2004年）、刘春芳的《英国浪漫主义诗歌情感论》(东北师范大学博士学位论文，2009年）、王欣的《英国浪漫主义诗歌之形式主义批评》(吉林大学博士学位论文，2008年）、田茫茫的《英国浪漫主义批评研究》(吉林大学博士学位论文，2014年）。在这些研究中，浪漫派诗人的自然书写虽已被突出强调，但其生态意蕴并未受到足够的关注，对其自然书写整体研究的视角倾向于侧重其情感思想，探索其审美体系，也即采用传统的诗歌批评方式。除此之外，另有专著一部，即鲁春芳的《神圣自然：英国浪漫主义诗歌的生态伦理思想》(浙江大学出版社，2009年）。值得一提的是，这部著作是我国第一部也是唯一一部以"自然"为研究主题，用生态批评的方法较为全面地研究英国浪漫主义的著作。此书对彭斯、布莱克、华兹华斯、柯勒律治、雪莱、拜伦、济慈诗歌中所体现的自然观或生态伦理思想做了初步梳理，对英国浪漫主义诗歌的价值进行重新评估，为浪漫主义所谓的"逃避"正名。作者认为浪漫派回归自然乃是一种哲理探索，这也契合现代生态伦理思想，书中提出英国浪漫主义诗人们"注重精神生态与

[①]　陈红：《布莱克的"虎"的"天真式阅读"》，载《外国文学研究》2011年第2期，第82页。

物质生态的哲学思想"①。鲁春芳还在书中运用"深层生态学"等生态批评理论来解读英国浪漫主义诗人的神性自然观。在当时的国内生态批评及英国浪漫主义诗学研究界，此作有着重要的学术价值，某种程度上亦是国内关于生态诗学研究的范本之一。

在期刊论文方面，近十年来一部分学者注意到生态批评之于英国浪漫主义诗学研究的重要性，在此基础上对浪漫主义诗学进行重构与解读，出现了若干较有影响性的论文，为英国浪漫主义诗学研究注入新的生机。譬如，张剑在《英国浪漫主义诗歌与生态批评》（《外国文学》2012年第5期）一文中爬梳了二十世纪以来国外关于浪漫主义研究的方法转变历程，即从强调想象的唯心主义批评转至强调政治的新历史主义批评，最后走向"绿色"的生态批评。同时，他在文中以生态批评的视角重读了华兹华斯、柯勒律治、拜伦、雪莱、济慈的代表性作品。

再如，张旭春在《"绿色浪漫主义"：浪漫主义文学经典的重构与重读》（《外国文学研究》2018年第5期）一文中进一步阐释了西方在浪漫主义研究中的生态批评范式，肯定生态批评较之形式主义、历史主义等传统批评话语所凸显的社会责任意识，并向之致敬。他在文中展示了乔纳森·贝特对华兹华斯《湖区指南》的经典重读，以及蒂姆西·莫顿对雪莱《麦布女王》的意义重析。西方生态批评的前沿实践，为国内学者更为深入地理解与展开生态批评话语提供了参考与借鉴。

凡此种种可见，相对于国外学术界对英国浪漫主义的研究持续呈现百花齐放、百家争鸣的势态，我国学界对英国浪漫主义诗学方面的研究较为滞后。前期因国情或时代原因关注拜伦、雪莱诗歌所体现的革命性，近十年来主要转向对华兹华斯诗歌中自然观层面的关注，但主要围绕诗人情感和文本内部审美层面，较少有新的解读出现。其他诗人的诗学思想更是很少引起关注以至于鲜有深耕。围绕"自然"这一浪漫主义公认最为重要的主题，仅2009年一部专著就英国浪漫主义诗人与自然间的生态伦理思想进行初步探讨。在期刊论文方面，近几年来虽出现了若干从生态批评角度探索英国浪漫主义的文章，但从其深广

---

① 鲁春芳：《神圣自然：英国浪漫主义诗歌的生态伦理思想》，杭州：浙江大学出版社，2009年，第4页。

程度上而言，关于浪漫主义生态诗学依然存有较大的研究空间。

事实上，生态批评在我国语境中的理论建构亦有待于进一步夯实与拓展。值得一提的是，王晓华于近期出版的《身体诗学》（人民出版社，2018年11月）一书。他在构建身体诗学的结尾，将对于身体的思考放置于整体生态环境中，在题为"身体、栖居地与生态诗学"这一章中指出："环境固然可以影响身体，但身体也能够反作用于环境，而承认这种交互性才能建构出整体的生命版图。"①此著在理论层面为本书的诗歌研究带来较大的启发。身体与环境在文化语境中的结合，是走向一元论或整体论的必然结局，亦是"绿色"批评话语的必然发展趋势。而在国内生态批评学界，身体对于诗歌研究的重要意义鲜有被提及，身体在浪漫主义研究领域几乎是个空缺。

3. 小结

经上述梳理分析可见，国内外对于英国浪漫主义诗歌的研究，皆经历了从传统的情感、历史等角度的诗歌批评，转向关注诗人与自然等生态问题之绿色研究历程。在浪漫主义研究领域，传统生态批评少有将身体放于显著位置，尽管在国外学者的研究中，身体因素不断显现，却较少有学者意识到身体话语的重要性，重视身体理论。由于对身体这一实现人与自然关系的根本介质缺乏足够的研究，使得以往的研究产生若干问题。注重情感与想象是浪漫主义诗人的显著特征，而传统生态批评却强调其诗歌中自然的物质性。故而，在处理该问题时，传统生态批评往往过于强调客观物质环境而忽略语言、审美、想象等诗歌本质问题，或是陷入模棱两可的矛盾境地。此外，在挖掘诗歌文本时，生态批评学者们往往倾向于关注自然书写或是有着明显物质环境指涉性的诗行，故而，自然诗人华兹华斯获得了足够的关注，而其他诗人诗篇中的生态内涵远未获得深入挖掘。总之，由于缺乏对于身体的思考，生态批评在浪漫主义诗学研究领域，就弥合文化与自然、想象与物质之间的关系有待于进一步深化。

生态批评自掀起三波浪潮以来，物质生态批评或新物质主义提出"跨体

---

① 王晓华：《身体诗学》，北京：人民出版社，2018年，第264页。

性""毒性身体"等身体理论①，这标志着身体话语已开始进入生态批评的理论层面。生态批评中的身体转向有其必然性，而身体更有着除生理性之外的庞大意义空间。英国浪漫主义诗人深处社会与环境剧烈变化的时代，身体遭受雾霾等污染迫害，物质生态批评的身体理论在英国浪漫主义诗人身上存在着对照。实际上，身体在他们诗歌当中的表达是多样性的，身体研究在生态批评中亦该有着更多样化的维度。英国浪漫主义诗歌中的身体与生态问题是当下文学或诗歌研究中不应忽视的一隅。国内的生态批评研究主要侧重于华兹华斯这位最为明显具有复归自然思想的诗人，鲜有对整体浪漫主义诗人及其诗学做较为系统和全面研究的著作，尤其是雪莱、拜伦的自然观和生态思想几乎无人提及。英国浪漫主义是世界文学史上极其重要的流派之一，我们有必要强化诗学研究的问题意识和当代意识，改进阐释方法，对其若干重大问题进行不断的深化研究。

三、本书的研究意义及思路

英国浪漫主义是世界文学史上极其重要的流派之一，英国浪漫主义诗歌作为文学经典一直被各种批评所实践，然就上文国内外研究现状分析来看，其诗歌所包含的普遍意义和现代价值亟待学界进一步挖掘。柏拉图认为诗人应该被驱逐出城邦，因为诗歌是"影子的影子""模仿的模仿"，诗歌不会产生理性或真理。然而文学研究，就是要穿过这层层的想象之境去追寻真理之境，诗歌研究，更是要透过语言中看似与理性相悖的身体和情感，去探索"存在"的问题。

英国浪漫主义诗歌中存在着大量的自然书写，包含着丰富的生态启示，这是当下学者们所公认的。而与此同时，浪漫主义诗歌又张扬着自我主义与情感主义，诗人们尽管热爱大自然，却似乎更沉醉于自我。那么，主张回归客观的自然世界，又深陷强烈的自我情感，此二者是否在某种程度上产生矛盾？维多利亚时期著名批评家约翰·罗斯金（John Ruskin）把浪漫主义诗人普遍将自我情感赋予高山流水、花鸟虫鱼的现象称为"情感误置"（pathetic fallacy）。英国浪漫主义诗人不约而同地热衷于将自己的喜怒哀乐浸润于大自然，在"情感误置"

---

① 阿莱莫通过提出和围绕"跨体性""毒性身体"等概念构建了物质生态批评的身体理论。其中最为主导的"跨体性"概念强调人类身体与自然界其他生物体间一直存在着食物、空气、水等物质交换，它旨在瓦解人与自然在文化语境中的分离。

中以一种拟人（anthropomorphic）的目光对此进行歌颂，是否隐去了客观存在的、真正的自然？将自然处处浸润人之情感是否体现了一种有悖生态关怀的人类中心主义（anthropocentrism），抑或是两者间有何内在关联？此外，英国浪漫主义诗人所普遍强调的想象以及他们表现自然的方式是否与当时的现实环境有着一定的关系？

　　诸如此类的问题在当下学界并未得到较好的解答。从身体的视角再度对浪漫派诗歌进行审视，我们会发现在社会和环境的剧烈变化之下，英国浪漫主义诗人强调的"情感"（feeling）本身是一种感受力，是身体性的表现，诗人笔下的诗作皆凝结着强烈的身体性，张扬着生命力和本能感，这在当下的研究中似乎被忽略了。身体研究旨在解构身心、情理间的二元对立，生态批评中的身体理论亦试图超越文化与自然、文本与生态间的对立，从身体的视角出发，是否可以突破以上矛盾和问题，抉发新的审美空间？身体的话语为我们认识和处理自身与自然的关系拨开了层层迷雾，也为诗歌或美学研究提供了新的思维范式。本书试图在生态批评的视域下，以身体研究为视角，采用跨学科的研究方法，对英国浪漫主义诗歌做出较为系统和全面的诗学分析，将文学经典纳入与当下社会精神文明和生态文明建设的对话当中。

　　本书的研究在生态批评的视域中展开，以济慈、雪莱、拜伦、布莱克、华兹华斯这五位英国浪漫主义诗人及其诗歌为主要研究对象，试图对当下国内学界对于英国浪漫主义的生态批评主要限于华兹华斯的局面做出一定程度上的拓展。"身体"作为研究这五位诗人及其诗作的突破点和主要线索，也是本书所试图挖掘的生态美学的落脚点。本书的脉络，也即研究对象的顺序安排，在身体话语的逻辑发展中形成。耐人寻味的是，以此逻辑为顺序恰巧与诗人死亡时间的先后相一致，亦与诗人生命的长短并行。身体是生命的物质化承载与呈现，身体的话语放置于不同的诗人与诗歌当中，激活了各自的生命特征，身体作为一物质体，时刻告知我们生命之有限性。生命之短暂，也即有限性之突出，身体的幽灵急切地徘徊游荡。因此，身体的话语首先在济慈、雪莱、拜伦这三位英年早逝的诗人身上延展。而在布莱克与华兹华斯那儿，诗人或是为身体的深层力量正名，或是直接追寻着身体与环境的融合，身体的话语诉说了物质体生命的绵长与安宁。

秉承当下身体研究对身心二分法的解构，本书亦以此为话语前提。诗歌通常被认为是情感的历史，属于心灵的层面，然而通过济慈这位结核病患者的诗歌，我们可以清楚地看到身体话语的直接闪现，身体首先在济慈的诗歌中直接发声。因而，本书的第一章主要研究弥漫着疾病化特征的济慈的诗作，亦引出英国浪漫主义时期的环境问题。

在雪莱的诗歌中，身体话语进一步进行辩护。雪莱是一位素食主义者，素食主义者本身有着强烈的身体意识，他所选择的饮食方式与其身体意识，以及对自然界生灵的关爱有着密切的联系。雪莱诗化地将饮食活动与世界运转构成一种隐喻，素食主义作为一种含有广博的生态意义和身体美学的文化出现在雪莱的诗歌当中，促成其宏大理想的诗化呈现。第二章试图解读雪莱诗歌中所包含的素食主义者的理想，以及在这个角度上所反映的生态意蕴。

身体的狂欢精神主要表现在动物性的一面，拜伦的诗歌恰恰有着这样的动物性。拜伦对动物向来情有独钟，在现实中亦养过许多动物，与动物的相处影响了拜伦的诗性思考，他的动物观作为解读其诗歌生态内涵的重要部分，在诗篇中有着多处体现。身体有着缺陷的跛足诗人拜伦，不仅对动物有着独特的情结，他亦倾心未被驯服的自然之物，并将非理性融入诗歌表达，体现出较大的张力。第三章试图挖掘拜伦诗歌中的动物因素，从人与动物的角度解读诗人的生态思想。

身体在布莱克的诗歌中得到了回归。布莱克虽为英国浪漫主义前期的诗人，然而从本书中的身体话语出发，因其诗歌直接关注到人体肉身，大量直观的身体书写宣告了身体的彻底回归。在布莱克的诗歌中，人体的各种器官，它们不是被动的"肉"的存在，而是具有开放性与力量性的能动存在。肉身与理性、诗性紧紧联结，完整的人格必然是灵肉平衡。布莱克用诗歌传达，永恒世界或是无限者，离不开有限性的物本身，人体肉身便是其一，身体是他想象的基点，他眼中的身体包含着达到无限世界的潜力。同时，他以身体想象环境，勾画他想象中的自然与生态城市。第四章试图研究布莱克诗歌中的人体书写，探究工业或理性时代思想与环境的双重困境。

综观英国浪漫主义诗人，华兹华斯是复归自然最好的实践者，身体亦于华兹华斯的诗歌中显现了栖居。人通过身体联结自然，华兹华斯对自然的崇拜跃然于诗行之间，且他身体力行地栖居于自然。华兹华斯诗歌中的身体意蕴是内敛的、复杂的，主要表现在对人性之自然（即"童心"）和神性之自然的统一之中，而对于人类栖居而言，自然又通过身体转化为"地方"。第五章试图深层分析华兹华斯诗歌中的自然因素，探索华兹华斯诗歌中自然与身体的统一，挖掘对于当下生态理念和精神文明建设的启示。

　　以上为本书的整体研究思路和脉络，即在生态批评的视域下，通过身体的话语来研究英国浪漫主义诗歌，以期能够为解决该领域研究中所留下的问题与遗憾尽绵薄之力，为生态批评与诗歌研究提供新的思维范式。

第一章

身体的滥觞：济慈诗歌中的疾病特征

　　诗歌通常被认为是一部情感的"历史"，属于心灵的层面，但实际上，它实实在在地体现了与物质身体的互动关联。斯普瑞特奈克将"身体"指为"身心"（bodymind），身体是物质躯体和精神情感的统一体，这从现代医学的角度看来亦是毫无疑问的。情感不是凭空而生的，它源自身体本身，是一种身体机能。弥合身心二元对立是生态批评和身体理论的首要话语前提，在此前提下，我们可以对英国浪漫主义诗歌探索新的诗学内涵，产生新的诗学认知。疾病直接打破身体的日常状态，给人以强烈的身体感受。作为肺结核病人，济慈的诗歌和诗学思想尤为明显地表现出肺结核病的影响，身体的话语首先以躯体性特征出现在诗歌艺术领域。

　　英国浪漫主义诗人中，济慈出生最晚，去世最早，他仅仅活了25年便走完了生命的历程。相对于其他几位在当时名声如日中天的浪漫派诗人，济慈显得较为"卑微"，他出身社会底层，生活窘迫，亦没享受过高等名校的教育。此外，疾病几乎一直相伴济慈左右。济慈学医出身，长期直接与疾病打交道，另外，母亲、舅舅、弟弟等亲人都在济慈短暂的人生中相继因肺病离世，他自己最终也罹患肺结核而逝。尽管济慈的人生可谓"时运不齐、命途多舛"，而历史却越来越证明其诗歌价值之辉煌，他的诗论更是具有超越时代的现代特征。其诗浸透着对生命和死亡深邃的体悟，并充满了迷醉、恐惧而又唯美的气息，呈现出一种病态之美，犹如患病的诗人本身。诗歌记录着人的情感或感觉，对于诗人或艺术家而言，疾病最直接地打破了人的日常身体感觉，使人在直面躯体物质属性的情况下，加强对生命、自然、艺术的体悟，催生出不同于健康状态下的情绪意识和诗学表达。济慈独特的诗歌美学与肺结核离不开关系，这是毋庸置疑的。身体现象学认为"身体是世界上存在的媒介物，拥有一个身体，对一个生物来说就是介入一个确定的环境，参与某些计划和继续置身于其中"①。以身体为本，人类文化与生态环境无法断裂，肺结核作为环境破坏下的一种身体疾病，影响了济慈诗性表达中的审美特征。诚然，这些特征与这一影响过程本身，给予了我们莫大的生态启示。

第一节 环境与浪漫躯体

患病是生命必然经历的一种状态，万事万物皆具两面性，生命亦如此，若说健康是生命之阳面，那么疾病便是其对立的阴面。当人类肆无忌惮地推动物质文明发展时，同样诱发了其阴面的显现——环境危机。十九世纪初是济慈所处的年代，这是一个工业革命蓬勃发展的时代，也是一个弥漫着雾霾和异味的时代。身体往往在日常意识中缺场，当环境带给身体冲突时，它便凸显。凸显了的身体，时刻影响着主体的行为，获得主体与他人的双重关注。文学艺术是主体的创作，以身体为介质，文学与环境交织着密切的关系。疾病是环境与身体产生不和谐的直接体现，群体普遍的疾病状况是一个时代环境特征的缩影，也影响文学作品审美特征的形成。

自十八世纪中期开始，工业革命轰轰烈烈地开展。现代科学研究表明，工业革命不仅给英国社会带来了巨大的变革，更是"人类世"（anthropocene）的开端。"人类世"用于指代自工业革命以来的地质时代。21世纪初，著名气象学家、诺贝尔化学奖获得者保罗·克鲁岑（Paul Crutzen）和生态学家尤金·斯特默（Eugene Stoermer）在《全球变化》（*Global Change*）中发表《人类世》一文，该概念从此得到广泛关注。地质学家认为人类的行为对地表形态和地质演变有着一定的影响，自人类诞生以来便不断地以各种方式向自然索取资源。西方文艺复兴进一步使人之自信觉醒，"人是一件多么了不起的杰作！多么高贵的理性！多么伟大的力量！多么优秀的仪表！多么文雅的举动！在行动上多么像一个天

---

① 梅洛-庞蒂：《知觉现象学》，姜志辉译，北京：商务印书馆，2012年，第116页。

使！在智慧上多么像一个天神！宇宙的精华！万物的灵长！"①启蒙运动更是赞美人之理性，轰轰烈烈地推动机械技术的发展。克鲁岑和斯特默认为人类世起于瓦特改良蒸汽机后的时代，即十八世纪后半叶的工业革命，他们在文章中总结了工业革命以来人类对地球地质、大气和气候等方面的影响，认为人类活动对地球所造成的影响已经超过地球本身的某种地质力量。②"人类世的概念迫使我们在反思人类的地质影响之时，将思考的范围在时间和空间两个维度上延展。而生态批评正是受益于此，从作为研究主体的人到作为研究客体的环境，到研究具体内容和方法，都在这个新概念的启发和推动下不断得到深化和拓展。"③这样的语境引导着我们重新反思工业革命这一源头，人类既已在此间开始了大幅度影响地球的进程，那么作为地球的成员，此般影响必然也发生在自己的物质躯体上。

十八世纪末的英国，随着工业革命轰轰烈烈地展开，大量机器发明接踵而至并应用于工业生产，这使得大量劳动力从封建生产模式中解放出来，人们纷纷涌入了机械化产业密集的城镇和工业化地区。工厂拥挤，城市人口急剧增多，对资源的超负荷使用越来越厉害。生存环境拥挤不堪，卫生条件得不到改善，这些皆是传染病孕育的摇篮。工业发展产生大量燃煤的需要，大幅度地消耗这些能源造成了空气污染，这是呼吸道疾病最明显的引发之因。《英国史：1688年至今》记载了十九世纪初的英国城市状况："酿酒作坊、硝皮作坊、洗染作坊和其他工厂污染了邻近的河水，使本来人畜便溺气味已很浓的空气又增加了污染的气味。市区烟囱林立，吐出带硫黄味的浓浊黑烟。人们疾病丛生。"④此外，英国的地理特征也使得其气候长期处于潮湿的状态，这种环境亦更容易使人受凉、患病。人与疾病的冲突，很大程度上是人与环境冲突的体现。

在这样的时代环境下，结核病曾在欧洲流行了一个多世纪。与中世纪黑死病相对应，它在当时的欧洲被称为"白色鼠疫"，是造成死亡的主要疾病，"据

---

① 莎士比亚：《哈姆雷特》，朱生豪译，武汉：湖北教育出版社，1998年，第99页。

② Crutzen, Stoermer. "The 'Anthropocen'," *IGBP News Letter*, 2000(41): 17-18.

③ 南宫梅芳：《"人类世"视野下西方生态批评的拓展》，载《北京林业大学学报（社会科学版）》2021年第1期，第11页。

④ 戴维·罗伯兹：《英国史：1688年至今》，鲁光桓译，广州：中山大学出版社，1990年，第90页。

统计，十九世纪初德国汉堡结核病死亡率高达700 /100000（即每100000人口中1年有700人因结核病死亡），英国1799年则每3.8个死亡者中就有1人死于结核病"[1]。然结核病至今已有几千年的历史，它是一种古老的疾病。考古学家在新石器时代人类的骨化石和4500年前的埃及木乃伊上，就已发现脊柱结核；我国最早的古医书《黄帝内经·素问》（公元前403—前211年）提到五虚五劳，记载了类似肺结核症状的疾病；西方医学先辈希波克拉底（公元前460—前370年）也曾对此做过相关描述。肺结核是一种传染病，是结核病中最常见的一种，初期没有明显症状，而随着病情的进展，病人经常食欲不振、全身疲乏，却时而亢奋。病人往往面色苍白，又时而潮红，身体清瘦，随着病情的恶化，最终油尽灯枯而亡，是一种慢性消耗性疾病。苍白纤瘦、情绪敏感、持续病痛、缓慢死亡，这样的症状给病人的气质增添了几分感性而悲情的气息。

耐人寻味的是，结核病不是一种普通的传染性疾病，它被视为一种富有神秘色彩的"浪漫病"，甚至被视为审美对象。十八世纪的欧洲，结核病患者频繁出现在贵族或艺术家当中，或许是由于他们本身体质较为柔弱，抵抗能力差，且社交频繁，甚至生活放荡，增加了罹患此类疾病的概率。1943年链霉素发明之前，肺结核一直属于不治之症。桑塔格在《疾病的隐喻》中如此描述肺结核：

> 结核病在十九世纪所激发出来的和癌症在当今所激发出来的那些幻想，是对一个医学假定自己能够包治百病的时代里出现的一种被认为难以治愈、神秘莫测的疾病——即一种人们缺乏了解的疾病——的反应。这样一种疾病，名副其实地是神秘的。[2]

这种"神秘莫测"使得结核病患者本身与他人共同产生关于死亡的想象和审美上的幻想，人们从它的症候中获得了美学的价值，它在当时被视为带有贵族气质的疾病，拜伦甚至直言："我宁愿死于痨病。"[3]身体美学研究者王晓华认为："作品将身体—主体的意志客观化了，身体—主体在其中感受到自己感性生

---

① 范蕊：《十九世纪欧洲浪漫主义诗歌与肺病的互动关联》，载《安徽大学学报（哲学社会科学版）》2015年第4期，第63页。

② 苏珊·桑塔格：《疾病的隐喻》，程巍译，上海：上海译文出版社，2003年，第6—7页。

③ 苏珊·桑塔格：《疾病的隐喻》，程巍译，上海：上海译文出版社，2003年，第30页。

命不可穷竭的力量，为自己生命力的强大和丰盈而感到骄傲，欣欣然陶醉于自己的力量感，进入美学状态，这就是美最根本的起源。"①换言之，身体沉醉于作品中的身体力量而产生了美感，身体是审美主体，作品因其包含身体力量而成为审美客体，而艺术家患有结核病的身体对他人而言，是充满身体力量的"作品"本身，没有什么比疾病更能刺激身体感，再加之结核病独特的症候和高发人群特征，它自然成为一种具有神秘和浪漫色彩的疾病。

一方面，艺术家患有结核病的身体是审美客体，另一方面，这样病患的身体对于艺术家本身而言亦是审美主体，那么如此这般的主体必然使得他们的作品或艺术主张凝结着独特的躯体感，包含着更加使人陶醉的身体力量。在中外文学史上，很多巨匠皆为肺结核患者，如鲁迅、郁达夫、巴金、萧红、济慈、雪莱、劳伦斯、勃朗宁、卡夫卡、加缪等，疾病加深了他们对生命和世界的极端体验，结核病赋予病人的艺术化症候更影响着他们在创作中对于疾病想象的产生和隐喻的运用。英国浪漫主义诗人在作品书写中表现出极度关注自我情感的喷发，渴望生命的自由，向往景色宜人、空气清新的大自然，呼吁从自然中获得身心的慰藉，这完全符合肺结核这种疾病赋予患者在身体感觉上的追求。当时，此病的肆虐和对此疾病在审美上的推崇之风影响了浪漫主义，并与此产生互动关联。由于患有结核病的艺术之躯作为审美客体和审美主体的双重合一，浪漫主义甚至通过"结核病"这一理念甚至躯体双重获得的神秘存在，来构筑审美倾向，赋予死亡以美和浪漫。苏珊·桑塔格在《疾病的隐喻》中就认为："浪漫派以一种新的方式通过结核病导致的死亡来赋予死亡以道德色彩，认为这样的死消解了粗俗的肉身，使人格变得空灵，使人大彻大悟。通过有关结核病的幻想，同样也可以美化死亡。"②结核病进一步刺激了患者对死生和时间的诗性感受细胞，它是一种热情病，一种消极病，一种浪漫病，一种灵魂病，这种疾病和济慈尤其有着不解之缘。

在英国上流人士眼中，济慈是"伦敦佬"（cockney），即伦敦平凡的市井之徒、平头百姓。在成为诗人之前，济慈在赫蒙德诊所和盖氏医院学医，与疾病直接打交道。1810年，济慈照顾患了肺结核的母亲，并眼看着此病夺走了她的

① 王晓华：《身体美学导论》，北京：中国社会科学出版社，2016年，第36页。
② 苏珊·桑塔格：《疾病的隐喻》，程巍译，上海：上海译文出版社，2003年，第19页。

生命。1817年，三弟也患上了肺结核，济慈亦亲自照顾直至第二年弟弟去世，他自己也因此感染上这种传染病。1819年，济慈出现明显的肺结核症状。次年，济慈多次咯血，赴意大利疗养。1821年，济慈在罗马因肺结核病逝。关于济慈的患病时间，学界通常认为他是在照顾三弟的日子里感染结核菌的，即1817年或1818年①。考察其书信可见，济慈在1817年10月28日至30日写给贝莱的信中提到"我身体还没好到能抵御可能袭来的夜雨"②，这不是一般22岁的健康青年该有的身体状况，因此极有可能是肺结核初期畏寒的症状，可能是其肺病症状的最早记载。此外，1817年济慈在《"英国多快乐！我感到由衷满意"》这首诗歌中写道，"但有时我仍怏怏地想去寻觅／意大利天空，内心叹息着渴望"③。意大利在当时的欧洲被视为疗养肺病之地，"怏怏"则表现了诗人时有处于衰弱无力的状态，疲劳和不适恰巧是肺结核病人最初出现的典型症状。因此本书姑且认为1817年10月济慈已患有肺结核病，下文所选诗歌与诗论主要集中于1818年及之后即济慈身患肺病期间。尽管济慈的人生可谓"时运不齐、命途多舛"，而他的诗歌价值却逐渐在历史中闪闪发光。以今日的诗学批评来审视，其诗包含着某种生态敏感，浸透着对生命和死亡深邃的体悟，充满了迷醉、恐惧而又唯美的气息，呈现出一种病态之美。综观济慈诗作，他的绝大多数名篇如《冷酷的妖女》《赛吉颂》《夜莺颂》《希腊古瓮颂》《秋颂》等都创作于1819年，也即他患肺结核之后所作。

疾病是生命机体与环境所产生的矛盾在身体上的直接显现。从诗学和美学上来看，疾病可以生成一种身体美学，使病态之躯浪漫化，英国浪漫主义时期大肆流行的肺结核即如此。它通过引发审美主体的身体感，而催生出审美对象的病态美，同时，患病之躯是创作的主体，那么疾病又影响了诗人或艺术家的创作。肺结核能够作为一种审美对象，并非仅仅只是诗人或艺术家将其在作品中反复隐喻化而产生的结果，而是因为其作品本身就包含了疾病化的特征，换言之，即环境和肺结核实实在在影响了作品的呈现。

---

① 傅修延：《济慈诗歌与诗论的现代价值》，北京：北京大学出版社，2014年，第138页。

② 济慈：《济慈书信集》，傅修延译，北京：东方出版社，2002年，第43页。

③ 济慈：《济慈诗选》，屠岸译，北京：外语教学与研究出版社，2012年，第95页。

第二节　疾病与诗语症候

　　浪漫主义的情感以及对自然的爱通常被视为意识层面的观念，而学者们于近几年来对此拓宽了研究维度。生态批评学者对英国浪漫主义的研究引入了"情感研究"①的视角，也即研究"生态情感因素"（ecology's affects）。情感表达的呈现是情感自身进程的一部分，生态批评尝试以此来解构身心二元论，瓦解因在主客体二元对立观念下所强化的人类中心主义思想。著名英国文学及生态批评学者阿什顿·尼克尔斯（Ashton Nichols）就从该角度出发，认为：

　　　　语言是思维本身的物质化表达（词语必须被笔或键盘书写，或者用舌头和肺诉说），同理可得，文学形式是情绪状态的身体表现：从这个意义上来说，我的"快乐"是我所选择表达的词语，我的"害怕"即我为了记录害怕而作的诗歌。②

　　在他看来，文字具有物质实在性，它不是一种纯粹的意识或象征，而是情绪或情感本身，文学形式更是依赖于身体本身。英国浪漫主义诗歌研究专家艾伦·理查德逊（Alan Richardson）也曾从认知科学和神经系统科学的角度来研究浪漫主义，认为浪漫主义诗歌中的崇高属于生理的崇高。③研究者不约而同地关

---

① 情感研究强调对感性经验的解读，"情感"（affect）并非指单纯的生物现象或智性意识，它不被理智所掌控，语言只能偶尔捕捉。生物学实验为其提供了某些理论支撑，达尔文与斯宾诺莎等人的著作在情感研究中受到全新的重视和解读。英国浪漫主义诗人，尤其是华兹华斯，他的作品中有着大量表现感性刺激状态的"情感"瞬间，这引起了情感研究学者的浓厚探索兴趣。诗人如何用文字描绘和塑造自然，是人类如何感知自然世界的某种缩影，感受、思考、表达也是体现人之生态敏感性的重要部分。参见 Nichols, Ashton. "Fostered by Fear: Affect and Environment in Romantic Nature Writing." in Ottum, Lisa & Seth, Reno, eds. *Wordsworth and the Green Romantics: Affect and Ecology in the Nineteenth Century.* New Hampshire: New Hampshire UP, 2016, p.2.

② Nichols, Ashton. "Fostered by Fear: Affect and Environment in Romantic Nature Writing." in Ottum, Lisa & Seth, Reno, eds. *Wordsworth and the Green Romantics: Affect and Ecology in the Nineteenth Century.* New Hampshire: New Hampshire UP, 2016, p.147.

③ 理查德逊认为浪漫主义式的崇高是神经系统的特殊活动，大脑的生理机能参与其中，这与康德建立在理性超越感性上的形而上崇高不同。参见Richardson, Alan. *The Neural Sublime: Cognitive Theories and Romantic Texts.* Baltimore: Johns Hopkins UP, 2010.

注到生理性因素与诗歌创作之间的隐秘关系，将代表着精神情感的诗歌与物质文本、生理因素相结合，体现了根植于回归身体、回归物质性的批评潮流，也在一定程度上弥补了后现代物质研究趋势中易忽略感性现象的缺陷。

从济慈与肺病的接触经历可见，不仅亲人陆续因此离去，在他的记忆里埋下了关于此病的伤痛联想，此病更是直接发生在济慈身体上并将他推向死亡的深渊。按照现代神经力学的观点，刺激能引起人体渴望言语的兴奋；从身体现象学角度来看，当身体被视作作为表达的身体，不同语言的语音、语法结构不是展示了一种随意的约定，而是表示了身体体验世界的各种方式。①故而，诗歌语言的选择必然深受身体状态的影响，疾病使得这一影响更为凸显。身患结核病的济慈，自觉或不自觉地赋予诗歌肺结核病人独有的病态气质。从哲学层面进一步看，无论是弗洛伊德强调的"生本能"，抑或是叔本华提出的"生命意志"，都反映了生命体对于生存本身的欲求。早在《会饮篇》中，柏拉图就借苏格拉底之口阐明了"爱"的目的是在"美"的事物中生育繁衍，而人们对于繁衍的执着是"因为在会死的凡人身上正是生育可以达到永恒的、不朽的东西……我们追求的不仅是好的东西，而且是不朽的东西，爱所盼望的就是永恒拥有的好东西"②，人们无不追寻对于死亡与毁灭的超越，如柏拉图反复强调"那会死的东西也是力求能够永远存在和不朽"③。那么身体在疾病的刺激下，它直面死亡，这就必然加强了身体对超越死亡也即生命之有限性的渴望，按身体诗学研究者王晓华所解释，"这种超越不是空间性的活动，而是生命意境的建构：通过身体的精神活动，人可以象征性地涵括宇宙，参与存在生成的游戏，欣欣然与万物为伍，并因此满足自己对终极关怀的渴望"④。作诗是济慈的精神活动，是其身体意志的转化，更是其生命意境的构建。肺结核对身体的超越死亡的渴望有着强大的催化作用，诗歌语言由此通过身体这一介质而明显带上了疾病因素。质言之，济慈的大部分诗歌可视为肺结核与其他行为因素共同产生的一系列情感的身体体现，即诗歌呈现出的肺结核症状在文字上的蔓延。事实上，我们可

---

① 梅洛-庞蒂：《知觉现象学》，姜志辉译，北京：商务印书馆，2012年，第224页。
② 柏拉图：《会饮篇》，王太庆译，北京：商务印书馆，2013年，第62页。
③ 柏拉图：《会饮篇》，王太庆译，北京：商务印书馆，2013年，第63页。
④ 王晓华：《身体视域与生命美学的理论构建》，载《美与时代》2018年第5期，第10页。

以发现济慈的诗歌语言正如疾病本身，同样具备着肺结核的症候。

肺结核的临床表现特征显明，典型表现为咳嗽、胸痛、呼吸困难、发热。这些症状时常表现在济慈诗歌中所刻画的人物身上，尤其是1818年和1819年，诗人身体出现明显的肺结核症状后。通过他的诗作可见，诗人自觉或不自觉地赋予诗歌肺结核病人独有的病态气质，构筑了诗歌语言独特的美学特征。

从体征上来看，肺结核病人通常面容苍白憔悴，时而又现潮红，"有中毒症状的病人可表现为上午面色苍白，下午面颊潮红；重症病人面色憔悴，有的口唇紫绀；胸膜炎初期病人表情痛苦；自发性气胸病人表现痛苦而焦躁；大咯血后的病人面白如纸，表情紧张；肺心病病人面容浮肿紫绀"[1]。如此痛苦憔悴的面容形象经常出现在济慈笔下。在他的诗作中，"苍白"（pale）一词出现频率非常之高：《赛吉颂》中"嘴唇苍白，沉迷于梦幻"[2]，《夜莺颂》中"青春渐渐地苍白，瘦削，死亡"[3]，《忧郁颂》中"别让你苍白的额头把龙葵野草——/普罗塞嫔红葡萄的亲吻承受"[4]，《人的季节》中"他也有冬天，苍白，变了面形"[5]，《咏梦——读但丁所写保罗和弗兰切斯卡故事后》中"我见到柔唇苍白"[6]"我吻的红唇也苍白"[7]，《冷酷的妖女》中"脸色苍白，独自彷徨"[8]，《圣亚尼节前夕》中"他屈膝跪下来，像一尊雕像，苍白，无言"[9]"怎么你变了！竟这样苍白，忧悒"[10]等。这些诗句皆出自1818年与1819年，也即诗人身体出现明显的肺结核症状后。在此期间，济慈在诗歌艺术上发挥出了惊人的创造力和想象力，无论是神话中的女妖，抑或是宗教爱情故事中的男女主人公，都可见得他擅长塑造憔悴痛苦的形象，这些人物往往以一种肺结核病患者的面貌出现，使得人物的神秘感和梦幻感增强。济慈实则将憔悴、痛苦、虚弱等自身的身体感受外化于诗

---

① 张侠：《肺结核的诊断与防治》，南京：东南大学出版社，2002年，第15页。
② 济慈：《济慈诗选》，屠岸译，北京：外语教学与研究出版社，2012年，第13页。
③ 济慈：《济慈诗选》，屠岸译，北京：外语教学与研究出版社，2012年，第17页。
④ 济慈：《济慈诗选》，屠岸译，北京：外语教学与研究出版社，2012年，第29页。
⑤ 济慈：《济慈诗选》，屠岸译，北京：外语教学与研究出版社，2012年，第105页。
⑥ 济慈：《济慈诗选》，屠岸译，北京：外语教学与研究出版社，2012年，第119页。
⑦ 济慈：《济慈诗选》，屠岸译，北京：外语教学与研究出版社，2012年，第119页。
⑧ 济慈：《济慈诗选》，屠岸译，北京：外语教学与研究出版社，2012年，第201页。
⑨ 济慈：《济慈诗选》，屠岸译，北京：外语教学与研究出版社，2012年，第233页。
⑩ 济慈：《济慈诗选》，屠岸译，北京：外语教学与研究出版社，2012年，第235页。

歌人物塑造当中，这恰巧促成了其笔下的人物形象具有独特的病态美。

在济慈的诗歌中，这种病态之美的呈现不同于中国文化中因长期封建专制和女性地位低下而在文学中所推崇的"西施病心""黛玉咳血""文弱书生""弱柳扶风"等病态审美倾向。济慈诗歌所呈现的病态美自身有着两种截然相反的表现：一方面，诗歌中的人物形象通常憔悴不堪，充满倦意和恐惧；另一方面，这些人物或者诗中的"我"却充满着无限的激情和想象，诗歌语言总是源源不断地喷发出生命的热情。

如在《夜莺颂》（1819年作）中，诗篇开头的"我"便以一位结核病患者的形象出现——"我的心疼痛，困倦和麻木使神经/痛楚，仿佛我啜吸了毒汁满杯"[1]，现实世界的种种烦恼使诗人困顿、郁结，这样的烦恼来自外在事件，亦来自身体状态本身。于是，诗人向着夜莺倾诉：

> 这里，人们对坐着互相听呻吟，
> 瘫痪者颤动着几根灰白的发丝，
> 青春渐渐地苍白，瘦削，死亡；
> 这里，只要想一想就发愁，伤悲，
> 绝望中两眼呆滞；
> 这里，美人保不住慧眼的光芒，
> 新生的爱情顷刻间就为之憔悴。[2]

在大自然的精灵夜莺清冽悠扬的歌声对比下，现实世界显得尤为让人绝望，"眼枯即见骨，天地终无情"，诗人病中呻吟，感慨万千。瘫痪、苍白、消瘦、死亡、呆滞、憔悴，这无疑是一个极度消极的病态世界，诗人已然陷入精疲力竭的状态。可即便如此，疼痛、困倦、麻木的身心并未使激情完全消失，当诗人转而将注意力集中到夜莺，下一节诗行所呈现的情绪发生巨大的转变，诗人兴致勃勃，借着夜莺的歌声，追寻至美的仙境：

---

① 济慈：《济慈诗选》，屠岸译，北京：外语教学与研究出版社，2012年，第15页。
② 济慈：《济慈诗选》，屠岸译，北京：外语教学与研究出版社，2012年，第17页。

去吧！去吧！我要向着你飞去，

不是伴酒神乘虎豹的车驾驰骋，

尽管迟钝的脑子困惑，犹豫，

我已凭诗神无形的羽翼登程：

已经跟你在一起了！夜这样柔美，①

……

学者通常认为此诗表现了诗人挣扎在现实的痛苦和美的幻境之中，其实诗人这种反差明显的挣扎情绪跟肺结核患者所表现的症候完全相符。肺结核病人时而疲乏困顿，时而发热或亢奋，也即"结核病既带来'精神麻痹'，又带来更高尚情感的充盈，既是一种描绘感官享受、张扬情欲的方式，同时又是一种描绘压抑、宣扬升华的方式"②。处于结核病中的诗人常常麻木烦躁，因此夜莺作为大自然的歌者，它的声音尤能刺激他的听觉，诗歌语言也跟结核病症状一样，时而表现出消沉痛苦，时而却激情洋溢、幻想不止，似乎灵魂随着夜莺的歌声，飞向至美之境，转眼，诗人如梦初醒而又处于麻木中："音乐远去了：——我醒着，还是在酣眠？"③济慈就是通过此般带着结核病症候的语言，用真实的身体感受，营造出感人肺腑的身体美学效果。

如此消极和激情在幻想中不断挣扎，充满情感矛盾的审美特征在济慈的诗歌中经常出现。譬如《怠惰颂》（1819年作）：

第一位，美丽的姑娘，名叫爱情；

第二位，正是雄心，面色苍白，

永远在观察，用一双疲惫的眼睛；

第三位，我最爱，人们骂她越凶狠

我越爱，是个最不驯服的女孩——

我知道她是我的诗歌之精灵。

……

---

① 济慈：《济慈诗选》，屠岸译，北京：外语教学与研究出版社，2012年，第17页。

② 苏珊·桑塔格：《疾病的隐喻》，程巍译，上海：上海译文出版社，2003年，第24页。

③ 济慈：《济慈诗选》，屠岸译，北京：外语教学与研究出版社，2012年，第21页。

> 还有那可怜的雄心！从一个男子
> 小小心灵阵发的热病中它跃起；①
> ……

  诗人虽然描写的是怠惰，却隐藏不住时常跃起的雄心与激情。爱与诗之灵感一直活跃在诗人的情绪之中，尽管诗人处于怠惰疲倦的状态，而身体又无法拒斥这种热情。宽慰与激情不断纠缠，重复矛盾、一步一回首的意蕴结构感人至深，但也实为奇异。联系他的身体状况，"小小心灵阵发的热病"不由使我们联想到他的肺结核，发烧是肺结核的主要症候之一，"结核病人是一个被热情'消耗'的人，热情销蚀了他的身体"②，肺结核病也因此被称为"consumption"，即一种消耗病。此外，济慈一度被认为是注重感官、为艺术而艺术的诗人，这很大程度上是由于在结核病的作用下，其诗歌语言特别能再现身体的感受。医学研究者莫朗（David M. Morens）认为雪莱为济慈而作的挽歌《阿童尼》一诗是十九世纪关于肺结核病的主要隐喻，肺结核患者的身体被各种强烈的情感所消耗。③诗歌中的"阿童尼"被喻为鹰隼，他高临太空，飞越在夜影之上，虽死却带来希望的果实。济慈的诗歌本身又未尝不是结核病的隐喻与结果呢！诗歌刻画的形象变化反差明显，诗中呈现的情绪状态充满了矛盾和挣扎，且时常沉浸于迷离的幻境之中，诗歌语言因流露出真实的身体感受而感人至深。

  "结核病是分解性的，发热性的和流失性的；它是一种体液病——身体变成痰、黏液、唾液，直至最后变成血，同时也是一种气体病，是一种需要更新鲜空气的病。"④济慈诗歌中的"矛盾"和"挣扎"是一种如黏液般的情绪，而对于一个肺病患者而言，他的诗歌也如"气体病人"一样，对新鲜空气和大自然充满着强烈的渴望。英国浪漫主义自然诗人的代表华兹华斯曾用大量诗歌直接歌颂自然，将自然神圣化，他将重返自然视为回归童真、治疗心灵创伤的途径，与之对比下，济慈诗歌中对自然的情感表达，更多结合了身体的直观感觉。

---

① 济慈：《济慈诗选》，屠岸译，北京：外语教学与研究出版社，2012年，第5页。

② 苏珊·桑塔格：《疾病的隐喻》，程巍译，上海：上海译文出版社，2003年，第32—33页。

③ Morens, David. "At the Deathbed of Consumptive Art," *Emerging Infectious Diseases*, 2002(11):1353-1358.

④ 苏珊·桑塔格：《疾病的隐喻》，程巍译，上海：上海译文出版社，2003年，第13页。

"纵然湖上的芦苇枯了，也没有鸟儿歌唱"①，这是济慈《冷酷的妖女》中的结束诗句，它被雷切尔·卡森（Rachel Carson）引用，作为《寂静的春天》中的扉页题记，不言而喻，济慈诗歌中流露出对美好环境和大自然的渴望之情。近几年来国内学界也关注到了济慈诗歌中的生态关怀和生态意蕴，产生了些许从生态批评角度阐释其诗歌的研究。如傅修延在《济慈诗歌与诗论的现代价值》中提出了济慈的诗论是生态诗论，田瑾在《生态关怀：济慈诗作中的自然主义向度》一文中认为济慈诗作中隐性铺陈着生态意蕴②。济慈少年时在远离伦敦城区的恩菲尔德学校就读，那里是植被茂密、景色秀丽的乡间，草地上的蝈蝈时时欢欣吟唱，恩菲尔德森林里还会不时地传来夜莺婉转的歌声。与华兹华斯相同，济慈的少年时光常常与大自然的一草一木为伴，生性敏感的他，将草木的芬芳气息、虫鸟的悦耳鸣声深深记载在身体感官当中。可好景不长，随着济慈生活足迹的变化，雾霾肆虐，疾病交加，济慈的身体每况愈下。他曾感慨："对于一个长困在城里的人，/能见到天空明丽而开阔的容颜，/能在蔚蓝苍穹的微笑下面，/低声做祷告，这可是多么舒心"③，也曾诉说："哦，孤独！如果我和你必须/同住，但愿不住在叠架的一栋/灰楼里；请跟我一同攀登陡峰，/踏在大自然的瞭望台上，看山谷"④。城市空气污浊、雾霾弥漫，能呼吸到新鲜空气，或与自然亲密接触，对一个肺病患者来讲是一件非常具有幸福感的事情。⑤因而济慈的诗歌时常体现出视觉、听觉、触觉上的多重生动性，富有"音乐美"和"绘画美"，质言之，济慈诗歌中与自然的互动，流露着身体的强烈渴望。

譬如《秋颂》（1819年9月作）一诗，贝特在《大地之歌》中认为此诗跟当时环境变好有关，诗歌描绘了一幅秋景生态图，构筑了一个生态系统，诗中的自我消解在生态系统中。⑥事实的确如此，济慈还在1819年8月28日致范妮的书信中强调，"这两个月美妙宜人的天气是我得到的最高褒奖"，"我喜爱好的

---

① 济慈：《济慈诗选》，屠岸译，北京：外语教学与研究出版社，2012年，第205页。

② 田瑾：《生态关怀：济慈诗作中的自然主义向度》，载《外语教学》2017年第2期，第110页。

③ 济慈：《济慈诗选》，屠岸译，北京：外语教学与研究出版社，2012年，第57页。

④ 济慈：《济慈诗选》，屠岸译，北京：外语教学与研究出版社，2012年，第47页。

⑤ 改变环境也在当时被认为是治疗肺结核病的手段，意大利空气相对较好，在当时被视为是疗养结核病的好居处，济慈后期也曾去意大利治疗。

⑥ See Bate, Jonathan. *The Song of the Earth*. Cambridge: Harvard UP, 2000, p.107.

天气，将它视为对我最大的祝福"。①稀有的好天气使得肺结核病患者甚是欣慰，诗人身心极度愉悦，沉浸在秋天的美景之中。"让苹果压弯农家苔绿的果树，/教每只水果都打心子里熟透；/教葫芦变大；榛子的外壳胀鼓鼓"②，诗篇第一节就开门见山刻了丰收之秋果实累累的场面，压弯（bend）、变大（swell）、胀（plump）等几个连续性的动词写出了果树的生命力，也表现出了诗人此时兴奋喜悦的身体精神状态。诗人将秋天比作一位女神，细致地歌颂她身上所表现的自然之力，诗篇的最后一节更是谱写了一曲秋之交响：

> 当层层云霞使渐暗的天空绚丽，
> 给大片留茬地抹上玫瑰的色泽，
> 这时小小的蚊蚋悲哀地合唱
> 在河边柳树丛中，随着微风
> 来而又去，蚊蚋升起又沉落；
> 长大的羔羊在山边鸣叫得响亮；
> 篱边的蟋蟀在歌唱；红胸的知更
> 从菜园发出百啭千鸣的高声，
> 群飞的燕子在空中呢喃话多。③

大地共长天一色，微风轻抚着杨柳，远近的虫儿、鸟儿、羊儿自由自在地鸣奏各自的天籁，诗人对秋景的沉醉与欣喜之感犹如肺病患者对新鲜空气的渴望一样强烈。济慈在此诗中虽未留下抒发自己情绪的只言片语，换言之，诗中隐去了诗人自我，但我们可以明显地感受到其身体感官正处于敏锐亢奋的状态，喜悦之情跃然纸上。正是由于此时的济慈已是个重度肺病患者，气候好转给他带来强烈的身体刺激，才使得诗人全身心浸润在自然中，达到物我交融的浑然境界。故此，该诗亦成为济慈诗歌的传世经典。

如果说《秋颂》是重症结核病诗人谱写的一曲大自然交响，"音乐美"是它最为明显的特征，那么《希腊古瓮颂》（1819年5月作）便是诗人所勾勒的一幅

① 济慈：《济慈书信集》，傅修延译，北京：东方出版社，2002年，第374—375页。
② 济慈：《济慈诗选》，屠岸译，北京：外语教学与研究出版社，2012年，第33页。
③ 济慈：《济慈诗选》，屠岸译，北京：外语教学与研究出版社，2012年，第35页。

心灵的世外桃源图，诗歌富有"绘画美"。诗人开篇将古瓮比作未被侵犯而拥有着童真的新娘，全诗对于描绘对象皆呼其为"你"，这显然不同于《秋颂》中隐去自我、物我交融的手法。诗人在此诗中营造了一种距离感，他所描绘的画面是遥远的，远离现实的。"绿叶镶边的传说在你的身上缠，/讲的可是神，或人，或神人在一道，/活跃在滕陂，或者阿卡狄谷地"①，阿卡狄（Arcady）常被用来形容田园诗中牧人的家乡，济慈在诗中亦将古瓮上的图景作为一种阿卡狄式的环境幻想。面对绿叶镶边的画面，济慈写"那些树木也永远不可能凋枯"②，诗人初步看到，古瓮作为一件艺术品，它将人对于自然的期许，定格在物的恒定之中。紧接着在第三节中，他更是发出了强烈的呐喊：

> 啊，幸运的树枝！你永远不掉下
> 你的绿叶，永不向春光告别；
> 幸福的乐手，你永远不知道疲乏，
> 永远吹奏出永远新鲜的音乐；
> ……
> 这一切情态，都这样超凡入圣，
> 永远不会让心灵餍足，发愁，
> 不会让额头发烧，舌干唇燥。③

通过大量呼语的使用，以及几个连续的"永远"，诗行表达出了济慈对理想中的和谐世界的强烈渴望，而这样的世界是以绿意环绕为前提的。济慈首先呼唤的是树枝和绿叶永不凋落，从生态批评的视角看来，这显然透露着诗人朴素的生态关怀。"额头发烧，舌干唇燥"无疑是结核病的症状，诗人在不经意间恰恰透露了自己的身体状况，也即透露了对理想中绿意环绕的和谐世界产生强烈渴望的重要原因。

在此诗的最后一段，济慈写道："树林伸枝柯，脚下倒伏着草莱；/你呵，缄

---

① 济慈：《济慈诗选》，屠岸译，北京：外语教学与研究出版社，2012年，第23页。
② 济慈：《济慈诗选》，屠岸译，北京：外语教学与研究出版社，2012年，第23页。
③ 济慈：《济慈诗选》，屠岸译，北京：外语教学与研究出版社，2012年，第25页。

口的形体！你冷嘲如'永恒'/教我们超脱思虑。冷色的牧歌！"①古瓮作为一件"物"而缄默不语，但它提供给我们关于美的永恒范式。对于诗人而言，古瓮使他心目中的阿卡狄和田园牧歌得以具体呈现，并且它将永恒存在。故而，诗人接着写道："等老年摧毁了我们这一代，那时，/你将仍然是人类的朋友，并且/会遇到另一些哀愁，你会对人说/'美即是真，真即是美'——这就是/你们在世上所知道、该知道的一切。"②身患肺病的诗人难免有着对生命易逝的感伤，但他直言古瓮是永恒的，它永远是人类的朋友，质言之，古瓮寄托了济慈对于牧歌式的理想世界或自然之美的永恒期许。"美即是真，真即是美"，这是济慈的名句，学界历来对它有着五花八门的解读。在笔者看来，这是古瓮所表达的真理以及给予世人的启示，而济慈所说的"真"（truth），是他反复期许的"永恒"，也即"自然"，济慈认为美是一种真理，它恒久存在，就好比古瓮提供给我们关于牧歌式世界的永恒幻想，换言之，这表达了济慈对于自然之美的强烈渴望。

通过上述诗歌分析可见，济慈的诗歌语言明显带有肺结核的症候，反映了诗人深切的身体体验，它是肺结核的病症在文字或语言上的呈现。肺结核的身体状况加深了自然之美对于济慈感官的刺激度，给予他独特的创作灵感。济慈的诗歌便如此带着疾病的症候，带着消沉、热情、迷幻和渴望，去思考美与自然、生命与死亡，真切感人并具独特的美学特征。

第三节 疾病与身体诗论

结核病对济慈的作用，不仅仅体现在使其诗歌语言呈现出独特的美学特征，也体现在他书信中所传达的诗论中。"肺结核，寻找无意义成为意义，或者给无望的痛苦和死亡寻找希望，因而被视为创造才能的先决条件。"③肺结核早期对济慈产生深刻的心理印象，最后又使其切身受此折磨，在这种特殊疾病的作用下，随着身体的逐渐消耗和燃烧，他的艺术天赋进一步被激发，并使得他对诗歌创

① 济慈：《济慈诗选》，屠岸译，北京：外语教学与研究出版社，2012年，第26—27页。

② 济慈：《济慈诗选》，屠岸译，北京：外语教学与研究出版社，2012年，第27页。

③ Morens, David. "At the Deathbed of Consumptive Art," *Emerging Infectious Diseases*, 2002(11):1354.

作和诗歌艺术有着独特的体会。与他的诗歌一样，济慈的诗论同样带上了疾病的症候，它并未形成完整的体系，也没有采用深奥的哲学性阐释，而是带着强烈的身体感受，可以说是一种"身体诗论"。

济慈在书信中提出的"消极感受力"（negative capability）是他诗论的核心。从其书信可见，这个概念的提出并非空穴来风，而是经历了一个前后呼应的思维衍变过程。1817年11月22日，也即在提出"消极感受力"之前，济慈在信中写到自己常陷入麻木的情感状态中，自己或许看似冷漠，其实只是心不在焉，他直言：

> 亲爱的贝莱，我请求你，要是以后你观察到我显得冷漠，别认为我是无情无义，而要把它看成是我的心不在焉——因为老实告诉你，我有时会整整一星期都陷入情感的麻木之中——而且，这种一直以来的表现使我开始怀疑自己，怀疑自己在其他时刻流露出来的情感是否真实——觉得这不过是看苦情戏流下的无聊眼泪——[①]

显然，济慈传达出他的这种状态不受自身的理性智识控制，身体感受影响着他的情绪表现，这为济慈"消极感受力"之说的正式提出埋下伏笔。次月，也即1817年12月21日或27日，他在信中提出"消极感受力"：

> 一些事情开始在我思想上对号入座，使我立刻思索是哪种品质使人有所成就，特别是在文学上，像莎士比亚就大大拥有这种品质——我的答案是消极的能力，这也就是说，一个人有能力停留在不确定的、神秘与疑惑的境地，而不急于去弄清楚事实与原委。譬如说吧，柯勒律治由于不能够满足于处在一知半解之中，他会坐失从神秘堂奥中攫获的美妙绝伦的真相。[②]

"消极感受力"是济慈诗学的核心概念，中外学者对其含义争讼不休。总体

---

① 济慈：《济慈书信集》，傅修延译，北京：东方出版社，2002年，第53页。
② 济慈：《济慈书信集》，傅修延译，北京：东方出版社，2002年，第59页。

而言，学界多从创作主体和客体、理性和感性等角度进行分析，强调济慈对于感性经验的重视，认为诗人提倡主体要排除理性、逻辑等自我干扰，摆脱强烈的自我意识，使得自己处于"迷惘不安"的状态，如此才能打开想象力，去感受美、抒写美，达到物我交融的境界。诸如此般研究较多，但较少有学者探索这种独特的诗论形成的原因。

　　国外已有学者从医学的角度来研究济慈的诗论，格里高利·泰特（Gregory Tate）认为十九世纪医学教育强调医生在手术中要克服对病人痛苦的同情，济慈诗论和诗歌中处理主客体的关系，即如何克制感情、调和情绪，如何介入客体，皆跟他早年所接受的医学训练有关。①詹姆斯·罗伯特·阿拉德（James Robert Allard）指出济慈富有想象力的同情心是他作为"诗人医者"（Poet–Physician）的主要特点，故而"诗人医者是一个有能力经历失去、痛苦和死亡的具身化实体……他必须保持一种高度的敏感性，以减轻他人身体表现的和'想象的'痛苦"②。学医之人的确对自己的身心感受特别敏感，在济慈那个年代，医界多使用鸦片或酒精来麻醉动手术的病人，"'麻木'之类词语频繁在济慈诗歌与书信中出现，与济慈的医学背景大有关系"③。如此，学者们均从身体的角度认为济慈的从医经历影响了他对于外物的感受，甚至他的诗性思维。那么，若说诗人医者处理身体的经历影响了自身的诗性思维，毋庸赘言，诗人本身的身体状况对此有着更为直接的影响。我们根据济慈自身身体状况来思考，他书信中提到自己时常处于"麻木"的状态，这也符合肺结核病人的初期症状④。肺结核病人初期"往往在不知不觉中开始出现周身不适、疲倦、无力、盗汗、消瘦、纳差等症状，但易被误认为因气候变化、过度疲劳或感冒所致"。⑤周身不适，疲倦无力，换言之，即身心出现怠惰或麻木的感觉，结核病使济慈身体不适，出现疲惫与

① Tate, Gregory. "Keats, Myth, and the Science of Sympathy," *Romanticism*, 2016(2):191-202.

② Allard, James Robert. *Romanticism, Medicine, and the Poet's Body*. Aldershot: Ashgate Publishing Limited, 2007, p.99.

③ 傅修延：《济慈诗歌与诗论的现代价值》，北京：北京大学出版社，2014年，第51—52页。

④ 无独有偶，患有肺结核的雪莱也曾在书信中描述过自己时而"麻木"的症状："我的感觉有时麻木而迟钝，有时又会变得敏锐异常。"参见雪莱：《雪莱全集（第四卷）·诗剧》，江枫等译，石家庄：河北教育出版社，2000年，第233页。

⑤ 张侠：《肺结核的诊断与防治》，南京：东南大学出版社，2002年，第12页。

无力之感，显然会导致他情绪上的"心不在焉"。正如近几年来许多生态批评学者所强调的，情感具有物质属性，它是依赖于身体的一种存在，建立在肺结核之上的麻木、怀疑之感，可视为结核病症在情感上的蔓延。此般身体状况进而影响了济慈对文学创作的独特思考。

"麻木"的状态在诗学上通常被视为济慈主张的创作情绪状态，是"消极感受力"的前奏，而"消极感受力"是济慈进一步提出的把握事物的一种能力，是一种认知反应。所谓的"消极"并不是指一般意义上的"消沉"，而是诗歌创作中主体的一种隐遁式介入，即主体能够稳定地处于感性直观之中，哪怕是"不确定、神秘与疑惑"的境地。它不再强调依赖理性和逻辑的把控，如此也有助于使想象力更为自由。这看起来似乎与中国古代诗学中的"心斋""忘我""不求甚解"有着异曲同工之妙。此处的"消极"虽然不同于社会学意义上"积极"的对立面，但"negative"从用词本意出发必然是指偏于负面的一种状态，强调的境地是"不确定、神秘与疑惑的"，并没有"心斋""忘我""不求甚解"中的那种道家和禅宗式的放松宁静与怡然自得。从"麻木"到"消极"，撇开关于这些词的形而上猜测，如此状态亦是一种"直白"的身体感受。

联系他当时的生活和身体状况，济慈一方面眼看弟弟托姆已患肺结核，一方面自己也已感染，且"肺结核病人常发生失眠现象，主要因为焦虑、恐惧、失望等心理上的创伤所引起"[①]。济慈在1818年1月5日（即之后十来天）给弟弟们的信中就有提及健康问题。济慈写道："今天上午我去看了苏雷，提到托姆的吐血并向他作了咨询，他好像对这些都不甚在意，但要我让你把自己的感觉以及与心悸、吐血及咳嗽相关的症状向他作详实报告——假如你有这些情况的话。"并在结尾叮嘱"记住早点给苏雷医生写信"。[②]济慈显然关注着身体问题，对亲人和自身健康的忧虑不得不使其产生心理焦虑，学医出身的济慈，对这方面是特别敏感的。患病初期的怠惰麻木，继而转为消沉无力，又夹杂着对未知的恐惧和疑惑，这样的身体感知直接作用在对文艺和诗歌的思考上，与"消极感受力"之说形成一种呼应。身体现象学认为知觉先于人的思维，梅洛-庞蒂指出"关于意识，我们不应该把它设想为一个有构成能力的意识和一个纯粹的自

---

① 张侠：《肺结核的诊断与防治》，南京：东南大学出版社，2002年，第13页。

② 济慈：《济慈书信集》，傅修延译，北京：东方出版社，2002年，第61、65页。

为的存在，而应该把它设想为一个知觉的意识，行为的主体，在世界上存在或生存"①，按照现象学的阐释，思维是身体知觉作用下的思维，理性分析实则起源于身体知觉，那么济慈提出"消极感受力"，极有可能是因为背负肺结核病的身躯消磨了主体的理性探索欲，给予了感官以释放更大感受空间的可能，这恰巧促成了济慈独特的诗学主张，即完成了从"麻木"到"消极"的诗论学说。由此可见，"消极感受力"亦并非如一些学者所认为的那样，表现了诗人强调彻底排除自我的主张。在结核病的身体感受影响下，济慈实则认为应调和思维与感官之间的张力，使自我达到自然的状态，才能获得事物的"美与真"。济慈所说的"消极感受力"是关于诗论和美学上的思考，但这种言说也如同济慈本人，带着明显的结核病气质。

与此一脉相承的命题是，济慈在1818年10月27日致理查德·伍德豪斯的书信中所提出的"诗人无自我"。他在信中洋洋洒洒地表达了一些惊人的论断，也即诗人没有个性、自我，亦无诗意：

> 一名诗人是生存中最没有诗意的，因为他没有自我——他要不断地发出信息，去填充其他的实体——太阳，月亮，大海，世上的男男女女，作为有冲动的生灵，他们都是有诗意的，因此都有不变的特征——而诗人却没有，没有自我——他绝对是上帝创造出的最没有诗意的生灵。②

具体说来，济慈所说的"诗人无自我"意在阐明诗人的一种使命，他应不断地去感受与捕捉自然万物乃至人间百态的诗意，诗人的灵魂属于世间存在的诗意外物，而非自我。一如他众多诗篇的主题——"幻觉与现实的斗争"③，济慈在论及诗歌时无不强调诗人之魂属于外物，诗人当保持一种进入幻觉的状态，而克制理性冲动。然而，济慈既然强调诗人要不断地以诗魂填充其他实体（body），这种"填充"又何尝不是诗人最为强烈的自我与个性？因此，所谓的

---

① 梅洛-庞蒂：《知觉现象学》，姜志辉译，北京：商务印书馆，2012年，第442页。

② 济慈：《济慈书信集》，傅修延译，北京：东方出版社，2002年，第214页。

③ 艾布拉姆斯：《镜与灯：浪漫主义文论及批评传统》，郦稚牛、张照进、童庆生译，北京：北京大学出版社，1989年，第501页。

"诗人无自我"亦只是济慈消极式的话语模式，"无自我"的境界实则是"无处不自我"的幻境。在话语中如此强烈地将自我虚幻化，跟他日益加重的肺结核疾病有关，不难理解，身体处于麻木倦怠状态的肺结核病诗人毫无"自我"可言。与"消极感受力"一样，在患病的济慈本人看来，诗人是被动的。肺结核所造成的身体感觉使济慈建构了一种疾病式的消极诗论话语。

此外，肺结核病人对大自然的渴求也影响了他的诗论，这与上文中济慈自然诗歌与结核病的关联一脉相承。济慈的诗论在表达方式上别具一格，他在谈论诗歌时，喜欢引喻自然之物来表达观点，仿佛只要是关于诗歌和艺术的深层思考，都体现着他与自然的紧密联系，他的诗论中蕴含了身体对于大自然和良好环境的期许。济慈的诗论"可以说是一种生态诗论或自然诗论，里面俯拾皆是自然界中的事物——从日月星辰到山川河流，从花草树木到鸟兽虫鱼"[①]。从他的书信中，我们可以看到大量引据自然之物来阐释诗学思想的例子。

其一，济慈的诗论犹如诗歌本身那样生动形象，丝毫没有佶屈聱牙之语。他将诗论探讨置于"大自然"之中，采用诗性的阐释方式去表现诗学思想，并强调身体感官的放松性和接受性。如"这些山峦、瀑布的大小与数量，你在未看到它们之前完全可以想象得到，但大自然的神工鬼斧定然超过任何一种想象，战胜任何一种记忆。我要从这里学诗"[②]，以及"让我们切莫急匆匆地乱窜，像蜜蜂那样不耐烦地嗡嗡作响，在一门知识范围内或所有应到之处四下寻觅；我们所应做的是像花儿那样张开叶片，处于被动与接受的状态"[③]。与"消极感受力"相同的是，他往往强调感官的放松性和接受性。济慈曾提到自己对什么都无把握，除却对"心灵情感的神圣性和想象力的真实性"，并且认为"想象力以为是美而攫取的一定也是真的"。[④]济慈把"心灵"和"想象力"指向"真"，联系他所提倡的"消极感受力"，此处的"心灵"和"想象力"并非理智之"思"，而是指向对于身体感官的绝对信任。如蜜蜂般"嗡嗡作响"和"急切乱窜"的状态与虚弱的结核病人显然扞格不入，故而，济慈提倡应如花儿那样静笃伸展，

---

① 傅修延：《济慈诗歌与诗论的现代价值》，北京：北京大学出版社，2014年，第216页。

② 济慈：《济慈书信集》，傅修延译，北京：东方出版社，2002年，第142页。

③ 济慈：《济慈书信集》，傅修延译，北京：东方出版社，2002年，第93页。

④ 济慈：《济慈书信集》，傅修延译，北京：东方出版社，2002年，第51页。

使身体感官处于放松与接受状态，以此打开诗性感悟。

其二，济慈的诗论用立象以尽意，结核病人喜欢平和安静的自然环境，温和宜人的天气，因此他的审美偏好总是倾向于采用温和的物象。譬如，"落日使我满心舒畅——要是有一只麻雀来到我窗前，我会分享它的生存，和它一道在地里啄食"①，又如"诗之形象要像读者眼中的太阳那样自然地升起、运行与落下……如果诗之产生不像枝头生叶那样自然，那它还是不写出来为妙"②。在此，济慈反复强调自我与环境的交融，以及不留粉饰与雕琢的诗歌创作观，追寻恰如中国古典诗学家严羽所提的"羚羊挂角，无迹可寻"③的诗意境界。仔细推敲，无论是"枝头生叶""日落中天"，还是落日中的麻雀，济慈直接联想到的自然之"象"都是平和而温暖的，少有拜伦式的"狂风巨浪""电闪雷鸣"这般猛烈与不羁，也较少表现自然美的"崇高"，如此偏好体现了虚弱的肺结核病人对生态环境的本能渴求，换言之，诗人躯体的生理感受直接影响了他的审美取向。济慈对诗歌和艺术的思考中流露着他对自然或良好环境的渴望，患病的身体状态影响了他对诗歌与艺术的独特感知和表达。

提及诗论与自然，中国古典诗论是绕不过的范畴，它强调诗歌是人与外物相感应的自然产物。《文心雕龙》中有言："人禀七情，应物斯感，感物吟志，莫非自然。"④人缘情而感悟于万物，物我相应，诗以言志，我们向来强调"情"，然而无论是"七情"，还是"感物吟志"，其实皆指示着身体的在场。身体是作诗的主体，它诗意地感应于与自身交互的物质环境，谱写下生命的语言，这是自然而然的过程。在具体阐释上，中国古典诗论有着譬喻式的传统，也即援引自然物象或是生命的其他现象来传达诗学思想，如陆机在《文赋》中"若游鱼衔钩，而出重渊之深；浮藻联翩，若翰鸟缨缴，而坠曾云之峻"⑤。从诗论上来看，中国古代文学理论家并不擅长西方式的逻辑分析，实际上，中国古人在"道可道，非常道。名可名，非常名"的文化前意识下，主张不去僵化地言说，

---

① 济慈：《济慈书信集》，傅修延译，北京：东方出版社，2002年，第53页。
② 济慈：《济慈书信集》，傅修延译，北京：东方出版社，2002年，第97—98页。
③ 何文焕：《历代诗话》，北京：中华书局，2004年，第688页。
④ 刘勰：《文心雕龙》，北京：中华书局，1985年，第6页。
⑤ 陆机：《文赋译注》，张怀瑾译注，北京：北京出版社，1984年，第22页。

不去命名，理论文本因此也呈现出诗性、开放性、万物一体性的特点。相较于西方自亚里士多德《诗学》以来注重理性逻辑、直线式表达的诗论传统，中国古典诗论更重"体悟"，"体悟"便意味着诗论话语中的身体更为敞开，身体的敞开直接引导出环境的登场，那么诗论中的自然物象，古人更是信手拈来。因此，在看似重"心"，重"情"，鲜有提及"身"字的中国古典诗论中，实则隐藏着此种身体与自然的逻辑图式。济慈的诗论与之不谋而合。他反复以譬喻的手法强调向大自然学诗，强调隐退理性思维，身体在他的诗论中处处敞开。诗人并未受中国道家文化传统的熏陶，直接对其产生影响的是诗人所患的结核病，以及渴望大自然的时代思潮。

疲倦怠惰的身体感觉与对于生命的深刻关注，铸就了济慈极富个性的诗论言说。在这种情况下，济慈的诗论不可能有着中国古典诗论中怡然自得的天人合一，对于自然更多地表现为强烈的身体渴望。济慈的诗论，与其说是"自然诗论"，不如说是"生态诗论"更为贴切，它饱含了机体与环境的内在联系。

济慈的诗论，无论是"消极感受力"之说，还是对于想象力之"真"的推崇，抑或是引喻自然物象及其物象选择上的审美倾向，皆隐含了肺结核这一疾病因素对诗人身体强烈刺激所带来的影响。济慈的诗论表达总是看似隐晦却又逼真，隐晦的是其缺乏学理性阐释，逼真的是其有着引人入胜的独到见解，尤其是"消极感受力"之说，其因在于它深受结核病的身体所带来的影响，它是一种独特的"身体诗论"。故此，身体的话语引领我们穿越济慈诗论的迷宫，探得其背后的成因之源，有助于我们更好地阐释诗人的诗学思想。

本章小结

在英国浪漫主义诗人当中，其作品最直接地体现出身体之躯体性感受的便是济慈。身体初刻发声，便呐喊自己是一躯体，以此来超越精神与肉身在文化语境中的分离。身体是一躯体，身体话语于此滥觞。身体是环境的组织者，阿莱莫提醒我们关注"毒性身体"，以此观察浪漫主义时期，深受肺结核的肆虐是那个时代之身体的明显特征，济慈的诗歌艺术便带着疾病症候。疾病给予人避之不去的深远影响，病者诗人的诗作明显体现出身体与美学、情感与物质、文学与环境等种种话语关系。

人是依赖自然而存活的机体，人与自然的关系密不可分。从宏观上讲，人的感情也受自然环境的影响，尤其是天气、土壤、水、风等。这是由于情感依赖于人的身体而存在，情感是机体活动的一部分，而身体是一种物质性存在，它是生态系统中的一员。依此角度观之，文学或艺术作为人类情感活动或文化现象的载体，亦是物质性的存在，因为它借以存在的，无论是情感来源的身体，抑或是书写工具、乐器等，都具有物质性。生态学创始人海克尔曾指出："我们通常所说的灵魂，实际上是一种自然现象，所以，我把心理学看成是自然科学和生理学的一个分支……所有灵魂生活的现象，毫无例外都和躯体的生命实体中的，也就是原生质中的物质过程分不开的。"① 文学亦如此。我们从肺结核病人济慈的诗歌中，看到机体的症候；从他的诗论中，看到一种肺结核患者的精神情绪。一切艺术作品皆具有"物"性，一切艺术作品亦具有"身体"性，诗歌通常被视为情感的化身，而它亦反映了与物质身体的互动关联。我们审视文化，也应该回归身体本身，而回归身体，即回归哺育有机体的生态系统。

英国工业革命带来了弥漫着雾霾和异味的时代，导致了肺病等呼吸道疾病的肆虐，疾病作为一种独特的生命体验，它拉近了我们与死亡的距离，从而能使人感受到生命意识的突出。肺病作用于诗人，为浪漫派独特风格的形成注入重要因素，而诗人带着肺病抒写诗歌，也赋予了结核病以浪漫主义式的文化和隐喻。文化与身体紧密相连，身体又离不开生态系统。环境破坏给人造成的严重后果终将体现在使机体患病上。人作为生态系统中的机体，需要赖以生存的自然家园，生态批评强调回归机体本身去思考文化，这是对将人从自然中剥离出来的二元论文化的强势反对。如海德格尔所言，我们的存在是"向死"的存在，从机体存在的层面而言，人无法避免疾病和死亡，唯一能做的便是用爱抚平恐惧，用实际行动去爱生命，爱生态家园，履行生态责任，这也是疾病之于文化的最大启示。

---

① 恩斯特·海克尔：《宇宙之谜》，解雅乔译，呼和浩特：内蒙古人民出版社，2010年，第78、95页。

第二章

身体的辩护：雪莱诗歌中的素食主义

　　若说疾病是身体的被动状态，那么饮食则更多包含着身体的主动选择。食物以身体为媒介，将人类社会与自然世界联结。人的饮食活动是生存的基础，也直接包含了伦理和美学选择，同时亦涉及政治、经济和宗教等现实层面的问题。诗歌中的身体，可能是诗人无意识的呈现，亦可能是诗人的身体意识在主动辩护。素食主义含有广博的生态意义和身体诗学内涵，它出现在英国浪漫主义诗人雪莱的诗歌当中，促成其关于世界之宏大理想的诗化呈现。

　　雪莱在世仅30年，却为世界留下了丰富的文学和文化财富。他不仅是一位诗人，还是一位哲学家、小说家、政论作家、改革者。不过，文学批评界通常只关注到他为诗歌辩护，为无神论辩护，却鲜有关注其在饮食方面的独特倡议——事实上，他还是一位不折不扣的素食主义者。素食主义的观点不仅仅关系到诗人的生活饮食选择，更蕴含着庞大的哲学空间，是探索雪莱思想体系的一个重要部分。由于雪莱在当时的社会影响力，他的素食主义倡议还推动了英国上流社会对素食主义的更多关注。雪莱本人关于素食主义的文献主要有两处：其一是1812年的《为自然饮食的辩护》，附于《麦布女王》的注释之中；其二是他1813年的散文《论素食》。素食主义作为一种主动的饮食选择，是雪莱身体意识的体现，其背后含藏了雪莱关于人类社会、自然世界的乌托邦式构想，这在《麦布女王》《普罗米修斯的解放》《阿拉斯特》《宇宙的精灵》等诗作中均有所体现。本章以雪莱的素食主义为视角来解读其诗作，雪莱有着明显的身体意识，他的诗歌可谓诗化地将饮食活动与世界运转构成一种隐喻，本章将对此进行深入探析。

第一节　素食与身体意识

　　食物是机体生存的重要物质基础，物质生态批评代表学者史黛西·阿莱莫提出"跨体性"的概念，强调人类身体与其他生物之间存在着水分、食物、空气等物质的交换，以此来改善人与自然物质在文化或历史语境中的分离。那么，以回归身体的方式去认知现象，最为明显的"跨体物"便是食物。身体通过食物联结了人类社会与自然世界，饮食不是一种简单的日常俗事，它与文学一样，皆包含了伦理和美学选择，同时亦涉及政治、经济和宗教等方面的现实问题。饮食习惯的反叛往往体现了身体与社会环境、自然环境间关系的变化。

　　素食主义作为一种饮食的亚文化，在历史上存在着一定的根基。毕达哥拉斯通常被视为西方第一位强调素食的思想家，毕达哥拉斯茹素的理由是动物与人类一样拥有灵魂，且灵魂不灭，借肉体而居，故此，肉体中的灵魂皆可能是人的亲属，人应该尊重肉躯体。[①]这与古希腊人朴素的自然观或世界观同根而生，在古希腊人眼中，土、水、气、火是世界之源，宇宙中的构成元素不变，不断变化的只是其外在形式。毕达哥拉斯学派认为人类与动物、与自然之物之间有着亲属关系，体现了朴素的有机整体自然观。同样，柏拉图在《斐多》中也曾提到"譬如有人一味贪吃、狂荡、酗酒，从来不想克制自己，他来生该变成骡子那类的畜牲"[②]。此外，素食主义往往与宗教相关联。在《圣经》中，"神说：'看哪，我将遍地上一切结种子的菜蔬和一切树上所结有核的果子，全赐给你们作食物'"，因而一些教派以此为依据，认为上帝最初赐予人的食物是素食，应以此为信条。英格兰教会牧师威廉·考赫德（William Cowherd）于1800年创立了圣经基督教会[③]，将素食定为天然饮食，推动十九世纪早期的英国素食主义运动的进行。考赫德派为素食主义运动提供了组织背景，成为当时素食主义运动

---

① 奥维德：《变形记》，杨周瀚译，北京：人民文学出版社，1984年，第217页。
② 柏拉图：《斐多》，杨绛译，沈阳：辽宁人民出版社，2000年，第45页。
③ 圣经基督教会信徒大部分为工人阶级，是无产阶级启蒙运动的主体之一，它为工人阶级提供热汤与医疗救助，重视医学、科学等领域，对于工人阶级有着较大的吸引力。它要求戒除肉食主要是认为肉食有害健康以及响应保护动物的倡议，这与中世纪一些教派出于禁欲主义等教条而要求食素有着本质上的区别。参见 Spencer, Colin. *The Heretic's Feast: A History of Vegetarianism.* Hanover: New England UP, 1996, p.253.

的中坚力量。宗教中的素食信条通常带有浓厚的神秘主义和禁欲主义色彩，但以此为信条的团体组织的兴起和发展，是由于一系列社会问题的激化。从十九世纪早期英国素食主义运动来看，环境恶化、食品掺假、疾病肆虐、妇女儿童权益受损等工业革命下的社会问题与素食主义运动有着直接的关联。浪漫主义诗人雪莱亦是素食主义运动当中的一员。

关于雪莱的素食主义，文学评论者很少对其意义产生足够的重视，一些传记作家甚至认为这只不过是雪莱年轻时一时兴起的兴趣实践。诚然，选择素食从表面来看只是选择一种生活方式，然而从雪莱的《为自然饮食的辩护》与《论素食》这两篇文章可见，雪莱的这种饮食取向体现了他强烈的身体意识以及在此基础上引申出关于道德伦理、生态环境的强烈意识。理查德·舒斯特曼（Richard Shusterman）认为身体意识"不仅是心灵对于作为对象的身体的意识，而且也包括'身体化的意识'：活生生的身体直接与世界接触、在世界之内体验它"[1]。换言之，身体意识强调了自我意识对于身体的觉察和重视，并参与和注重对于世界的体验。雪莱的素食主义和他强烈的身体意识跟其自身的身体状况，以及他的思想认识有着极大的关系。

与同时代的英国浪漫主义诗人济慈相同，雪莱亦患有肺病，他身体羸弱，长期深受疾病的折磨。因死亡的阴影挥之不去，雪莱在多首诗歌中书写自己身体不适的状态，并有多首标题涉及"死亡"的诗歌。雪莱夫人在《阿拉斯特》的前言中写道："他常常深思默想而在最后几个月里认为已经确定无疑甚至正在迫近的死亡，在他笔下写来具有一种仿佛由于参悟已使他的灵魂得到抚慰和安宁的色彩。"[2]雪莱用诗歌直接表达了身体对于世界的依赖，躯体的病痛引起了他对死亡的恐惧，他用诗歌小心翼翼地探索死亡。在1820年的《断章：生中死》中，雪莱直接写道："我的头沉重，我的肢体疲倦，/在使我活动的，并不是生命。"[3]此诗雪莱直接抒写了躯体感觉，躯体的不适使雪莱感受到自己的活动仿佛已不是生命的作用，直指自己正经历如死般的痛苦。雪莱不仅直抒在死亡恐惧

---

① 理查德·舒斯特曼：《身体意识与身体美学》，程相占译，北京：商务印书馆，2014年，第7页。

② 雪莱：《雪莱全集（第二卷）·长诗（上）》，江枫等译，石家庄：河北教育出版社，2000年，第64页。

③ 雪莱：《雪莱全集（第一卷）·抒情诗》，江枫等译，石家庄：河北教育出版社，2000年，第339页。

中的躯体感受，还更为大胆地描绘与死亡意象有关的事物。譬如"谁，能讲述那无言的死亡的故事？/谁能揭开那遮掩着未来的帷幕？/谁，能描绘那挤满了尸体的地底/迷宫似的墓穴里的黑影的画图？"①又如"死去的人们熟睡在他们的墓穴，/熟睡着腐朽；一种悦耳的音响，/若有若无，从他们生蛆的床位/散发到四周一切有生的物体上"②等。同样是描写墓地，雪莱的诗歌语言和基调全然不同于以格雷为代表的墓园诗派。墓园诗派的语言精雕细琢，亦存有古典主义的影子，而雪莱对于死亡的描写性语言更加具有身体化的力度，"蛆虫"等意象的大胆使用体现了其以挑衅感官的姿态直接展开对死亡的探索与想象，这类诗歌从侧面烘托出诗人的躯体病痛之强烈，在生理上产生对死亡的真实恐惧。蒂姆西·莫顿考证，雪莱经常神经性头痛、发烧，早在牛津大学时期，雪莱就是一个温和的素食主义者，还曾经想成为一名医生。③雪莱还研读和翻译了一些古希腊文献，对饮食的古典文化源头深感兴趣。莫顿同时认为获得安睡是雪莱追求自然饮食的一个目标。④可见，深受疾病折磨是雪莱产生身体意识的一个重要原因。雪莱的身体意识是强烈的，他敏锐地洞察身体，用诗歌探索死亡，那么选择茹素断然不可能只是一时心血来潮或是追求时髦，这种饮食方式体现了诗人积极的身体探索，其背后更包蕴着诗人沉痛的身体与人生体悟。

对此，雪莱明确将人体疾病的主要原因归咎于食物，他在《论素食》中表明以下前提：

> 我们吃进胃里的食物是疾病的一个主要来源。身体内最细微的部分都跟胃产生共鸣。无端的恐惧、眩晕和精神错乱常常起因于消化器官的某种疾病……因此，如果找到了消化器官功能紊乱的原因，人们就可以依靠某一种饮食体系成功地从根本上战胜疾病，再造健康的身体。⑤

① 雪莱：《雪莱全集（第一卷）·抒情诗》，江枫等译，石家庄：河北教育出版社，2000年，第12页。
② 雪莱：《雪莱全集（第一卷）·抒情诗》，江枫等译，石家庄：河北教育出版社，2000年，第14页。
③ Morton, Timothy. *Shelley and the Revolution in Taste.* Cambridge: Cambridge UP, 1994, p.58.
④ Morton, Timothy. *Shelley and the Revolution in Taste.* Cambridge: Cambridge UP, 1994, p.62.
⑤ 雪莱：《雪莱全集（第五卷）·小说 散文》，傅惟慈、杨熙龄、杨黎等译，石家庄：河北教育出版社，2000年，第499页。

对当下肉身习俗产生怀疑，探索合理的饮食体系成了雪莱极感兴趣的研究。不仅如此，雪莱还得出饮食与精神方面存在着关联，按照他的说法："人类错误的根源不仅存在于其所处的外部环境，而且也存在于机体内部起调节作用的相关特征之中，令人惊奇的是，哲学家们从来没有想到把人类大多数暴虐、不可理喻的行为归咎于病态的机体。"[1] 由此可见，雪莱尤其强调机体健康的重要性，认为人之道德与人之身体是密切相关的，他饶有先见地强调暴力和道德败坏很大程度上是由于身体器官紊乱造成的，让人们持久地信服真理，"就必须预先获得一种未受身体疾病损伤的悟性"[2]。事实上，十八世纪随着自然科学与机械唯物主义的发展，部分学者关注到身体的机体性存在，提出饮食影响人类性格的观念，如拉·梅特里就这样认为："吃生肉使野兽凶暴，人吃生肉也会变得凶暴起来。这一点真的是的的确确，例如英国人不吃烤得像我们那样熟的肉，而吃红红的、血淋淋的肉，他们似乎多多少少沾上了这种凶暴的性格，这种凶暴的性格一部分是由于这样的食物而来。"[3] 雪莱同样在论文中阐明饮食与道德的牵连，反复强调机体健康的重要性。显而易见，他之所以选择素食，亦是由于他对饮食与身体健康、与性格和道德之间的关系有着深刻的见解。

至此，我们可以看到，雪莱深受躯体的病痛困扰，并能够敏锐地洞察身体、重视身体，对人类机体与社会运转有着多层面的理性认识，从而坚持成为一名素食主义者。那么，同样是深受工业革命时代环境的影响而疾病缠身，济慈更多是在诗歌中直接表现出肺结核病人的症候，作品凝结着病者的躯体感，这种躯体感的表现是诗人不自觉的，雪莱却有着强烈的身体意识，他在诗歌中直接表达关于身体方面的理性思考。这是由于雪莱有着深厚的哲学基础和思辨精神，他转益多师，熟读普鲁塔克、奥维德、柏拉图等哲人的经典著作，且深受休谟、洛克、牛顿等人的影响，对事物有着科学或物质主义上的认知。故此，雪莱的身体意识带有鲜明的哲学与科学色彩，他在《驳自然神论》中多次观照到身体，

---

① 雪莱：《雪莱全集（第五卷）·小说 散文》，傅惟慈、杨熙龄、杨黎等译，石家庄：河北教育出版社，2000年，第494页。

② 雪莱：《雪莱全集（第五卷）·小说 散文》，傅惟慈、杨熙龄、杨黎等译，石家庄：河北教育出版社，2000年，第495页。

③ 拉·梅特里：《人是机器》，顾寿观译，北京：商务印书馆，2009年，第21—22页。

感觉来自身体，带有机体属性，如"我们不能离开感觉和感知来理解理智，感觉和感知是有机体的属性"，"感觉只能存在于一个有机体身上，一个有机体是必然在范围上和活动上有局限的"等。[①]在《论素食》中，他清晰地指出思想精神直接受制于神经、肌肉等状态："人的精力通过某种无法解释的过程与人体的神经、肌肉相互影响。肉体因过多的忧伤和痛苦而耗损，嗜睡的倦怠会中止思维活动，一场热病的刺激会扰乱人的思想。"[②]如此富有见地的身体意识必然影响着雪莱的诗歌特点。

西方文化传统自源头到启蒙主义时期，哲学家们对于身体的认识无不站在贬低的一面。毕达哥拉斯式茹素主要是出于对灵魂不灭的信仰，而灵肉或身心分离的古希腊哲人的思想，却在另一维度中助长了对身体和自然的贬低甚至压迫。柏拉图在《斐多》中借苏格拉底之言强调灵魂不朽，身体因其世俗性和有限性，成为人追求真理道路上的障碍，身体是相对的，哲学家应该学习如何摆脱身体的束缚。笛卡尔更是认为人的身体和动物皆是机器，极端理性崇拜使得人类中心主义思想稳固扎根。然而，对于身体的一味贬低，只会助长肉体欲望以另一种形式膨胀，形成文化和政治上的专制控制。就诗歌方面而言，无论是文艺复兴时期还是新古典主义时期的作品，更多侧重于纯粹意识形式的表现，宗教式禁欲或极端理性崇拜式的刻板，皆使得诗歌凌空蹈虚，缺乏情感生机和生命的真实感受性。而浪漫主义诗歌对此出现极大的反叛情绪，在雪莱的诗歌中，身体往往是在场的，这种在场性与济慈诗歌中的身体不同，它包含着雪莱哲学性的思考，往往通过素食主义的隐喻主动地表达于诗歌话语当中，素食主义及其诗化表达是雪莱强烈身体意识的结果与表现。

如果说用诗歌书写死亡很大程度上是雪莱在躯体病痛的作用下，以诗性的想象去体验和探索死亡的恐惧，那么，表达素食主义的观点便是他在身体意识下对人之苦难在出路上的某种探索，这种探索亦包含着朴素的生态关怀和生态伦理上的思考。素食主义的观念在雪莱的多部长诗中均有所体现，譬如《麦布

---

① 雪莱：《雪莱全集（第五卷）·小说 散文》，傅惟慈、杨熙龄、杨黎等译，石家庄：河北教育出版社，2000年，第355页。

② 雪莱：《雪莱全集（第五卷）·小说 散文》，傅惟慈、杨熙龄、杨黎等译，石家庄：河北教育出版社，2000年，第497页。

女王》《普罗米修斯的解放》《阿拉斯特》《宇宙的精灵》①《伊斯兰的反叛》等。

在《阿拉斯特》中，雪莱亦用食素的隐喻来表现自己的身体意识。雪莱在《阿拉斯特》的前言中写道："那位诗人自我中心的孤独倾向由于一种不可抗拒的激情的狂热催逼以至迅速死亡而得到报应。"②他告诉读者自己所写作的此诗叙写了这样一则寓言：沉醉于个人世界、试图摈弃人类同情而独自求索之人，最终将在狂热和空虚中死去。显然，此诗不同于雪莱众多诗剧采用的激情澎湃的笔调，它将目光转向个体的隐秘内在，用凝重的笔调探索命运。雪莱夫人在对此诗的题记中提及"肉体上的病痛也是一个有着相当大影响的因素使他把目光转向内心深处"③。雪莱在当时深受肺病反复发作的痛苦，肉体的病痛进一步促使其通过诗歌关注自我，凝视身体中的情绪意识。《阿拉斯特》的主人公是一位青年诗人，他将自身置于大自然当中，开始了孤独的游荡和探索，这亦是雪莱本人深思冥想、回归身体、探寻自我的过程。"诗人"去荒原和林莽中探寻真知，在此，雪莱表达了他的素食主义观点：

> 他愿意长时间徘徊在深山幽谷，
> 以狂野为家，以致鸽子和松鼠
> 为他温良的面容所吸引而敢于
> 从他的手掌取食不带血的食物，
> 一听到灌木林中的枯叶飘落声
> 便会受惊逃遁的野羚羊，也会
> 停下胆怯的脚步，看一看比她
> 自己更优美的形影。④

① 《宇宙的精灵》是雪莱对《麦布女王》中部分诗节的改写，其中涉及素食主义的部分除了对些许词语作出修改，整体诗行及意义基本相同。
② 雪莱：《雪莱全集（第二卷）·长诗（上）》，江枫、王科一、顾子欣等译，石家庄：河北教育出版社，2000年，第30页。
③ 雪莱：《雪莱全集（第二卷）·长诗（上）》，江枫、王科一、顾子欣等译，石家庄：河北教育出版社，2000年，第32页。
④ 雪莱：《雪莱全集（第二卷）·长诗（上）》，江枫、王科一、顾子欣等译，石家庄：河北教育出版社，2000年，第36页。

　　"温良的面容"与"不带血的食物"暗示了"诗人"的食素倾向，"诗人"崇敬庄严的大自然，亲近动物，与动物为友，温良的"诗人"亦有着让胆怯的羚羊也敢驻足观赏的形体。身体健康、身形优美与性情温良、道德高尚有着直接的关联。与自然为友，不虐杀动物，有助于身体健康，茹素便是重要途径。雪莱坚信，"食用动物肉是造成疾病的一种非自然的生活习惯"①，且"必须以较纯洁、较坚定的自然精神来约束自我，自然精神必定带来善良的心灵和不坏的健康之躯"②。雪莱强烈的身体意识使其诗歌在表现对自然的情感时，全然不同于华兹华斯隐士般感悟式的崇拜，而是通过想象素食的理想世界去努力寻求一种素朴的生态伦理。

　　茹素这一行为在雪莱诗歌中被赋予浪漫主义色彩，雪莱用丰富的想象力诗化表现了素食主义的观念，用茹素这一行为来具象化诗人隐秘的内心世界对人之苦难的关怀，将其作为通向理想世界的途径。在《伊斯兰的反叛》中，雪莱"但愿再也不要有鸟兽的血迹/带着毒液来玷污人类的宴席，/让腾腾的热气含怨冲向洁净的天（庭）/早就应当制止那报复的毒液，/不让它哺育疾病，恐惧和疯狂"③。在《麦布女王》中，雪莱更有着大量的表达素食主义理想的诗行，如："那从可悲的肉欲/满足中产生的瘟疫已使全人类/生活，充满了九头蛇似的灾难"④，"这时他不复/屠杀面对面眼看着他的羊羔，/恐怖地吞食那被宰割过的肉"⑤。雪莱在这部长诗当中，对素食主义进行了较为直接的表达⑥，他采用浪漫化的隐喻将茹素的行为作为构建乌托邦世界的道德途径。

　　值得注意的是，在《麦布女王》的注释中，雪莱从素食主义者的立场重新

---

① 雪莱：《雪莱全集（第五卷）·小说 散文》，傅惟慈、杨熙龄、杨黎等译，石家庄：河北教育出版社，2000年，第499页。

② 雪莱：《雪莱全集（第五卷）·小说 散文》，傅惟慈、杨熙龄、杨黎等译，石家庄：河北教育出版社，2000年，第500—501页。

③ 雪莱：《雪莱全集（第二卷）·长诗（上）》，江枫、王科一、顾子欣等译，石家庄：河北教育出版社，2000年，第217页。

④ 雪莱：《雪莱全集（第三卷）·长诗（下）》，江枫、顾子欣译，石家庄：河北教育出版社，2000年，第329页。

⑤ 雪莱：《雪莱全集（第三卷）·长诗（下）》，江枫、顾子欣译，石家庄：河北教育出版社，2000年，第363页。

⑥ 本章第二节与第三节将对此进行阐释，因此本节不作细谈。

解读了希腊神话中普罗米修斯的故事。[①]原初的人类没有火种，只能吃生的食物，亦只能在白天活动，普罗米修斯盗取火种，并将生火的方法传给人类。而普罗米修斯也因此激怒了宙斯，被绑于高加索山的悬崖，日复一日地被鹫鹰啄食肝脏，受无尽的折磨。雪莱将此看成一则关于食肉而引起罪恶的寓言。身为素食主义者，他认为正是由于普罗米修斯向人类传播火种，才使得人们学会烹煮动物，肉食是违背自然的，是有害人类身体与心智的，普罗米修斯的这一举动也将罪恶与病毒带到人间。诗剧《普罗米修斯的解放》，从表面看来，雪莱用大量的笔墨刻画了一位不畏强暴的英雄乃至救世主，而这一形象亦是因带来肉食而遭受无限惩罚的身体受刑者。普罗米修斯的身体千万年来遭受酷刑："冰晶长矛刺穿我，明亮的锁链/冰冷如烙，在侵蚀着我的骨骼。/天上会飞的猎犬，以它从你的/嘴唇沾染了毒液的利喙撕裂着/我的心；……"[②]他的胜利象征着社会翻天覆地的变革是毫无疑问的，那么诗人细致又大篇幅地刻画这位英雄的身体痛苦又意味着什么？普罗米修斯盗圣火是人类文明的开端，也是征服自然的开始，这一形象毋宁说是人类本身。他有着改变天地的野心，也必然承受身体的惩罚，"这种惩罚仿佛成了他自身身体的一部分"[③]，是其通往新世界的必然历程。普罗米修斯在身体的不断腐蚀中承受与抗争，既可以视为一种惩罚，又象征着身体禁欲的过程，这种禁欲必然酝酿着一场巨大的人类变革。这一形象的胜利，所带来的是雪莱的乌托邦设想，是身体、社会、自然的三重和谐。诗剧最终，普罗米修斯得到解放，他播撒着爱与智慧的精神，大地上人与兽和谐一致，恢复善与美，"他们食用烈火的菜蔬及其花朵，/再不必辛苦劳累到各处去奔波"[④]。革新后的世界，显然又是一个素食的世界。雪莱夫人在此诗剧的题记中说雪莱"喜欢把真实的事物理想化——给予物质世界结构一颗灵魂和一种说话的噪音，

---

① 参见雪莱：《雪莱全集（第三卷）·长诗（下）》，江枫、顾子欣译，石家庄：河北教育出版社，2000年，第429页。

② 雪莱：《雪莱全集（第四卷）·诗剧》，江枫、顾子欣译，石家庄：河北教育出版社，2000年，第97页。

③ Morton, Timothy. *Shelley and the Revolution in Taste.* Cambridge: Cambridge UP, 1994, p.118.

④ 雪莱：《雪莱全集（第四卷）·诗剧》，江枫、顾子欣译，石家庄：河北教育出版社，2000年，第198页。

甚至还把这些给予头脑最微妙而难以捉摸的感情和思想"[①]。的确，雪莱洞察幽微，在普罗米修斯这一形象中表现了强烈的身体意识，用诗的语言具身化肉食可能带来的惨痛和走向变革可能经历的痛苦，并表达了对于新世界的渴望。

　　作为一位对哲学有着浓厚兴趣、擅长哲性思辨的诗人，雪莱对于自己长期受疾病折磨的身体有着强烈的理性关注，选择茹素的生活习惯是他对身体进行哲性思考的结果，体现了他强烈的身体意识。在此前提下，雪莱的诗歌在情感表现方面呈现出了鲜明的特征，他将身体意识诗化为对素食主义观念的表达，这在以往的研究中时常被忽略。雪莱的诗歌亦因其身体意识而富有强烈的情绪感染力，体现了带有他鲜明个人特色的浪漫主义风格。

第二节　爱身体到爱生灵

　　在当下，素食主义群体普遍认为肉食体制下的食用动物饲养严重占用土地、浪费资源，造成生态的破坏，主张素食无论对于环保的推动，抑或是动物利益的维护都有积极作用。如此考量不无道理，素食主义较大程度上转向一种环保主义，饱含着对生灵万物的关怀。雪莱对茹素的提倡源于强烈的身体意识，而他的素食主义同样带有关怀自然生灵的精神。换言之，身体意识不仅影响了他的诗歌风格，使其有着独特的浪漫主义式情感表达，还通过素食主义体现了诗人素朴的生态关怀，尤其是通过诗歌来浪漫化他的素食主义理想，这是值得进一步深究的。素食主义所体现的生态精神，亦是雪莱复杂的哲学体系中的一部分。在诗歌中，素食主义成了雪莱生态主义、人道主义、世界主义的诗化体现。他于1812年写成的长诗《麦布女王》，是表达其素食主义观点的主要作品。雪莱洋洋洒洒地写了《为自然饮食的辩护》这一长文附于《麦布女王》的注释中。诗剧《麦布女王》是一部极富浪漫主义色彩的长诗，全诗以梦幻恣肆的笔调，通过仙后麦布与少女艾恩斯驾车游历中的视角展开叙述，批判了人类社会政治、宗教和商业等方面的种种丑陋和罪恶，表达了对光明和平的理想世界的憧憬与

[①] 雪莱：《雪莱全集（第四卷）·诗剧》，江枫、顾子欣译，石家庄：河北教育出版社，2000年，第238页。

向往。在《麦布女王》中，雪莱梦幻式的描写背后是其从爱身体转向爱生灵的哲思，饮食的问题，或者说"吃"的意象贯穿在诗歌当中，成为表现雪莱精神与理想的关键。

《麦布女王》虽是神话叙事，但其刻画的问题直指现实，这在雪莱对该诗的注释中到处可见，环境问题亦是其中较为显著的一个问题。此诗的注十七，又被命名为《为自然饮食的辩护》，其中亦有提到"拥挤的城市的腐败氛围，化学工厂排放的废气"①，如此直指工业革命带来环境破坏和人之生存状况恶化，在诗中有着多处体现。譬如，战争将带给人们无法摆脱的灾难，因为"让利斧砍断树根，/毒树便会倒下；而在它的毒气/散布毁灭、死亡和灾祸的地方，/在千百万人倒毙，以餍足那些/蛇蝎，暴露尸骨、听任那腥臭/烈风吹刮的地方……"②，在苍茫大地上，"战争和地震，各种毒药和疾病，/和它们的起因，全都汇集到了/抽象的一点"③。雪莱指责帝王、教士与政客争夺权势带来战争和生存环境的毁灭，以比喻的手法将他们的恶行与势力比作危害人间的毒树之毒气，事实上，毒气的意象何尝不是现实中的真实存在——雾霾！对于城市的空气污染，雪莱在《普罗米修斯的解放》中亦有同样暗示："许多居住着上百万人的大城，/在向明净的天空喷吐着烟尘。"④当这样的环境笼罩在新生婴儿的身上，他们降生世间，看到的是冷酷、疾病和荒凉，雪莱写道，"可怜的/躯体，也许，由于法律、道德/和习俗加给父母的疾病与不幸/而已经中毒，以致，无法感受/甚至能使昆虫之类恢复生机的/天庭纯洁清风"⑤。对于人类躯体的毒害，雪莱担忧新生的未来，他愤愤地指责恶行之人："你是否希望毒害了人世的毒素/使它的根缠绕你装进了棺材的/尸体，从你的骨头里发出芽来，/在你的坟头上开放鲜

---

① 雪莱：《雪莱全集（第三卷）·长诗（下）》，江枫、顾子欣译，石家庄：河北教育出版社，2000年，第431页。

② 雪莱：《雪莱全集（第三卷）·长诗（下）》，江枫、顾子欣译，石家庄：河北教育出版社，2000年，第313页。

③ 雪莱：《雪莱全集（第三卷）·长诗（下）》，江枫、顾子欣译，石家庄：河北教育出版社，2000年，第336页。

④ 雪莱：《雪莱全集（第四卷）·诗剧》，江枫、顾子欣译，石家庄：河北教育出版社，2000年，第126页。

⑤ 雪莱：《雪莱全集（第三卷）·长诗（下）》，江枫、顾子欣译，石家庄：河北教育出版社，2000年，第315页。

花，结出/果实，让你的子孙吃下、死去？"①又如，在鞭挞商业唯利是图，无止境地攫取自然资源之时，雪莱更是直接对此进行控诉：

> ……商业！在它喷发有毒
> 气体的阴影笼罩下，没有任何
> 一种美德敢于滋生成长，但是，
> 贫困和财富却能异曲同工传播
> 危害人类身心的灾难，大敞开
> 那过早死亡和暴力死亡的大门，
> 接待憔悴的饥馑和饱满的疾病，
> 和人生道路上共命运的所有人，
> 他们的肉体和灵魂全都中了毒，
> 几乎已经拖不动身背后那一条
> 拖一步一响、越拖越长的锁链。②

从上述诗行明显可见，雪莱将身体作为控诉诗剧中的国王、教士、商业的场域，尤其是资本主义商业，它成为有毒气体的直接来源。它带给一群人财富，也造成一众人疾病，渐渐使人的躯体与精神双重中毒。此中，毒素（poison），是诗人反复强调的词眼。现代生态文学作家对于身体与毒素较为关注。卡森在《寂静的春天》中曾指出现代社会大量的人为化学致癌物的使用，使人类身体处在充满有毒物质的环境中，尤其是农药的滥用使人类患有癌症等疾病的概率增大。美国作家、文学批评家奥德莉·劳德（Audre Lorde）在她的自传体作品《癌症日记》（*The Cancer Journals*）中通过叙写乳腺癌带给身体的痛苦和折磨，呼吁女性积极应对社会话语压迫，走出沉默，她同样将癌症与生态环境的破坏联系起来，为人类对自然的肆无忌惮敲响警钟。同样关注乳腺癌与环境的还有特丽·坦皮斯特·威廉斯（Terry Tempest Williams），她在《心灵的慰藉：一部非

---

① 雪莱：《雪莱全集（第三卷）·长诗（下）》，江枫、顾子欣译，石家庄：河北教育出版社，2000年，第320页。

② 雪莱：《雪莱全集（第三卷）·长诗（下）》，江枫、顾子欣译，石家庄：河北教育出版社，2000年，第322—323页。

同寻常的地域与家族史》（*Refuge:An Unnatural History of Family and Place*）中亦叙写了放射性有毒物质对于女性身体的侵害。而早在浪漫主义时期，先知先觉的预言家雪莱，已经在其诗歌中观照身体，反复用"毒素"的意象来指涉毁灭人类生存环境的物质。

阿莱莫提出"毒性身体"的概念，认为生态系统中的万物皆有联系，毒素已不可避免地存在于人类与非人类的身体。雪莱用诗歌预言了"毒性身体"，并认为毒素可能代代相传，因此人类的新生婴儿也将中毒。毒素生根于尸体，导致骨头长芽，坟头开花，再让子孙食其毒果，雪莱描绘了此般骇人的画面给世人以警示。艾略特在《荒原》中有着类似的诗句："去年你栽在你花园里的那具尸体，/开始发芽了没有？今年会开花吗？"①若艾略特的诗句有着现代主义的复杂象征意义，那么雪莱在此却是直指现实中的物质环境。在控诉商业带来毁灭人类的有毒气体之时，诗人直接揭露人类对自然资源的无止境攫取：

> 商业，从此诞生，人工或自然
> 所生产的一切都可以买卖交换，
> 用财富购买不到但又迫切需要，
> 自然的仁慈便迅速从无边的爱
> 那丰富的源泉取出供应，现在，
> 那源泉已永远被窒息、被耗干、
> 被污染。②

显然，诗人已有一定的环境意识，自然在此不是逃避现实的抽象存在，它是人类实实在在的生存家园，给人类提供丰富的物质源泉。而不管是自然中的毒气，还是人体上的毒素，皆具有转移性，诗人认为毒素不是只停留在人体上，它还可以转移到其他生物体，人类通过饮食这些生物体，将再次中毒，人类最终会因自己当初的恶行而受到报应。这样的思考全然符合阿莱莫所提出

---

① 艾略特：《艾略特文集·诗歌》，汤永宽、裘小龙等译，上海：上海译文出版社，2012年，第83页。
② 雪莱：《雪莱全集（第三卷）·长诗（下）》，江枫、顾子欣译，石家庄：河北教育出版社，2000年，第322页。

的"跨体性"概念，人类与其他生物体之间，物质的交换时刻在进行，雪莱对毒素意象的刻画，与其说是浪漫主义式的想象，不如说是在强烈的身体意识下，真实地为现实而焦虑，为人类未来担忧，此般情感包含了雪莱敏锐的生态感（ecological sense）以及一定程度上的环境意识，尽管这种环境意识依然是萌芽性的，朦胧的。

从前述雪莱诗行中可见，雪莱强调毒素从其他物体到人体的转移，主要通过"吃"而实现，与"吃"有关的概念，如"餍食者""食物"等话语在《麦布女王》中有着丰富的内涵。食物有着一定的等级分配，它象征着身份地位和权力，人类学家玛丽·道格拉斯（Mary Douglas）曾指出我们所吃食物的上桌顺序，我们所坚持的食物呈现，皆反映了阶级等级分类在体现和强化我们复杂的文化。[1]十九世纪的英国底层家庭没有足够的钱吃肉，肉类食品通常也是仅供于男性，肉食是权力的象征。在雪莱笔下，《麦布女王》中的国王以贪得无厌的餍食者形象出现。他们无尽地享用百姓的劳动果实，却依然贪婪而饥渴。"此人，毫不介意赤贫的哀号，/对穷人私下的诅咒报之一笑，/当成千上万的人为了所爱的/亲人免于饿死而呻吟着乞求/一口他未必欢快的淫乐饮闹/所浪费掉的饭食，他那一颗/没有人血的心竟会感到一种/阴沉的喜悦……"[2]当无数民众忍受饥饿，肉食者国王却毫不在意，他只管丧失人性地发泄自己的欲望。此人骄奢淫逸，充满身体肉欲，更有甚之：

> 现在他勉强拖着他已餍足的
> 食欲去赴静默、豪华、骄奢
> 淫逸的筵席。如果那四周围
> 闪光的黄金和选自各地名目
> 繁多的美食能迫使厌恶意识
> 战胜餍足感，如果从中汲取
> 源泉的财富不反而成为祸害，——

---

[1] 参见 Adams, Carol. *The Sexual Politics of Meats*. New York: The Continuum International Publishing Group Inc, 2010, p.61.

[2] 雪莱：《雪莱全集（第三卷）·长诗（下）》，江枫、顾子欣译，石家庄：河北教育出版社，2000年，第299—300页。

或是恶习，残酷这最卑劣的

恶习，不把那些美食变成为

致命的鸩毒；那么那个国王

就会得到快乐；[①]……

"餍足"（satiety）、"食欲"（appetite）、"筵席"（meal）、"美食"（food），诗人使用了大量与"吃"有关的话语，形象地刻画出脑满肠肥，对食物贪得无厌，丝毫不懂节制和珍惜的人类形象，而他恰巧是国王，是权力的象征。诗中的国王过得并不安宁快乐，灵魂濒临枯萎，他整日惧怕死亡，也惧怕睡眠，因为睡眠带来的是无尽噩梦的痛苦折磨。食物是他可以肆意挥霍和全然把控的对象，但美食也可以成为"致命的鸩毒"。餍食者口中的食物，在雪莱看来，何尝不是一种入侵其身体的毒素？雪莱在注释中写道："甚至现在也只有有钱的人能在较大的程度上无节制地耽溺于违背自然的死尸肉的食用，而以忍受更多病痛的折磨作为得以享有这种巨大特权所付的代价。"[②]在当时的英国社会现实中，城市化带来了新的、复杂的食物生产和分配，大部分疾病被认为与食物，尤其是食用动物有关。国王是一个贪得无厌的肉食者，他肉欲膨胀，雪莱认为他所贪恋的食物，将会变成致命的"鸩毒"，食物带给他的躯体和精神以无穷的折磨。

国王为权力的象征，餍食者不仅代表口腹之欲的膨胀，更象征着控制欲、侵略欲的膨胀，道德伦理的堕落，雪莱对"吃"的思考有着更为深刻的观照。在莫顿看来，"由于'吃'是维持身体生存的最首要的方式，这使得在食者和被吃者之间形成了二元对立，在这种二元对立下，食者为主体：'我是这个，因为我吃了那个。'"[③]诚然，"吃"构成了一种二元对立，是主体对客体控制甚至是毁灭的象征。雪莱在诗歌中用与"吃"有关的形象，来表现暴政以及统治者控制欲的肆虐、道德的沦丧。除了刻画国王的形象之外，雪莱在控诉宗教的罪恶时也大量使用了与"吃"有关的形象。诗人将虚伪的宗教所打造的"上帝"与尘

---

① 雪莱：《雪莱全集（第三卷）·长诗（下）》，江枫、顾子欣译，石家庄：河北教育出版社，2000年，第300页。

② 雪莱：《雪莱全集（第三卷）·长诗（下）》，江枫、顾子欣译，石家庄：河北教育出版社，2000年，第438页。

③ Morton, Timothy. *Shelley and the Revolution in Taste.* Cambridge: Cambridge UP, 1994, p.85.

世的餍食者暴君做类比："他高居天国的黄金宝座，简直/就像一名尘世国王，成了人间/暴政的原型；他那骇人的杰作，/地狱，永远张开大口，等候着/不幸命运的奴隶——"①"饥饿"一词亦多次用来形容宗教所暴露的贪婪，如"满足你那双饥饿的耳朵，/哪怕你已在灵床上躺着"②，"满足无法满足的贪婪野心的/工具，宗教饥饿狂热的鹰犬"③。众所周知，雪莱一度宣扬无神论，深受启蒙思想熏陶的他有着良好的科学素养，对于宗教打着上帝的旗号来宣扬愚昧和迷信深恶痛绝。他在注释中提到，"一切罪恶的起因全都是逝去了健康的纯真。暴政、迷信、商业和不平等就首先出现了，这时的理性试图引导那恶化了的情欲也已经无济于事"④。雪莱认为不自然的饮食产生了疾病和罪恶，无论是宗教还是国王，抑或是商业，他皆用刻画对"吃"永无满足的欲者形象来象征人类中的道德沦丧者。

　　从强烈的身体意识出发，雪莱将人之道德精神与"吃"相联系，因而在描绘了贪婪的帝王、宗教、商业所带来的灾难肆虐的梦魇世界之后，诗人借助麦布女王揭开的人类的新世界是没有杀戮的素食世界。在新的世界中，万物被重新安排，一切生命皆充满了爱与和谐，"狮子已忘记对于鲜血的饥渴：/你可以看见他和毫不畏惧的/小山羊，一道嬉戏在阳光下，/他的爪子已收敛，他的牙齿/已无害，习惯势力已使他的/脾气变得和一只小羊羔无异"⑤。在《圣经》中的《以赛亚书》当中有着类似的描写：

　　　　豺狼必与绵羊羔同居，

　　　　豹子与山羊羔同卧；

---

①　雪莱：《雪莱全集（第三卷）·长诗（下）》，江枫、顾子欣译，石家庄：河北教育出版社，2000年，第336页。

②　雪莱：《雪莱全集（第三卷）·长诗（下）》，江枫、顾子欣译，石家庄：河北教育出版社，2000年，第337页。

③　雪莱：《雪莱全集（第三卷）·长诗（下）》，江枫、顾子欣译，石家庄：河北教育出版社，2000年，第363页。

④　雪莱：《雪莱全集（第三卷）·长诗（下）》，江枫、顾子欣译，石家庄：河北教育出版社，2000年，第429页。

⑤　雪莱：《雪莱全集（第三卷）·长诗（下）》，江枫、顾子欣译，石家庄：河北教育出版社，2000年，第359页。

> 少壮狮子与牛犊并肥畜同群；
>
> 小孩子要牵引它们。
>
> 牛必与熊同食，
>
> 牛犊必与小熊同卧；
>
> 狮子必吃草，与牛一样。

《圣经》中预言着，当万物领受圣灵，原始的、野蛮的兽类将和谐相处。素食主义诗人无疑于此得到重要的典籍支撑，并再度刻画想象与理想中的自然世界。狮子、豺狼收起利爪，忘记对血肉的渴望，凶猛的野兽变得如羊羔般温和，如同《圣经》中关于猛兽与羊羔的隐喻一样，邪恶之物最终将归向羊羔，将被象征着大爱的神之羊羔所救赎。当最凶猛的动物已经停止杀戮，更何况于人：

> 这时他不复
>
> 屠杀面对面眼看着他的羊羔，
>
> 恐怖地吞食那被宰割过的肉，
>
> 似乎要为自然律被破坏复仇，
>
> 那肉曾经在人的躯体内激起
>
> 所有各种腐败的体液，并在
>
> 人类心灵中引发出所有各种
>
> 邪恶欲望、虚妄信念、憎恶、
>
> 绝望和怨恨，那些导致不幸、
>
> 死亡、疾病或是犯罪的萌蘖。[1]

雪莱通过这几句诗，直接点明了对素食的人类世界的期望，并且明确指出他对肉食之于人的道德精神方面影响的看法。在人类通过"吃"而构成与食物的二元对立中，主体的侵略意识通过不合理的"吃"而实现。换言之，依雪莱之见，暴虐脾气与邪恶倾向受肉食助长，人类在残暴的侵略意识下大肆杀戮动物，迫害生灵，而这里的食物就像"诱人的龙葵毒素"，带给身体的是毁灭。因

---

① 雪莱：《雪莱全集（第三卷）·长诗（下）》，江枫、顾子欣译，石家庄：河北教育出版社，2000年，第363—364页。

而，要回归健康的身体，使人类的未来走向和平与光明，就要在"吃"方面有所控制，抑制残害生灵的欲望。

雪莱认为，"这并不仅仅是个立法问题，如果植根于人的心灵的暴躁的脾气和邪恶倾向尚未得到缓解或平息。素食可以根治所有的弊病，这不仅是一切国家，而且社会团体、家庭甚至个人都可以尝试取得成功的一种实验"[1]。素食主义的个人实践和素食世界的理想并不是雪莱乌托邦式的个人空想，抑或仅仅是对自然万物在诗性层面的情感表达，而是雪莱关于社会改革的方法实践。他将此认为是关乎社会改革本质的，是极其有必要的。通过素食，可以实实在在地将社会改革落实到行动当中，这是形而上的理性思辨所做不到的。乌利曼（Onno Oerlemans）认为雪莱的素食主义"为其对一种物质主义的理解提供证据。这种物质主义认为思想和社会的改革受到我们身体所吸收（吃）的物质的影响"[2]，以生态批评的视角观之，雪莱显然注意到了我们的身体与环境的通体性交往，思想和社会改革不是仅存于人类内部历史的时间性事件，而是具有与环境交互的空间性存在。换言之，文明并非孤立存活于人类主体的语境中，而是超越物种边界的。故而，雪莱由爱身体引申出了对生灵的博爱，建构了上述诗行中没有杀戮的和平新世界。当狮子、猛虎和人类停止嗜血的杀戮，新的世界甚至比曾经原生的荒野更加和谐，雪莱如是描述："现在点缀着雏菊的草平坦地/奉献给朝阳以他芳香的烟篆，/笑看一个婴儿在他母亲门前/和前来舔舐他小脚的翠绿色/金色蜥蜴分享他的早餐。"[3]当然，没有杀戮的自然世界是不存在的，尤其是当狮子等猛兽都能不食羔羊，这显然仅仅是诗人的诗性表达。雪莱刻画了伊甸园式的景象，芳草、蜥蜴、婴儿和阳光，生态万物尽显自由，和谐共生，表达了他对世间的美好期许。此时的人类拥有全新的躯体和新型的情感，"疾病与衰

---

[1] 雪莱：《雪莱全集（第三卷）·长诗（下）》，江枫、顾子欣译，石家庄：河北教育出版社，2000年，第434页。

[2] Oerlemans, Onno. "Shelley's Ideal Body: Vegetarianism and Nature," *Studies in Romanticism*, 1995(34):531.

[3] 雪莱：《雪莱全集（第三卷）·长诗（下）》，江枫、顾子欣译，石家庄：河北教育出版社，2000年，第358页。

弱的毒菌在人体再/不能为害，纯洁把最珍贵的/恩惠赏赐给她的人类崇拜者"①。从爱身体到爱生灵，当人类的身体获得健康，其灵魂自然也获得了美德的点缀，这是雪莱在《麦布女王》结尾通过刻画理想中的新世界，为世人所假定的通往和平、和谐之路，也是雪莱身体观的体现。

在雾霾弥漫的工业革命时代，英国浪漫主义诗人雪莱由强烈的身体意识牵连出了关于生态的考量，并用诗歌表现他的生态关怀。以《麦布女王》为例，雪莱将"吃"的隐喻包含于人类社会层面，以跟"吃"有关的意象来刻画诗歌中的人物形象，对其行为和道德进行批评，并描绘了理想中个体健康、杀戮消失的未来世界。"身体"是雪莱在《麦布女王》中所关心的核心意象，它贯串全诗，雪莱从对身体的关怀，最终进入博爱生灵的更高层面。诗歌通过此过程中对于素食的强调，表现了浪漫主义时期诗人萌芽阶段的生态感。

第三节　生态乌托邦颂诗

雪莱之所以认为肉食会损害人的身体健康，影响道德精神，跟他独特的自然观存在着较大的关系。素来被公认为宣扬世界精神的雪莱，在他独特的自然观的影响下，怀揣着"改造世界的欲望"，用诗歌表现了他的生态乌托邦理想。

西方文化传统中出现过较多有关乌托邦的构想。无论是柏拉图的理想国，还是托马斯·莫尔（St. Thomas More）的空想社会主义，抑或是托马索·康帕内拉（Tommaso Campanella）的太阳城，均体现了哲人努力探索着理想中的国家与社会模式。尽管在这些乌托邦愿望当中，对于社会的设想也包含了哲人们的自然观，然而并未明显体现深刻的环境意识。直至美国著名环保作家欧内斯特·卡伦巴赫（Ernest Callenbach）于1976年发表了《生态乌托邦》一书，该作中，北加利福尼亚、俄勒冈、华盛顿脱离联邦政府，构建成一个生态乌托邦。书中探讨了人口、经济等问题，向我们展示了一个可持续发展的环境友好型社会，它以生态哲学和整体主义为基础，处处体现着生态关怀与环境忧患意

---

① 雪莱：《雪莱全集（第三卷）·长诗（下）》，江枫、顾子欣译，石家庄：河北教育出版社，2000年，第367页。

识。①"生态乌托邦"的出现也宣告着现代乌托邦作者开始探索人类社会与生态环境的深层关系，将人与环境、生态伦理等问题纳入对乌托邦的探索之中。

　　雪莱对理想新世界的追寻与设想于诗行中俯拾皆是，有学者亦注意到这种乌托邦内涵②，雪莱的诗意往往带有世界性与宇宙性，自然世界欣荣与否，乃至物质颗粒与浩瀚星球的意象都在他诗化的乌托邦幻境之中。再进一步看，他对新世界的设想无一离不开对自然精神的歌颂，而对人类社会的设想又维系着生态意识，世界性、宇宙性，或是科学性与物质性，无不符合当下生态话语的范畴。不妨说，雪莱诗歌中的乌托邦色彩显露出生态维度，他以诗人之笔，勾勒了生态乌托邦。雪莱称自己有"改造世界的欲望"，但也直言对说教诗歌深恶痛绝。③诚然，他拥有庞大的思想体系和预言家精神，通过自己高超的艺术手法、奇幻的想象力来叙写真正的诗歌，而非枯燥地说教。雪莱诗歌中的乌托邦色彩并非诗人远离现实之空想的直接表达，而是其浪漫主义诗歌艺术的体现。他敏锐地发现，"时代的堕落竟能够使他们丧失了对快感、对激情、对自然风景的敏感性"④，且宣称"诗人是足以感化他人性格的内在力量和那种能够激发并支持这种力量的外在影响相结合的产物"⑤。雪莱实践着自己的诗人观，他将诗歌视为真理的先驱者，试图用诗歌唤醒人对自然、对美的敏感，谱写了一曲曲生态乌托邦之歌。因此，雪莱诗歌中的生态乌托邦色彩与哲人所明确设想的乌托邦世界性质上是不同的，它是一种内在理念的诗化。

　　既然雪莱将"改造世界"的愿望与素食主义联结在一起，那么他诗歌中的生态乌托邦色彩必然与其素食者身份有关。从素食者到新世界的歌颂者，其内在理念都参与了诗人整体的自然观。作为一名饮食习惯改革的倡议者，雪莱无不强调人体与物质力量的密切关系。身体依赖于物质是显而易见的，而人的精

---

① 参见欧内斯特·卡伦巴赫：《生态乌托邦》，杜澍译，北京：北京大学出版社，2010年，第79页。

② 参见秦丽萍：《论雪莱诗歌的乌托邦内涵》，载《学术交流》1999年第9期，第128页。

③ 雪莱：《雪莱全集（第四卷）·诗剧》，江枫、顾子欣译，石家庄：河北教育出版社，2000年，第92页。

④ 雪莱：《诗之辩护》，缪灵珠译，载王春元、钱中文主编：《英国作家论文学》，汪培基等译，北京：生活·读书·新知三联书店，1985年，第104页。

⑤ 雪莱：《雪莱全集（第四卷）·诗剧》，江枫、顾子欣译，石家庄：河北教育出版社，2000年，第91页。

神意识同样如此，感觉属于有机体的属性，物质之间关系的法则不能违背，那么，人类尤其是在饮食方面更应该服从自然的法则。当时的医学很大程度上认为食肉会造成疾病，解剖学认为人的机体属于食素类动物。故而，雪莱在身体意识下极其强调茹素，亦符合其强调唯物主义，强调宇宙法则的自然观。或者说，雪莱的素食主义影响或参与了他对外在自然与世界的理解，通过与其自然观的融合，共同促进诗歌生成生态乌托邦色彩。

雪莱的哲学思想是复杂的，其世界观、宗教观内部有着一定的矛盾性，学界历来对此有着五花八门的解读；不过，有一点是确定无疑的，即雪莱深受十八世纪自然科学的影响，反对天启宗教，对迷信深恶痛绝。十九世纪初的英国浪漫主义诗人虽强调情感与直觉审美，多次为诗辩护，对以自然科学乃至机械式拆解世界的思维方式提出抗议。然而，诗人们并不抵触科学本身，其诗歌不可避免地展开了与同时代科学的对话。拥有科学精神的雪莱，有着明显的唯物主义（materialism）倾向，他认为物质是无限活动的，存在于世界的各个部分。雪莱写过许多反对宣扬天启宗教、迷信式宗教观的散文，如《论基督教》《论无神论的必然》《驳自然神论》等，明确反对存在全知全能的上帝、宇宙是一个设计物的观点，但他极力强调宇宙的法则或曰物质之间的法则，他在《驳自然神论》中指出："在这个世界上，任何一个有机体的生存，必须依靠物质的不间断的分化，这种物质不断地消耗，这种分化又决不能违反物质之间关系的不变法则。"[1]可见，雪莱在大自然面前是谦卑的，他曾指出："必须有经过科学熏陶的心灵，因教养而变得渊博的心灵，才能不把他自己想象成宇宙的中心和模型，而自知仅仅是实际构成人类无穷众多的人群中的一员。"[2]雪莱有着明显的反人类中心主义的思想特征，他将宇宙或自然视为一种拥有自身规律的无限存在，自然的裁判远远高出人类的司法表演，人类的行为不能违背自然规律。如此自然观显然符合现代生态主义思想，然而关于生态学的概念是由德国科学家海克尔于1866年所定义的。在雪莱那个年代，思想界与科学界并没有形成明晰的关于

---

① 雪莱：《雪莱全集（第五卷）·小说 散文》，傅惟慈、杨熙龄、杨黎等译，石家庄：河北教育出版社，2000年，第351页。

② 雪莱：《雪莱全集（第五卷）·小说 散文》，傅惟慈、杨熙龄、杨黎等译，石家庄：河北教育出版社，2000年，第354页。

生态的概念和保护生态方面的理念，预言家诗人雪莱却用诗歌构筑了在当下生态批评视角看来符合生态理想的乌托邦世界。从雪莱坚持素食的深度原因可见，他一贯坚持以一种改革精神积极面对世界的现状，正如乌利曼所言，"他认为人类与自然的关系可以重塑"[①]。因其强烈的改革精神，雪莱强调素食的实践，对于理想的人与自然关系的期许有着激进色彩和人道主义的关怀，对自然的歌颂便呈现出独特性。雪莱将对于自然的理解表现在他的诗行之中，与其素食主义观念相融合，促成其生态乌托邦理想的诗化。而作为一位茹素者，雪莱诗歌中的生态乌托邦色彩明显带有素食主义者的同情，这种同情演变为强烈的人文关怀，这是其生态乌托邦的显著特点。雪莱在诗歌中通过三个方面表现了生态乌托邦理想及其实现的方式。

其一，雪莱的生态乌托邦以尊重自然规律与反人类中心主义为前提。他塑造了"自然"这一形象。他在颂诗中将自然人格化，自然以拟人化的精灵或精神（spirit）的形象出现。雪莱歌颂自然的精神，自然因赋有人类无法违背的客观性而成为至高无上的存在。作为素食主义者，他在诗行中表现，动物并非人类可以控制与食用的客体，而是被想象成人的同类，它与人类共同受制于自然规律，拥有宇宙的隐秘力量。故而，在雪莱的诗歌中，人与自然之物少有表现为主客体对立。

在《麦布女王》中，雪莱用大量的篇幅歌颂自然，自然至高无上，有着不可阻挡的力量，他以精灵的形象来具象化自然的精神。诗人多次赞叹："自然的精灵！你啊，/生息无已的无穷万物的生命；/你啊，永远不变更/路径，运行在寂静无声/天渊深处的那一切……你支配着的无垠宇宙中，/将没有一丝瑕疵/破坏完美的和谐匀称。"[②]大量呼语的使用增强了诗人的情绪力量，自然的精神无处不在，诗人一边控诉国王、教士、商业带来的罪恶行为，一边将对自然的神圣化歌颂贯穿全诗，形成多重复调。自然的精灵实则雪莱所强调的自然规律的象征，它可以在微风下颤动的树叶中，也可以在坟墓尸体的蛆虫中，诗人借此传

---

① Oerlemans, Onno. "Shelley's Ideal Body: Vegetarianism and Nature," *Studies in Romanticism*, 1995(34): 540.

② 雪莱：《雪莱全集（第三卷）·长诗（下）》，江枫、顾子欣译，石家庄：河北教育出版社，2000年，第308—309页。

达了人类为了过度的欲望而破坏自然环境必将遭到报复的原因。对于"自然精灵"的歌颂多处可见，又如"自然的精灵！满足一切的力量，/必然性！你，宇宙万物的母亲！/不像人类错误的上帝，不要求/祈祷或赞美"①。雪莱并没有将物理或物质世界看成是上帝的躯体，换言之，雪莱并非如一般学者所认为的是一位万物有灵论（animism）者。他反对教会利用上帝的概念来散播迷信而更好地控制人们，尽管他处处歌颂精灵（精神），但所强调的是自然中存在的必然性规律，是绝对客观的存在，诸如此类歌颂体现了他的唯物主义理念和科学精神。雪莱呼喊着"自然的精灵（精神）"，实则是将自然的客观性拟人化为诗性的精灵形象，展现了诗人描绘自然的艺术手法。

雪莱在集中歌颂自然之物时，赋予了他们"自然精灵"的隐秘力量。《西风颂》中的西风翱翔于宇宙，不羁地运行于世界各个角落，正是这种动态的、无限的自然力量诗化成自然万物在雪莱诗行中的典型体现。无论是《西风颂》中的"西风"（west wind），还是《致云雀》中的"云雀"（skylark），抑或是《普罗米修斯的解放》中的瑰丽的湖泊森林，它们皆有着纵横大地和宇宙的力量，它们超越人类的控制和想象，甚至超越人间生死。希腊神话的美学意蕴显现在雪莱笔下的自然之物中。在自然精神的光辉中，动物更是灵动而富有智慧，在生态世界中是人类的同类，并且拥有启发人类心智的作用。

在《致云雀》中，诗人将云雀称为"欢乐的精灵"（blithe spirit），它身上带有"自然精灵"超凡脱俗和至高无上的品格，诗人认为它来自天堂，就如华兹华斯笔下的孩童一样，带着天国的光辉。云雀虽为大自然中的普通动物，但雪莱赋予了其神性特征，甚至带着强烈的崇拜感去歌颂它，"晶莹闪烁的芳草地，/春霖洒落时的声息，/雨后苏醒了的花蕾，/称得上明朗、欢悦、清新的一切，全都及不上你的音乐"②。原诗形式工整，每节诗行四短一长，前四行采用扬抑格三音步，第五行由抑扬格六音步构成。扬抑格的简短诗行易于表现云雀的灵动、轻快，第五行的抑扬格长句与之配合，易于扩大表现诗人的想象空间，整体音律和形式的配合，将对云雀作为自然动物的欢喜描绘和作为自然精灵的崇高领

---

① 雪莱：《雪莱全集（第三卷）·长诗（下）》，江枫、顾子欣译，石家庄：河北教育出版社，2000年，第340页。

② 雪莱：《雪莱全集（第一卷）·抒情诗》，江枫等译，石家庄：河北教育出版社，2000年，第251页。

悟紧密结合。听闻云雀之声，雪莱不禁感慨人类的声音与之相比显得贫乏又空洞，他设想："什么样物象或事件，/是你那欢歌的源泉？/田野、波涛和山峦？/空中、陆上的形态？/是对同类的爱，还是对痛苦的绝缘？"①值得注意的是，雪莱在此提及"对同类的爱"。不同于其他浪漫派诗人纯粹地歌颂动物的神性或是野性，素食主义者的身份使雪莱更富有仁爱，他时刻抵制杀戮的行为，将动物进一步置于与人类平等和谐的位置，这是通过"爱同类"这一理想而实现的。在雪莱的乌托邦世界中，他渴望动物皆温顺友爱，人类亦如此。故此，诗人在遐想云雀欢歌之源泉时，不忘强调云雀能够拥有对同类的爱。正如《麦布女王》中狮子不复屠杀羊羔，《普罗米修斯的解放》中"直到树和兽和云从混沌中显现，/由于爱而非恐惧，而宁静安恬"②，素食主义者雪莱假定了"自然精灵"的化身应具有"爱"的品格。

动物将成为充满爱的存在，同时又与人类精神相连。云雀饱含着自然精神，它绝不倦怠烦恼，看破生死，人间的任何音乐都无法比拟它的歌声，诗人于是在末节写道："教给我一半你的心/必定是熟知的欢欣，/和谐、炽热的激情/就会流出我的双唇，/全世界就会像此刻的我——侧耳倾听。"③雪莱启示着世人，只有学会云雀的精神，即觅得自然之精神，才能歌唱出能够打动全世界的乐音。在此，诗人渴望云雀能够教给自己一半的欢欣，在这种表达中，诗人试图将作为人类的自己置于与云雀同等的场域，愿自己的精神无限接近云雀。控制与压迫以"吃"的形式存在于肉食者的"意向弧"④，面对动物产生主客体对立，而这在雪莱的颂诗中彻底消失。诗人透露着，自然界的动物，应该是人类之友，也因其带有自然的精神，可以成为照亮人类心灵的镜子，云雀的歌喉中迸涌出神圣的音流，人类应侧耳倾听。素食主义者雪莱描绘了如此生态乌托邦式的诗意

① 雪莱：《雪莱全集（第一卷）·抒情诗》，江枫等译，石家庄：河北教育出版社，2000年，第252页。
② 雪莱：《雪莱全集（第四卷）·诗剧》，江枫、顾子欣译，石家庄：河北教育出版社，2000年，第213页。
③ 雪莱：《雪莱全集（第一卷）·抒情诗》，江枫等译，石家庄：河北教育出版社，2000年，第254页。
④ 梅洛-庞蒂认为身体作为意义的核心，存在着"意向弧"。"意向弧"在人的周遭投射我们的过去与将来、人文环境与意识情境、意识形态与精神情境，"意向弧"支撑人的欲望与认识，"正是这个意向弧造成了感官的统一性，感官和智力的统一性，感受性和运动机能的统一性"。参见梅洛-庞蒂：《知觉现象学》，姜志辉译，北京：商务印书馆，2012年，第181页。

空间：动物欢乐且和谐，友爱不再嗜血，人类亦将动物视为同类，充分感受其灵动的自然精神，人与动物充分实现"同类之爱"。

对浪漫主义的传统解读认为，浪漫派诗人无不体现着张扬个性的自我主义和醉心自我的情感主义，然而在生态批评视角下，雪莱对自然的歌颂，与其说是借物抒情，将自我表达放在对自然的歌颂之上，不如说是在萌芽阶段的生态感和科学精神之下对自然萌生敬畏之情。此前诗人所歌颂的自然，通常附加在带着些许怀旧心态而塑造理想化田园生活的田园诗（pastoral）当中，素食主义者雪莱注重物质的力量，强调客观自然规律，以此，他赋予了自然主体形象，它是精灵，以强烈的、可征服一切的力量凌驾于诗人自我之上，凡人身体无法超越自然的精神。动物承载着这种精神，并非人类食用的对象，雪莱渴望兽类本身亦该温和友爱，人类与之同等，共受自然精神的感召，和谐共处于世界之中。此皆体现了雪莱的反人类中心主义思想，颂诗中的强烈的理想色彩使诗歌带有浓厚的乌托邦意蕴。

其二，雪莱的生态乌托邦理想体现了自然与文化的整合。不同于传统田园理想，他并未将关于人类社会文明的思考驱逐出乌托邦想象。诗歌时常以生态灾难的景象来表现人类政治等社会活动的危机，以生态危机中的荒芜世界与天堂间的变换来表现他对自然与文明的思考。雪莱怀揣着素食主义者的同情，反对肉食带来的凶暴与道德败坏，因此他心目中的乌托邦世界不再有暴政式的行为而产生过度能耗，造成环境问题，自然世界在他看来也应当以人道的方式运转。无论是自然环境，还是人类社会，他都反对野蛮的、原始的状态。

在《伊斯兰的反叛》中，因暴君的统治，战争不断、民不聊生，世间暴发了瘟疫，诗人如是描绘："江河里的鱼类全都中了毒，/飞鸟已在青葱的森林中绝迹，/昆虫的族类整个干瘪焦枯；/零星的牛羊刚逃过饿兽的追击，/发出一声声悲啼，纷纷倒毙……"①作为机体的人生存于生态系统中，人类活动跟自然环境必然联系在一起，政治活动看似是人类内部问题，实则连鸟兽虫鱼也被牵连其中。雪莱素来习惯于将视野扩展到整个生态体系，诗歌中对于暴政行为的鞭笞时常由自然万物的衰变景象来表现。这样的表现手法并不仅仅是诗歌的隐喻

---

① 雪莱：《雪莱全集（第二卷）·长诗（上）》，江枫、王科一、顾子欣等译，石家庄：河北教育出版社，2000年，第319页。

或作为一种背景烘托，它亦包含了诗人敏锐的生态思考，是诗人对于文明与自然间关系的真实思考之写照。"没有了粮食，五谷被践踏精光，/牛羊六畜再也不见踪迹；/死鱼和那发臭的鱼狼藉江畔，/海洋里也没有食物可供充饥，/风声中再也听不见扑动的鸟翼"①，人类内部的政治活动造成粮食问题，五谷短缺，牲畜也不再生存，紧随于此的是一系列的生态问题。暴君是人类统治阶层极端恶势力的代表，是政治乃至人类文明中集权或控制性思维方式的象征，暴君的压迫性政治派生与强化了统治一切的思维模式，其中包括对其他物种的控制。不仅如此，暴政导致社会内部问题恶化，亦将导致生态危机。因而，雪莱的诗歌所体现的此类理念，与社会生态学（social ecology）的观念有着很大的契合。暴政与生态危机一同呈现，解决生态问题并非通过重返自然，而是通过推翻暴政，重组社会。由此，荒漠最终变成了万物和谐的伊甸园，无论是《伊斯兰的反叛》和《麦布女王》，还是《普罗米修斯的解放》，皆通过推翻暴政而换来环境良好、万物欣荣的完美结局。

雪莱的短诗《奥西曼迭斯》是他所追寻的生态乌托邦的反面呈现，该诗以另一种隐性的方式体现了对自然与人类文明的思考。诗名"奥西曼迭斯"（Ozymandias）为一位远古的帝王，他曾经功业盖世，如今空留破败的雕塑于荒凉的沙漠。奥西曼迭斯作为一世枭雄，曾狂妄地自称："众王之王——/奥西曼迭斯就是我，看看我的业绩吧，/纵然一世之雄，也定会颓然而绝望！"②统治一切的傲慢最终被沙漠的冰冷反驳。诗人将奥西曼迭斯放置在最为荒凉的自然环境——沙漠中，只留寂寞残骸的沙漠，与狂妄的奥西曼迭斯，是自然世界与人欲世界的两种极端性质的象征，在两者的并置下，全诗空余荒凉空虚，乃至给人以荒诞感。莫顿在评论此诗时提到，"政治判断在《奥西曼迭斯》中是讽刺的。它并不是说暴君塑造了荒野，而是荒野沙漠缺乏良性的文化（包括农业）"③。莫顿设想雪莱对于沙漠有着乌托邦式的改革，如发展农业。沙漠代表着人类文明未曾遍及的荒野，在此诗中也象征着自然无法征服的一面，身体在此诗中近乎缺场，人类所

① 雪莱：《雪莱全集（第二卷）·长诗（上）》，江枫、王科一、顾子欣等译，石家庄：河北教育出版社，2000年，第321页。

② 雪莱：《雪莱全集（第一卷）·抒情诗》，江枫等译，石家庄：河北教育出版社，2000年，第94页。

③ Morton, Timothy. *Shelley and the Revolution in Taste.* Cambridge: Cambridge UP, 1994, p.225.

有肉身性的东西都已消失。文明的痕迹在诗中只剩下破碎的残片，荒漠以亘古不变的姿态将奥斯曼迭斯的破碎雕像包围。雪莱似乎启示着世人，人类的狂妄无法用以征服自然，更无法实现环境的绿洲化，哪怕他曾是能力盖世的君主，对于自然，暴政式的欲念行不通。从自然世界的角度看，沙漠代表自然荒野的一面，亦如暴君般寂寞无边，两者形象形成对照，这可以说是雪莱生态乌托邦的反面世界。他向往荒漠能够变成可持续的自然，所谓的重返自然，并非华兹华斯式的归隐，而是人类社会与自然生态体系的人道主义改革。

雪莱通过诗歌表现了将自然环境与人类社会政治紧密相连的观念。食物作为跨体物联结了人与自然世界，肉食的习惯被雪莱认为"为参加更具有破坏性的战争练就了极强的本领，在战争中，男人们被雇佣、劈砍、杀戮同类，暴君和国家则从中获取暴利。像这样习惯于残杀、对呻吟和痛苦麻木不仁的人，怎么能期望他生动地感受我们天性中仁爱的同情心"[1]。他强调自然界的物质与人类道德的密切关系，故而在诗歌中明晰地突出自然世界与人类社会之无法分割。他所理想的自然世界并非充满野性的荒野，而是人类文明与自然相整合的新世界，雪莱的素食主义使他以乌托邦式构想，用诗歌表现重新配置自然的愿望。

其三，雪莱的生态乌托邦理想强调了建立在肉身健康基础上的自由性，并以接受科学智性为实现途径。推行素食主义的雪莱，深刻思考过民众粮食问题，因而他强调自由不仅仅是指通常所认为的精神层面的自由，对于人类的解放问题他并非只谈"自由"这一概念之可贵，而是回归躯体性，关注身体的政治，以写实的手法将目光放于饥饿问题上。正如自身选择茹素，在雪莱看来人类唯有接受科学智性才能在自然面前谦卑，从而改革政治，使得人类获得身心的自由，到达可持续发展的理想世界。于是，雪莱试图建立一个科学的国度，亦因此赋予诗歌浓厚的乌托邦色彩。

雪莱有着博爱的世界主义精神和人道主义关怀，他如一位为解放全人类而奋斗的战士，自由是他诗歌的主题之一。雪莱为人类所追求的自由，不仅仅是免于奴役，获得身份地位上的解放，更包括获得温饱，实现物质的可持续发展，他在诗歌中时常以隐喻饥荒来表现对现实的不满。莫顿认为雪莱支持威廉·葛

---

[1] 雪莱：《雪莱全集（第五卷）·小说 散文》，傅惟慈、杨熙龄、杨黎等译，石家庄：河北教育出版社，2000年，第502页。

德文（William Godwin）关于人之可完美性（perfectibility）的观点而批判马尔萨斯忽视文化等根源而将贫穷等社会问题归因为人口问题。[①]的确，雪莱从素食主义的角度出发，意识到身体与政治文化的纠葛，他提到：

> 由于较为朴素的生活习惯而在政治经济领域里引起的变化将会大得可观。胃口惊人的肉食吃客也就不至于一顿吃掉一亩地来戕害他自己的身体，许许多多面包也不必在设法缓解勤奋苦工饥饿婴儿旷日持久的饥饿同时再以一品脱黑啤酒或一打兰杜松子酒的形式去助长痛风、疯癫和中风。[②]

他从个人奉行素食主义的亚文化，转向深入思考权力对于食物生产模式的作用，以及社会现实中严峻的饥荒问题。雪莱对于食肉等饮食方式产生强烈的不满，从而使其尤为关注身体与文化政治问题，在他看来，"食肉和饮酒便直接有损人类权利平等。农民便不得不在满足这种时髦风尚的同时听任他的家人忍饥挨饿"[③]。故而在他诗歌中的"自由"国度，解决饥馑问题尤为重要。当时的英国社会，饥饿问题存在于底层人群中，雪莱深知在1809年至1812年发生了连续的粮食荒歉[④]，他在诗歌中反复提及饥饿问题。如《麦布女王》中，诗人披露，"忍饥挨饿的农夫为他们逼迫/倔犟的田地献出它没有资格/分享的收成"[⑤]。同样在《暴政的假面游行》中，诗人进一步控诉，"对于饥寒交迫的贫苦大众，/是衣食炉火，但是在真正/自由的国家也不可能发生/像在英格兰所见到的饥馑"[⑥]。

自由代表着身心解放，食物是维持身体生存最为基本的条件，联系现实

---

① See Morton, Timothy. *Shelley and the Revolution in Taste*. Cambridge: Cambridge UP, 1994, p.208.

② 雪莱：《雪莱全集（第三卷）·长诗（下）》，江枫、顾子欣译，石家庄：河北教育出版社，2000年，第437页。

③ 雪莱：《雪莱全集（第三卷）·长诗（下）》，江枫、顾子欣译，石家庄：河北教育出版社，2000年，第439页。

④ 参见 Morton, Timothy. *Shelley and the Revolution in Taste*. Cambridge: Cambridge UP, 1994, p.14.

⑤ 雪莱：《雪莱全集（第三卷）·长诗（下）》，江枫、顾子欣译，石家庄：河北教育出版社，2000年，第303页。

⑥ 雪莱：《雪莱全集（第三卷）·长诗（下）》，江枫、顾子欣译，石家庄：河北教育出版社，2000年，第20页。

的粮食问题，在雪莱看来，解决饥馑问题是人类获得自由的首要前提。雪莱在1820年西班牙革命爆发后写下《自由颂》，将诗人的荣誉与社会责任感相联系的他，回顾历史，展望未来，激情歌颂自由。从他国的战斗、历史的声音到对英格兰民族的号召，雪莱慷慨激昂地幻想与呼唤乌托邦式的自由城邦。同《暴政的假面游行》一样，雪莱并非形而上地歌颂自由之可贵，而是面向社会现实问题。在诗歌的最后几节，雪莱将目光转向暴政中的身体：

> 即使大地物产丰富，
> 能使亿万人衣丰食足，
> 思想孕育着力量，像树种孕育着树木；
> 即使那热心的工艺拍舞着火焰的羽翎，
> 飞往自然的宝座代为恳诉，
> 扯住那俯身爱抚的伟大的母亲，
> 祈求她："给我，给你的儿女，
> 支配天上地下的全部权力"，那又能怎样？
> 如果生活制造新的贫困，劳苦人有一份收入，
> 就被一千倍夺走你和工艺所给的馈赠和财富！ [①]

诗中的"你"指代"自由"。雪莱呼唤改变社会制度上的黑暗现象，使得饥馑问题得以解决，如果压迫、杀戮、控制等思想依然大量存在，那么即使物产足以使民众获得温饱舒适的自由，也依然会出现新的贫困问题。以他一贯的思路，食肉的饮食文化会进一步造成饥馑，也即文化与政治作用于身体，那么如何实现可持续发展，实现人类的自由与解放，根本不在于物质生产的数量。雪莱对此用诗歌表明，人类社会各方面亟待重组，粮食问题是重中之重，他为我们展现了浪漫主义式的身体生态学。

雪莱认为自由并非大自然原始的属性，素食者排斥自然界嗜血的行为，他多次强调，在"自由"未诞生之时，"兽与兽、虫与虫、人与人厮杀不已"[②]。人

---

① 雪莱：《雪莱全集（第一卷）·抒情诗》，江枫等译，石家庄：河北教育出版社，2000年，第271—272页。

② 雪莱：《雪莱全集（第一卷）·抒情诗》，江枫等译，石家庄：河北教育出版社，2000年，第257页。

类更是在暴政、战争中愈发助长主宰一切、征服一切的欲望和思想，"有人曾教导人类，要征服/从摇篮到坟墓途中的任何事物，/他把人类尊为生活的真主"①。

故而，对于乌托邦国度的建立自然离不开思想层面的革新。如他的诗行所言，"思想孕育着力量，像树种孕育着树木"②，思想观念指导着人的行为，在雪莱看来，人类亟待树立的是一种科学的智性思维。雪莱认为素食主义的饮食方式是符合科学智性的，人类要获得素食者式的良善，亦该接受科学智性，由此才能重新塑造合理的习俗文化，改变狂妄暴虐的思维。他设想通过素食减轻人的杀戮和控制欲望，以解决粮食等社会问题，亦强调以理性来建设人类的完美人格。因此，雪莱痛恨宗教带来的迷信，他在书信中多次提到牛顿、达尔文等人，对于化学、天文学等极感兴趣，在诗歌中也时常融入科学元素③。在《赞智力美》中雪莱写道：

>……也请你
>让你的力量，就像把自然的真谛
>在我无为的青春时日向我揭示，
>把安详和镇定给予我生命的进取期，
>赐给这崇拜者吧，他崇拜你，
>也崇拜包含有你的一切形体，
>哦，美的精灵，是你的魅力
>使他畏惧他自己，然而热爱着全人类。④

雪莱赞美智性（intellectual），它照亮人类的思想和形体，诗行中的"你"即指智性。人类只有获得智性，才能认识"自然的真谛"，即人类所无法逾越的自然规律。也只有获得智性，人类才能认识自身。结合雪莱的素食主义，"畏

① 雪莱：《雪莱全集（第一卷）·抒情诗》，江枫等译，石家庄：河北教育出版社，2000年，第271页。
② 雪莱：《雪莱全集（第一卷）·抒情诗》，江枫等译，石家庄：河北教育出版社，2000年，第271页。
③ 雪莱诗歌中多处可见科学元素，如在《解放了的普罗米修斯》中将古生物灭绝与星球碰撞用于充满想象色彩的神话诗行当中。参见雪莱：《雪莱全集（第四卷）·诗剧》，江枫、顾子欣译，石家庄：河北教育出版社，2000年，第219页。
④ 雪莱：《雪莱全集（第一卷）·抒情诗》，江枫等译，石家庄：河北教育出版社，2000年，第33—34页。

惧自己"在较大程度上意味着回归身体，修身养性，克制自身各种狂妄的欲望，以免于身体中毒，生灵涂炭。换言之，唯有摆脱蒙昧，获得智性的思维，才能真正认识自我，在自然万物面前懂得谦卑。故而，获得智性思维，个体将学会谦卑，学会博爱他人，极端的专制暴政才会消失，物质资源也才能得到合理的分配，人类才能获得身心的真正自由，而非处于生态危机与战争饥荒一同爆发的黑暗世界。

寻求一个更为美好的世界是雪莱的大多数诗歌所共有的体现。从政治意义上来讲，雪莱的诗歌寻求用一个人类生活更美好的新世界来取代政治腐败的旧世界。乌托邦通常用以形容政治意义上的理想世界，而雪莱在构建政治层面的乌托邦时，也包含对自然、对生态、对环境的观照。然而，关于身体与自然世界的政治问题仍是一个棘手问题，诗人以素食主义式的同情心所幻想的停止嗜血的自然世界显然是不切实际的。雪莱所幻想的新世界充满禁欲主义的味道，而狂热的身体禁欲亦可使新的问题产生。不过，无论如何，他提供了一种生态的思考，在对饥荒、可持续、生态乌托邦新世界的诗性想象中表现了浪漫主义式的诗性生态学。在雪莱的诗歌中，他以因果相连的三个方面表现了生态乌托邦理想及其实现方式，他强调自然的至高无上，诗化表现自然与文明密切相关，并宣扬通过接受科学智性而实现全人类身心的自由性。诸如此类的诗歌，无疑拥有重要的诗学与生态学价值。

本章小结

饮食是人类维持身体活力的基础，从生物学上来讲，它是动物生命体的本能活动，从文化方面而言，它通常被视为世俗日常活动，鲜有人关注到饮食活动在形而上层面的诗学意义。衣食住行，是身体的基本，正是由于雪莱敏锐地对作为机体的人之身体与生存环境的关系产生一定程度的意识，也即产生萌芽阶段的生态感，他才孜孜不倦地回归身体，宣扬素食主义。雪莱的茹素选择，恰如其身体发出的一声辩护。素食主义是雪莱强烈的身体意识的直接体现，雪莱认为通过素食将能够实现体魄的健康和道德的完善，他的身体观是主张身心合一的。

值得注意的是《麦布女王》中大量存在的毒性话语，如"毒素""毒气"及"毒性身体"。雪莱以先知的姿态在诗歌中谱写毒性话语，它打破了古典诗歌对于雅致优美的追求，亦超越了绝大多数浪漫主义者对于田园自然的想象描绘，呈现出现代风格的美学意蕴。毒性话语在文学中往往建构于被破坏的生态空间之中，它展示了毒素渗透的世界，作为避难所的大自然在此却自动消失了，这体现了敏锐的诗人对于外在环境的不安，亦能够激发读者的生态意识。正如劳伦斯·布伊尔所指出的，"对绿洲幻想的幻灭，伴随着或促成了对一个没有躲避有毒物质渗透的避难所的世界的全面想象"①。毒性话语对于生态意识的激发建立在对身体意识的高度刺激上，诗歌中的毒性话语以丑恶与畸形的审美维度挑战诗的传统与人的感官。它解构了二元思维，身体嵌入自然之网，自然不是人之外的存在，毒性可以在此网络之中四处弥漫，甚至代代相传，人与自然处于一体，也即形成生态系统。

中国儒家提倡"吾日三省吾身"（《论语·学而》），"君子之学也，以美其身"（《荀子·劝学》），道家亦有"故贵以身为天下，若可寄天下；爱以身为天下，若可托天下"（《老子·第十三章》），"道之真以治身"（《庄子·让王》），汉字以"身"指代自我，某种程度上体现着躯体与心灵的一体性。中国传统文化提倡修身养性，拥有身体意识不是放纵身体，而是求得身体的平衡，其中包括克制膨胀的欲望。雪莱将体魄与道德相结合，提倡素食主义以期实现两者的双重完善，亦有着修身养性的意味。这是西方诗人对工业革命时期资本主义迅猛发展所暴露的问题发出的担忧之声。以素食主义为线索，雪莱的诗歌借饮食问题控诉了社会政治、经济、宗教的黑暗，由个体的身体意识蔓延至对全体人类和自然界其他生命的关怀，并在强调客观规律的自然观的影响下，完成了生态乌托邦的理想。雪莱的素食主义很大程度上与阿伦·奈斯（Arne Naess）所提倡的深层生态学相契合，即强调从整个生态系统的角度来认识和处理环境问题，彻底反对人类中心主义。尽管全人类茹素这一设想是天真的，但诗歌借此对资本主义社会进行鞭挞控诉，并表现出关爱万物生灵的情怀，这体现了雪莱革命家式的胸怀，具有跨时代的感染力。

---

① Buell, Lawrence. *Writing for an Endangered World: Literature, Culture, and Environment in the US and Beyond* . Cambridge: Harvard UP, 2000, p.38.

第三章

身体的狂欢：拜伦诗歌中的动物因素

　　身体最强有力的表现往往指向一种狄奥尼索斯式的狂欢，它带领我们寻回原始自然状态的本能体验。工业化促进文明的发展，带来秩序与崇高，但也在某种程度上遮蔽了身体与自然的原初融合性，使得环境成为被动的客体，使得动物成为理该受控制的机械他者。英国浪漫派诗人拜伦以一种恶魔式的反叛姿态，通过动物因素的描绘，讽刺人类中心主义，并揭开身体中的非理性力量，反思人性之复杂。

　　拜伦既是诗人，又是革命家，他的诗风总如雷奔电激，情感表达极为狂放宣泄。拜伦有着"不克厥敌，战则不止"的无畏精神，他用诗歌嘲讽现实政治，歌颂解放斗争，且付出自己的财产和健康，身体力行地支持希腊民族解放事业。因而学界多从政治角度解读他的诗歌，尤其在我国，拜伦早在民国时期便以革命家和战斗者诗人的形象广受文化界推崇，影响了众多寻求国家社会出路的知识分子。事实上，英勇无畏的拜伦自幼生活于并不和谐的家庭，父亲是败家浪子，耗尽母亲的财产后又弃她而去，母亲因此精神大受打击，时常迁怒于拜伦。此外，拜伦天生跛足，身体上有着明显的缺陷。这些因素使得拜伦自卑敏感、自尊孤傲、叛逆暴烈。在孤独敏感之中，他将感觉视为生活的目的，即便生存的感觉是痛苦，他也自称"正是这种不甘寂寞驱使我们去赌博——去战斗——去旅行——去充分而敏锐地感觉各种各样的追求"[①]。拜伦情感炽烈，在常人看来，他的性情暴烈无常。无论在现实生活还是诗歌创作当中，他总是愤世嫉俗，以一种反叛的姿态面世。从身体与生态批评的角度来看，拜伦诗歌往往实现了

――――――――――
① 拜伦：《拜伦书信选》，王昕若译，天津：百花文艺出版社，2005年，第4页。

一种动物性（animality）的表达，其肆意反叛的姿态包含其中。拜伦对动物向来情有独钟，在现实中亦养过许多动物，对它们怀有独特的情感。与动物的相处影响了拜伦的诗性思考，他的动物观作为解读其生态思想的重要参考，在诗歌中有着多处体现，尤其是在他的代表作《唐璜》中，动物形象出现过200多处。拜伦诗歌中的动物因素是其诗学研究不应忽视的一隅，亦该是英国浪漫主义生态诗学研究的重要部分。

第一节　诗人的动物关切

古希腊以降，关于身体与灵魂对立的基本思维范式，渐次在文化演变中引申至建立女性与男性、动物与人等二元图式。亚里士多德曾指出："灵魂与身体之间的关系也适用于人兽之间的关系。驯养动物比野生动物的性情更为善良，而一切动物都因受到人的管理而得以保全，并更为驯良。又，男女间的关系也自然地存在着高低的分别，也就是统治和被统治的关系。"[1]在西方思维传统中，越是接近身体性、接近自然状态的事物，就越是受到贬低。经过基督教的强化，灵魂或心灵、精神或理性，这些都逐渐成了全能上帝的象征，是人类优越感中最值得炫耀的资本。人类为自己统治万物的欲望找了合情合理的代言人即上帝，并通过对《圣经》的阐释来巩固人类中心主义精神。[2]在绝对的人类中心主义思想下，人们认为上帝不会徒然造物，动物的存在都是为了服务于人类的各种目的。因此，从博物学史料记载可见，在启蒙运动之前，人们对动物的分类是人类中心主义式的，例如，是否可以食用，是否对人类有用，是否具有道德教化寓意。[3]

---

[1]　亚里士多德：《政治学》，吴寿彭译，北京：商务印书馆，2009年，第15页。

[2]　都铎王朝与斯图亚特王朝时期，神学家解释圣经故事皆秉持着人类中心主义精神，例如，强调上帝赋予亚当支配万物的权力，上帝赋予人类高于动物的性质，动物可以被杀害并食用。参见基思·托马斯：《人类与自然世界：1500—1800年间英国观念的变化》，宋丽丽译，南京：译林出版社，2009年，第120页。

[3]　参见基思·托马斯：《人类与自然世界：1500—1800年间英国观念的变化》，宋丽丽译，南京：译林出版社，2009年，第47页。

然而自十七世纪以来，随着自然科学的发展，天文学、生物学、地质学等方面的突破在一定程度上冲击了原来上帝代言式的人类中心主义。天文学家揭示地球并非宇宙中心，人们对世界范围的认知不断扩大。显微镜使人们认识到更多生命的存在，地质学上的突破又使得人们不得不承认许多动植物早在人类存在之前就已居住于地球。科学界探讨人类从低等生命形式演化成人的可能性。苏格兰学者蒙博多（Monboddo）认为人的最初形式是比植物稍微高级一点的海洋动物，随后有了感觉，有了理性，最终演化成人。关于人与动物之间区别的讨论亦有了新的说辞，例如休谟认为动物拥有推理的能力，这在十八世纪后期的英国成了普遍的观点。一些学者纷纷讽刺笛卡尔将动物视为机器的理论，洛克说，"科学家相信笛卡尔，只是因为他们的工作需要这种理论"。素食主义者伯纳德·曼德维尔（Bernard Mandeville）在他的诗体寓言《蜜蜂的语言》（*Fable and Bees*）中称笛卡尔是一个"徒劳的理性主义者"[1]。另外，在当时的英国，中上阶层家养宠物盛行，对动物的观察和情感的联系加深了认为动物可能具有理性才智的信心。人们观念中关于人类与动物之间的差距在一定程度上缩小，科学家和哲学家打破神学家树立的人与动物间明显的界限，动摇了人的伦理制高点地位。1824年，英国防止虐待动物协会（RSPCA）在伦敦成立，于此前后还通过了一系列反对虐待马、牛、犬等动物的议会法案。然而，有学者认为从思想根源上而言，这些表现对动物仁慈的举动依然来源于人类中心主义，例如，人们认为任由虐待动物的人性发展可能会导致残害人类自身，或是认为动物本身就是低等的，因此理应受到人类的保护，人类之于动物正如上帝之于人类一样。[2]那么，对于思想的进一步探索必然得转向文学艺术作品。

在文艺界，十八世纪后叶的绘画作品中，风景与动物成为主要表现的主题之一，对于自然的渴望成为社会无意识，大量文人还主动加入反对虐待动物的运动当中，关于宣传保护动物、论述动物保护道德伦理的散文不断增多。一些作家甚至反对写作拟人化的动物故事，强调动物的本体性存在，有关史料记载：

---

[1]　Batra, Nandita. "Dominion, Empathy, and Symbiosis Gender and Anthropocentrism in Romanticism," *Interdisciplinary Studies in Literature and Environment*, 1996(3):101.

[2]　参见Batra, Nandita. "Dominion, Empathy, and Symbiosis Gender and Anthropocentrism in Romanticism," *Interdisciplinary Studies in Literature and Environment*, 1996(3):106.

"十八世纪，知识分子作家越来越敌视让动物像人一样行为的拟人化故事，主张'所有赋予动物言语与理性的寓言都不应该给孩子看，它们不过是欺骗的工具'。"①在诗歌有着重要影响的年代，诗人们亦为此运动贡献了力量。素食主义者雪莱，毫无疑问身体力行地关爱动物，反对肉食。布莱克在《羊羔》中赞美了温驯的小羊羔，表达了羊羔和孩子一样，是上帝所造，拥有"天真"这份宗教意义上的美德；在《苍蝇》中更是直接强调既然同出一位造物者，人类与苍蝇等同。柯勒律治的《古舟子咏》用老水手的寓言警示读者，人类与鸟兽同出于上帝，有着超自然的联系，如若残杀必将受到精神与肉体的双重惩罚。华兹华斯在《鹿跳泉》中控诉狩猎的贵族爵士残忍地逼迫一头公鹿从高处跳泉而亡，多年后山谷仍然寸草不生，山、泉、石化为乌有，神性自然以此来给予悲悯和惩罚。可见，在此时期的大多数诗人对于动物的关切秉持着泛神论色彩的伦理原因，即动物与人出于同一造物者，深受神性泽被而应当获得尊重对待，正如华兹华斯在《鹿跳泉》中强调，上帝居于天光云影、青枝绿叶之地，对所有动物皆怀有恳挚的关切。因而在诗歌中，动物不再是作为工具型的他者形象，更不是《伊索寓言》中的人类代言人，它已被这一时期的大多数诗人赋予了本体意义上的审视和关切，这种审视带有宗教式神性的赞美，如同自然界的其他一草一木一样，动物亦是来自"天国的精灵"。

诗人们用诗歌表现对动物的关切无疑是重视生态、回归自然的意识在一定程度上的体现，然而，从其诗歌表现方式来看，他们并未打破两者在机体意义上对立的二元图式，即"动物（身体）/人（灵魂）"，诗人们为动物添加了神性光辉，将其上升至灵魂的高度而成为人类的兄弟，在此逻辑下，对于动物本体意义上的审视实则是缥缈的，它依然建立在身体缺席的神灵精神层面，因而诗人们也极少在诗歌中表现对于动物在痛感层面的同情，动物的身体感觉鲜有被当作道德伦理关怀的根据。

作为这一时期的诗人，拜伦同样关切动物。事实上，拜伦早年身边的"装备"颇有意思。他热衷于养宠物，能够以孩子般纯真的心态对待动物，他在书信中写道："我的乌龟（都是雅典的）、刺猬、猛犬等都是纯种的。乌龟会下蛋，

---

① 基思·托马斯：《人类与自然世界：1500—1800年间英国观念的变化》，宋丽丽译，南京：译林出版社，2009年，第125—126页。

我租了只母鸡来孵化乌龟蛋。"①当他于1812年离开拉纳时，身边带有五匹马、三只珍珠鸡、两只猫、一条纽芬兰犬、一条斗犬和一只猴子等其他动物，仿佛拥有一座动物园。莫洛亚在拜伦的传记中写道：

> 拜伦自己并不富裕，那他为什么要带着这帮人和这些动物周游四方呢？这是他缺乏能力的一种奇特表现，不管什么东西，只要偶然进入他的生活，他就无法将它驱除。由于他一时任性，就让这个男仆以及这些犬马依附于自己，并且把他们留住了。他内心是忠诚的，他的情感能够持久。②

这些文字表明，莫洛亚认为拜伦带着动物周游四方是他性格缺陷造成的，他任性而为，对于闯入自己世界的事物过于依赖。事实并非如此，生性率真叛逆的拜伦，可以带着闯入自己生活的动物周游四方，他对动物的情感超越了普通意义上的同情之感和仁慈之心，绝非由于所谓的"能力缺陷"。雪莱很大程度上是出于身体意识与复杂的哲学思想而去做一位素食主义者，而拜伦对动物的关切全然建立在感性的真实情感之上。不同于同一时期其他诗人将动物作为拥有上帝光辉的精灵去歌颂其神性，或是作为人类同门造物而强调兄弟情谊，拜伦从生物物种本体上平视动物、重视动物，甚至赞美其身上所具有的超越人类的高尚品性。

在他著名的抒情诗《纽芬兰犬墓碑题诗》中，拜伦借自己名为波森的爱犬，对世人嬉笑怒骂，淋漓尽致地讽刺了人世间种种卑劣丑恶现象。对于此诗，评论者通常只关注到拜伦对于人之伪善奸邪深恶痛绝，却忽略了拜伦的动物情怀。事实上，此诗体现了拜伦对动物与人之间差别的敏锐反思，以及超越同时代诗人的物种平等意识。作为"文化他者"的动物，尽管同时代的诗人们亦怀着真挚的情感去歌颂，却并未打破将动物符号化的倾向。而在此诗中，拜伦祛除了动物形象的宗教式神性光辉，他将波森作为一条狗的动物品性与人性做了尖锐的对比。

---

① 拜伦：《拜伦书信选》，王昕若译，天津：百花文艺出版社，2005年，第61页。
② 安·莫洛亚：《拜伦传》，裘小龙、王人力译，杭州：浙江文艺出版社，1985年，第60页。

　　自诩为"天之骄子""宇宙最高等的生灵"，人类总是虚夸自己，就算无所作为也会用隆重的殡葬、膨胀的碑文来标榜自己的功绩，在诗人看来，这一切显得那么可笑，人类的此等品性竟还不如犬类波森。诗人直接称它为"最可信赖的朋友"，它情感炙热，待人忠诚，且勇敢作为，"主人还家，第一个趋前迎候；/挺身卫主，与主人心心相印，/全为了主人，才劳碌、搏斗、生存；/卑微地死去，好品德不为人知，/灵魂进不了天国，横遭拒斥"①。然而，人类带着伪善的皇冠独坐天堂的王位，将其他物种视为异类，独唱自我高贵身份的论调，诗人写道："而人——愚妄的虫蚁！只希图免罪，/想自家独占天堂，排斥异类。/……你的爱情是淫欲，友谊是欺诈，/你的笑容是伪善，言语是谎话！/你本性奸邪，称号却堂皇尊贵，/跟畜生相比，你真该满脸羞愧。"②诗人毫不留情地批评人类所存在着的恶劣品性，打碎其自我优越的镜像。这正如陀思妥耶夫斯基在《卡拉马佐夫兄弟》中所讽刺的，"有时常听见形容人'野兽般'地残忍，其实这对野兽很不公平，也很委屈：野兽从来不会像人那样残忍，那样巧妙地、艺术化地残忍。老虎只是啃，撕，只会做这些事。它决想不到去用钉子把人们的耳朵整夜地钉住，即使它能够这样做的话"③。对于波森，拜伦没有极力地赞美动物身上的神性，而是尊重其身体性的真实存在，赞颂其真实的品性，甚至称它是"生平唯一的朋友"。

　　在传统文学批评下，评论者会认为拜伦极端地抬高爱犬、贬低人类，仅仅为了突出自我对世人的愤慨，这不过是一种任性夸张的诗歌修辞，符合其一贯的恣意诗风，其实不然。拜伦对波森品性的赞美，是发自内心的认可，对于它的感情亦打破了物种等级的隔阂，对于它的尊重更是实实在在地表现在行动中。拜伦尊重波森身体本体性的存在，他将死去的波森葬在纽斯台德寺院，即自家的邸宅庭院中，波森的墓碑除了上文诗歌还有以下铭诗：

　　　　在此处下方
　　　　存有一物之遗体：

① 拜伦：《拜伦诗歌精选》，杨德豫译，太原：北岳文艺出版社，2000年，第20页。
② 拜伦：《拜伦诗歌精选》，杨德豫译，太原：北岳文艺出版社，2000年，第20页。
③ 陀思妥耶夫斯基：《卡拉马佐夫兄弟》，耿济之译，北京：人民文学出版社，2002年，第369页。

> 它有美质，而无虚荣，
>
> 有威力，而无骄慢，
>
> 有胆量，而无残暴，
>
> 有人的一切美德，而无其邪恶。
>
> 这一篇颂词，倘若铭刻在人的墓顶，
>
> 那就是一文不值的谀辞；
>
> 却是恰如其分的赞美——用以纪念
>
> 波森，一条狗
>
> 1803年5月生于纽芬兰，
>
> 1808年11月18日卒于纽斯台德寺院。[①]

拜伦通过此诗再一次肯定波森的本体性品质和价值，在诗人眼里，波森有血有肉，有着身体的美质和美德的生命。拜伦对波森的这两首铭诗体现出，他不仅讽刺和打破了人类中心主义的傲慢现象，以平等的心态尊重动物，实现在生物机体层面的生态关怀，更意识到动物对于构建人类精神生态的重要性。人类并没有因为拥有自诩的高人一等的灵魂而使德行高于动物，动物亦没有因被人贬为无灵魂的机械身体而丧失德行，它反而为人类认识自身提供了真实的镜像。动物的品德存在于其血肉身体之中，它是独立拥有自身品格的身体性存在。拜伦对它的本体性尊重体现于对其身体本体的尊重，他处处批判人类所存在的不如动物的德行，逻辑上并未安排动物实现其向人类灵魂或上帝神性的飞升而去歌颂它的品性。事实上，拜伦不仅安葬了波森的遗体，还在它死后第四年预立遗嘱，如若自己去世，也希望被安葬在纽斯台德的庭院之中，与爱犬波森之墓相邻。如此举动证实了拜伦对于动物在身体本体性层面的平视，动物与人类一样都是活生生的生命体，两者是拥有平等灵魂的血肉之躯，品性可以相提并论，身躯也可同等归土。

其实，拜伦向来不推崇所谓的"纯粹自然"的颂诗，他认为诗意应该是鲜活的，有血有肉的，富有人文气息的，对大自然单纯又赤裸的描绘将使诗歌丧失艺术感。他在致约翰·墨里（John Murray）的公开信中提到：

---

① 拜伦：《拜伦诗歌精选》，杨德豫译，太原：北岳文艺出版社，2000年，第19页。

在我看来，圣彼得教堂、罗马的大圆剧场、拉奥孔……与阿尔卑斯山的最高峰或厄特那火山一样富有诗意——也许，更富有诗意，因为它们是心灵的直接表现，在构思时已包含诗在其中，并且这样就具有真实生活的某些成分，这些成分绝不是属于无生命的自然的，除非我们采用斯宾诺塞的哲学认为神就是世界。①

相较于英国其他浪漫派诗人，拜伦确实少有纯粹描绘自然或动物的诗作，因而，生态批评学者通常将注意力放在对自然有着明显复归精神，实现海德格尔式栖居的华兹华斯身上，而对于拜伦笔下自然的关注度极少。洛夫尔（Ernest J. Lovell）于1949年在《拜伦：自然诗人》（*Byron: Poet of Nature*）一书中甚至认为拜伦从未培养一种自然哲学或自然感。这从当下生态学术视野看来，显然失之偏颇。在整个时代文化背景和浪漫主义文学传统下，拜伦对大自然的尊重和向往是毋庸置疑的。尽管拜伦的诗作少有将自然奉举到至高的神性地位，但不可否认的是，其中依然包含了生态关怀，诗人对动物的本体性尊重即是一个重要层面。

拜伦的生态关怀在诗歌中有着明显的身体在场性，去除对自然纯粹神性的赞美，他不仅将对动物的尊重至于有血有肉的动物身体本体，而且以身体的感受力来构建道德伦理基准，表现对动物的关怀。他在长诗《唐璜》中指责了华尔敦（Izaak Walton），一位在当时以垂钓题材文学作品闻名的作家，在拜伦看来，钓鱼者都"不会是好人"，他在诗中愤慨地指责：

> 还有钓鱼，呵，一种寂寞的嗜好！
> 别管华尔敦怎样赞美这逸兴；
> 残忍为乐的怪老头呵，但愿有
> 鳟鱼来钓你，也钩住你的咽喉。②

---

① 拜伦：《给约翰·墨里的公开信》，郑敏、刘若端译，载王春元、钱中文主编：《英国作家论文学》，汪培基等译，北京：生活·读书·新知三联书店，1985年，第72页。
② 拜伦：《唐璜》，查良铮译，北京：人民文学出版社，2008年，第684页。原文为：And angling, too, that solitary vice,/Whatever Izaak Walton sings or says;/The quaint, old, cruel coxcomb, in his gullet/Should have a hook, and a small trout to pull it.

华兹华斯笔下的公鹿被爵士残忍迫害，诗人以描绘自然万物的凋零来表现上帝的教诲，柯勒律治笔下的老水手因杀害了信天翁而受到超自然神力的报复，而拜伦并未通过神性力量的参与来表达对残害动物的强烈反对。在上述诗行中，他采取将华尔敦与鳟鱼主体互换的策略，垂钓爱好者将自我快感建立在对鱼的残害之上，诗人便让他反过来被鳟鱼钩钓，来体验一下切身之痛。诗歌最后一行韵律上亦突改为重音在前的扬抑格，表现出诗人强烈的指责。从音韵修辞方面来看，"但愿"（should）、"钩子"（hook）、"钩住"（pull）中［u］构成谐元韵，句末的"喉头"（gullet）、"它（指代喉头）"（it）中［t］构成尾韵，短促的短元音和轻辅音皆营造出尖细的鱼钩刺入肉身的疼痛感。显然，拜伦对动物的关切建立在注重身体感觉的层面，诗歌不见"身体"的字眼，却以此为基准构建了反对垂钓娱乐的伦理理由，依据身体感觉的共通，以此来关心受苦动物，激发人类的道德责任感。同时代的边沁（Jeremy Bentham）就认为关于动物问题，我们应该考虑的不是它们能不能说话或有没有理性，而是它们是否感受痛苦。世界动物保护运动的倡导者辛格（Peter Singer）发展了边沁主义的观点，他在1975年的《动物解放》一书中提出了感觉论，认为应该给予拥有感受能力的存在物以平等的道德关怀，即从主体的感受力来肯定动物的权利。①身体参与我们感受与理解万物的过程，其在场性在对动物描绘中的呈现有助于我们生成跨越物种的同情。庄子在《马蹄》篇中斥责伯乐对马的虐待，"饥之，渴之，驰之，骤之，整之，齐之"②，身体的扭曲感使我们感同身受，在庄子看来，伯乐治马便是违背自然与道德沦丧。拜伦更是用戏谑的诗歌语言形象地表达了对动物感受力的重视，动物与人平等的重要理由不是因为两者皆闪烁着上帝的神性，而是两者皆是有血有肉、有感受力的身体。

回归身体的考量，拜伦在诗歌中多处表现他对动物的关切，他与动物的感情建立在身体感性的层面，诗歌对动物情感的表现手法在同时期英国浪漫主义诗人当中是独特的。自然对拜伦而言是鲜活生命体的存在，动物应当从身体本体层面上被尊重甚至赞颂，人类应该注重动物的身体感觉。他对动物的这种关切充分体现了其诗歌的生态意义。

---

① 参见 Singer, Peter. *Animal Liberation.* New York : Harper Collins Publishers Inc, 2002, p.5.
② 庄子:《庄子》，方勇译注，北京：中华书局，2018年，第141—142页。

第二节 动物形象的呈现

拜伦用诗歌表达对动物的关切，对动物有着明显的保护意识，但动物于拜伦的意义不止于此，动物形象在他的诗歌中有着更为广博的文学内涵与生态意义。在拜伦的诗体小说《唐璜》中，动物形象前后出现了200多处。众所周知，《唐璜》是拜伦最为重要的作品，故事所开拓的地理空间遍及整个欧洲，叙事规模之大犹如史诗。诗人通过妙趣横生的记叙与鞭辟入里的议论，以讽刺的姿态，全面地揭示了十八世纪末到十九世纪初欧洲社会政治、宗教、道德、法律等方面的真实现象。作为一部明显带有政治讽刺意味的经典作品，在关注人类内部文化的传统文学批评语境下，《唐璜》被五花八门的批评话语所实践，而其中大量的动物形象描写是以往批评所忽略的部分。实际上，《唐璜》中的动物形象不仅涉及上文所论述的动物保护意识的表达，更从身体的角度体现了拜伦对人性与动物性的考量。

其一，《唐璜》中的动物形象主要存在于比喻与类比修辞的运用中，拜伦通过动物形象来探索和反观人性，生动形象地描绘了一幅幅人性画卷。人类史前文化的壁画、石器图纹中展示着大量的动物形象，这向我们昭示了动物在人类文化形成过程中扮演了不可或缺的角色。拜伦通过丰富的想象力，用动物来探索人性，以回归原始的方式来挖掘人性之真实。如此刻画不仅加强了讽刺的意蕴，亦揭示了人与动物相通的一面，从拜伦的诗行可见，动物对于人类认识自身、直面本真的身体起到了重要作用。

首先，拜伦擅长用动物形象来刻画人的身形体态。譬如，在描绘卡提斯女子美丽的步态时，诗人写道："我不会形容，也想不出好比喻……一匹阿拉伯骏马？一只挺秀的鹿？/初驯的巴巴利马？小羚羊？长颈鹿？"[1]对于步态身姿的描绘，诗人直言想不出好比喻，而紧接着就列举了一连串动物用以比喻形容。又如，诗人以鬣狗比喻吃人的水手们癫狂之笑，"他们切齿诅咒，嘶喊，尖叫，哭嚎，/又笑得像鬣狗，然后郁郁死掉"[2]，鬣狗的比喻活现了吃人的水手们癫狂的肢

---

① 拜伦：《唐璜》，查良铮译，北京：人民文学出版社，2008年，第106页。
② 拜伦：《唐璜》，查良铮译，北京：人民文学出版社，2008年，第133页。

体动作。再如，诗人将唐璜的沉稳专心之态比作是蛇，"那时他沉稳、缓慢、专心致志，/好似一条蛇蜷伏在丛林中"①，诗人形象地刻画出唐璜的沉着形态。从身体的角度来看，人与动物的首要共同点是皆为嵌入环境中的动态物质身体，作为拥有生命的物质身体，人与动物以万千形态的变化来进行生命活动。拜伦从动物身上寻找人的身形气质，发现了人与动物在体态上的相似性，使得人物形象更为生动地在字里行间呈现。

其次，拜伦还对人与动物之类比进行深化，即从描绘体态上的相似性发展至刻画性情上的互通性。例如，诗人写道，"他不管什么，凡拿来就都吃光，/凶得像鲨鱼，梭鱼，牧师或郡长"②，饥肠辘辘的唐璜，面对精馔所表现出的凶猛形象就像欲张口吞食的鲨鱼和梭鱼。诗人在此用了明喻的手法，更为讽刺的是，他所采用的喻体不只有鲨鱼、梭鱼，还将牧师、郡长与之并置。从喻体可见，诗人在此不只是通过动物形象来刻画唐璜的吃相外形，更讽刺了牧师、郡长这类人内在性情上的贪婪凶猛。此状是人类某种特殊状态下的呈现，亦是某种动物与某类人的常态呈现，人类性情中贪婪凶猛的一面与动物有着同样的外现。诗人将人与兽置于同一范畴，表明两者性情具有互通性，如此将人与动物并置，采用比喻与类比结合的手法，在此诗中多处可见。又如，"凡心灵自由的人都落落寡合，/唱得最甜的鸟儿只成双而栖，/雄鹰独自高飞，而乌鸦和海鸥/像世人一样，只围着腐尸不走"③，人类中追求自由者通常宁静孤高，雄鹰亦如此，而庸俗的世人与乌鸦、海鸥相同，皆爱结队与喧哗。在此句中，喻体与本体随意互换，体现了诗人将人与动物纳入平等的诗歌语境中，两者性格类型互通。

此外，拜伦亦常用动物来暗喻人类眼神所表达的内容，表现了人与动物于内在欲望上的相通性。如"那些献媚的哈巴狗哪有这么/骄傲的眼神"④，诗人借奴隶之口讽刺一些谄媚的希腊人如同哈巴狗般献媚讨巧。又如"她大而黑的眸子却深藏着激情，/有如一只睡狮还隐伏在林丛"⑤。海黛母亲是非洲人，她的双

---

① 拜伦：《唐璜》，查良铮译，北京：人民文学出版社，2008年，第206页。
② 拜伦：《唐璜》，查良铮译，北京：人民文学出版社，2008年，第163页。
③ 拜伦：《唐璜》，查良铮译，北京：人民文学出版社，2008年，第250页。
④ 拜伦：《唐璜》，查良铮译，北京：人民文学出版社，2008年，第291页。
⑤ 拜伦：《唐璜》，查良铮译，北京：人民文学出版社，2008年，第260页。

眸所流露的是与太阳、与自然为一体的原生态激情，它代表了野性的身体欲望，因而诗人将她比作狂野之味十足的狮子。在刻画苏丹娘娘时，诗人引入"羚羊"的意象来表现她的身体情欲，"她闪着羚羊般含情欲的眼睛／望着他们，使鬈角宝石的光彩／也黯然无光"①，这样的眼神散发出一种原始的情欲，连宝石的光彩也难以比拟，羚羊作为一种兽类却与之相通。无论是谄媚的，还是激情的，抑或是情欲的，这些都是人类本性中内在欲望的流露，诗人信手拈来，均可在自然界中找到对等的动物。眼神是人之情绪或心灵活动的直接表达，是内在心灵气质最为精准的流露，是人的综合心理动机在身体上的传达，它直接指向所谓的"人性"，诗人以动物来比喻眼神，意味着将人之"人性"放置于与"野性"等同的身体话语中。

斯洛维克（Scott Slovic）在评论兰迪·马拉穆德（Randy Malamud）的《诗性动物与动物灵魂》（*Poetic Animals and Animal Souls*）时首先强调，"人类对世界的经验，在每一个可能的层面，皆贯穿着动物野性，贯穿着我们与地球上其他动物的关系以及我们自身感觉和感性的动物方式"②。我们在知觉与感受上有着与动物类似的所谓的"动物方式"，其原因是我们参与世界最为基本的依据与动物一样，是我们的身体，我们与动物有着生物学上的同类性。梅洛-庞蒂指出，"我们因笛卡尔的传统而习惯于依赖客体；反省的态度把身体定义为无内部的部分之和，把灵魂定义为无间距地向本身呈现的一个存在，从而净化了身体的普通概念和灵魂的普通概念"③，的确，身体不是一件物体，人的意识也不是一种凌驾于身体的纯粹灵魂，身体通过复杂的统一性，使机体存活且活动于世界。文明意味着规训身体，人类学会了克制，学会了理性，精密组织成高度秩序化的社会。诚然，文明是人类的必然进程，理性是人类值得骄傲的特长，而似乎人类的文明程度愈高，就愈从话语上遮蔽身体，忘记身体意味着忘记动物本能，忘记我们与动物相通的秉性，当人性与动物野性在话语上彻底对立，人类又何以实现对动物的同情关爱？《唐璜》在修辞中引入了大量动物形象，其目的是

---

① 拜伦：《唐璜》，查良铮译，北京：人民文学出版社，2008年，第324页。

② Slovic, Scott. *Going Away to Think: Engagement, Retreat, and Ecocritical Responsibility*. Reno: Nevada UP, p.108.

③ 梅洛-庞蒂：《知觉现象学》，姜志辉译，北京：商务印书馆，2012年，第256—257页。

探索人性，探索身体的真实。无论是体态、性情，抑或是欲望，拜伦对于动物形象的运用皆指向身体性，这亦是回归人之本真面目的必然指向。在拜伦指向身体的笔触下，这种探索将人性与动物性纳入平等的话语范畴，揭示了存于人类内心的某种"野兽"。

其二，《唐璜》中的动物形象亦存在于本体意义上的动物描绘。全诗中出现的本体意义上的动物形象，几乎都代表着实实在在的生物体本身。通过这些形象的引入，诗人探索了涤除理性、还原身体本真之路，并在人类与动物的共处中进一步揭露了人性之复杂。

从整体上来看，较之于其他浪漫主义诗人，拜伦虽对于自然的歌颂较少，但在《唐璜》中亦不乏对大自然的宁静和谐的抒写，在这份和谐之美中，动物扮演了主要角色。拜伦曾在其中直接抒发此般感慨：

> 谁不感到甜蜜，若是他走近家门，
> 听到家犬向他吠出低沉的欢迎；
> ……
> 谁不爱被天鹅唤醒，或者被瀑布
> 催眠入梦。谁不爱听蜜蜂的嗡嘤？
> 听鸟的鸣啭，少女的莺声呖呖？
> 婴儿的咿呀和不连贯的语句？ [①]

诗人内心存有一份柔软的期盼，它深藏在动物的天籁之中。家犬吠迎，天鹅吟唤，蜜蜂嗡嘤，鸟儿啁啾，在此画面中，人被动物的声音打动，他被唤起的是本性中与自然的天然亲近。诗人一度沉醉于动物的声音，而与之有着异曲同工之妙的还有少女和婴儿的天然之音，诗人将此并置。婴孩是人之最为本初的形态，诗人在引入本体意义上的动物形象时将其并置，可见，在诗人看来，人类究其本初亦是动物，而似乎仅在婴孩和少女身上才保存了本初动物状态下的天然之美，即鸿蒙未启时的纯粹。复归孩童是浪漫主义的共同理念，布莱克、华兹华斯、雪莱均有所宣扬，拜伦亦如此，不同之处在于拜伦将对于人性的复

---

① 拜伦：《唐璜》，查良铮译，北京：人民文学出版社，2008年，第64页。

归与亲近动物相结合。在拜伦心目中，亲近动物，与动物和谐共处，是接受大自然对于人性的一种荡涤，是人的一次复归，亦是人之本性所向。

纵观全诗，动物与孩童多处并置，诗人借此描绘了一幅幅人与动物同处共同体的和谐画面。如："哦，金星！你带给世间一切恩赐：/你使疲倦的回家，饥饿的就餐，/给雏鸟带来母鸟庇护的翅膀，/给辛苦的牛犊以牛厩的安恬……你把孩子也带到母亲的胸怀。"①同处一个世界，人与动物同享自然的恩泽，通过短短数行，诗人展现了一份广博的宇宙共同体情怀。人与动物在星球下的世界中是同等的生命体，疲倦了回家，饥饿了就餐，雏鸟有母鸟庇护的翅膀，孩童亦有母亲慈爱的胸怀。孩童在此句中代表了人类，而似乎人只有化身为孩童的形象时，诗人才从宏观上展现出人与动物的和谐之态。这似乎透露着拜伦潜意识中的某种暗示。在另一幅画面中，诗人如是描绘：

> 一群孩子围着一只雪白的羊，
> 正在给那老羊的角缠着花朵，
> 这只年高德劭的老羊柔顺得
> 像没断奶的羊羔，只把头缩着，
> 它庄严而安静，没有一点脾气，
> 有时从手里取食，有时把前额
> 顽皮地垂下，好像要以角顶人，
> 但被小手一推，又乖乖地听命。②

孩子围着老羊嬉戏，给老羊缠花朵，老羊像慈祥的老人一样配合孩子们的玩耍。它安静顺从而不乏"庄严"（majestically）——诗人通过"庄严"一词，突出了老羊的独立性，它虽配合孩子，但并不处于人类居高临下的视角下。同时，孩子在此也没有带上狂妄人类的攻击性，两者相互交融，没有等级的分界线。拜伦打破了其他浪漫主义诗人神秘化、神性化动物来构建尊重动物的逻辑，先驱式地表达尊重动物本身的生态地位，强调动物对于人类认识自然、回归身

---

① 拜伦：《唐璜》，查良铮译，北京：人民文学出版社，2008年，第236—237页。
② 拜伦：《唐璜》，查良铮译，北京：人民文学出版社，2008年，第200—201页。

体本真所起到的重要作用，由此，他介入了孩童的形象，将其作为能与动物构建和谐关系的人类理想状态的化身。

诗人刻画人与动物和谐相处，描绘平和宁静的自然画面，更不忘描绘极端的自然环境，以及在此环境中的人与动物。拥有"魔鬼派"称号的拜伦，将人性之思推向深渊。唐璜在逃离英国的海航途中，遭遇了一次野性自然的严峻考验，在远离城市文明的苍茫海洋中，人与动物呈现了更为动态的关系，人类的本性或本能也暴露无遗。文本中共出现了三类动物：一是狗、甲鱼、海鹅、海鸥，二是鲨鱼，三是白鸟。三类动物与船上的唐璜加之水手们，共同上演了海上生态图与人性百态图。

首先是狗、甲鱼、海鹅、海鸥，它们作为相对的弱势动物，皆成了人类的食物。唐璜的航船去意大利的途中遭遇了大风暴，唐璜挤上了快艇，同时眼疾手快地将自己的宠物小狗救下，还奋力救起老师彼得利娄以及一些水手们。数天后，快艇上已然食物殆尽。船上的人们捕捉海鹅、海鸥，以及玳瑁类的甲鱼以充饥，唐璜的长耳朵小狗自然也难逃毒手，"于是唐璜的狗，也不顾他恳求，/就被杀死，每人分吃了一块肉"[1]。除了唐璜，船上的人皆肉食欲大发，如狼似虎地将小狗残杀并吃得一干二净：

> 第六天他们吃掉了小狗的皮，
> 唐璜因为是他父亲的爱犬，
> 一直不忍以它来果腹，但现在
> 感到嘴里淡得和饿鹰一般，
> 终于半带悔恨地接受了前爪，
> 这拿给他吃还是很大的情面；
> 他把一半分给老师，彼得利娄
> 一口就都吞下了，还很嫌不够。[2]

唐璜起初拒绝吃小狗之肉，但由于生理极限和生存本能，亦半带悔恨地接

---

① 拜伦：《唐璜》，查良铮译，北京：人民文学出版社，2008年，第130页。
② 拜伦：《唐璜》，查良铮译，北京：人民文学出版社，2008年，第130页。

受了前爪，诗人形象地刻画出了以身体为生存依据的人性之真实面。而在其他人身上，所谓的兽性已经全面爆发，在极端自然的考验中，他们已成为真正的豺狼。水手们吃小狗还不够，还上演了抽签吃人的戏码。就在先前吃小狗之爪还嫌不够的彼得利娄就不幸被抽中。诗人无疑在此布局了一种讽刺，更为讽刺的是，"凡是把彼得利娄/狼吞虎咽的人（这是多么渎神）都发癫狂，口吐白沫，全身颤抖"①，最终郁郁而亡。这与柯勒律治在《古舟子咏》中设置的情节如出一辙：因老水手射杀了信天翁，船上的水手们紧接着就干涸遇难。人类残杀动物以充饥，在如此杀戮举动中酝酿着更为残暴的欲望可能，即残杀同类，拜伦在此对人性的讽刺，在某种程度上与雪莱的素食主义的观点不谋而合。在自然的极端考验下，人类剩下的仅是生存的本能，甚至是将本能肆无忌惮地放大至某种欲望去弱肉强食，与动物较之，所谓的道德伦理，所谓的人性之光存于何处？

其次是鲨鱼，鲨鱼作为海上的强者，代表着无法征服的大自然之野性力量，它时刻追赶着人类，考验着人类。彼得利娄被水手们分食，肉被食，血被饮，五脏和脑子投到海里，此时，"鲨鱼"的形象第一次在文本中出现，"两条鲨鱼倒赶上美餐了一顿，/但水手们吃掉了其余的部分"②，人类矮化动物，一味强调人性之高尚，而人与鲨鱼一同分食人体之时，何谈人性之高尚？在拜伦的描绘中，鲨鱼凶猛冷峻，没有神性亦不是人类情绪的代言人，它即野性动物本身，只用一种吞噬性的力量演绎着自己在食物链中的功能价值，哪管人类居处设立的情感道德。事实上，正如生态批评学者陈红所言，"食肉动物很少出现在十八世纪描绘自然的诗歌当中，这些诗歌当中的动物主要是没有攻击性的，例如野兔与各种鸟类"③，亦如笔者在上节中提到的，十八世纪及之前，动物形象常常在寓言故事中充当教化的工具。随着人们动物观的转变，浪漫主义诗人开始给予笔下的动物以同情与关爱，而动物身上的原始野性，或是作为野性自然化身的野蛮动物，并未普遍进入诗人们欣赏的眼眸。当然，也有个别浪漫主义诗人刻画动

① 拜伦：《唐璜》，查良铮译，北京：人民文学出版社，2008年，第133页。
② 拜伦：《唐璜》，查良铮译，北京：人民文学出版社，2008年，第132页。
③ Hong, Chen. "To Set the Wild Free: Changing Images of Animals in English Poetry of the Pre-Romantic and Romantic Periods," *Interdisciplinary Studies in Literature and Environment*, 2006(13):131.

物的野性，例如布莱克的《老虎》①。拜伦在此情节中所安排的鲨鱼，无疑是凶猛的食肉动物，于此，拜伦或许并没有如布莱克一般敏锐地主动察觉并"灵视"②凶猛动物身上所带有的野性，但它依然作为自然狂野面的象征与人类力量进行较量。当风力加强，洋流推动着船只，船上的人已濒临死亡，而鲨鱼依然充满强盛的生命力，对船只穷追不舍，诗人如是写道，"虽然那两条鲨鱼还跟在后面，/搅起的浪花直往脸上飞溅"③。船上人的虚弱无力与鲨鱼的强悍凶猛形成鲜明的对比，"它好像是冥府中渡鬼魂的船，/所载的四名乘客也很像幽灵，/还有三个死尸，因为活人已无力/像以前那样把它们投入海中"④。在拜伦的叙事中，鲨鱼并非激活和成全人类对抗、征服大海之欲而化身的物象，它孜孜不倦地追赶着人，丝毫没有怠意，无论工业文明如何武装人类，当人暴露于荒野，动物是上帝造来服务人类的谎言便不攻自破。水手们吃人、食动物，而鲨鱼又吞噬水手，"这时一条鲨鱼把他近处的伙伴/一口拖了去，这危险他幸而逃过"⑤。在拜伦的笔下，鲨鱼与水手，即动物与人类，在某种程度上都是弱肉强食的原生自然世界的一部分，两者并无孰高孰低，人性进一步被还原，在此层面上，它与动物野性全然等同。

最后是白鸟，白鸟的出现极富浪漫主义色彩，它给予了濒死水手们以希望的幻想，带给他们精神上的宽慰。正当落难的船只驶向绝望的深渊，阴沉的天空出现了万花筒般的彩虹，与此同时，白鸟出现了：

> 这时飞来了一只美丽的白鸟，
> 它生着蹼足，无论大小和羽毛
> 都很像鸭子，大概是飞迷了路，

① 参见 Hong, Chen. "To Set the Wild Free: Changing Images of Animals in English Poetry of the Pre-Romantic and Romantic Periods," *Interdisciplinary Studies in Literature and Environment*, 2006(13):134-137.
② 布莱克在作品中经常出现"vision"一词，通常被翻译为"灵视"——布莱克诗学研究中的重要概念，它接近想象与视像的意思，且融合了布莱克关于诗学、神学等的哲学思考。详见本书第四章第二节。
③ 拜伦：《唐璜》，查良铮译，北京：人民文学出版社，2008年，第141页。
④ 拜伦：《唐璜》，查良铮译，北京：人民文学出版社，2008年，第141页。
⑤ 拜伦：《唐璜》，查良铮译，北京：人民文学出版社，2008年，第143页。

要在这里找个地方落一落脚，

虽然它明明看见这一船有人，

却仍然在他们头上往返飞绕；

就这样，直飞到天黑它才离去——

大家认为这个征兆更为吉利。[①]

　　白鸟形似鸭子，美丽朴实，虽看见船上有人，却依然不停地在人们的头上飞绕盘旋，完全不谙人性之残忍霸道。船上的人们把它的出现当成吉利的兆头。诚然，大自然一直带给人类各种启示，给予人类精神上的启迪，济慈闻得夜莺之声而置身瑰丽世界，华兹华斯见得彩虹而获不朽的启示。人类把动物视为环境的他者，视为食物，视为玩物，事实上，动物在人类精神生态中起着不可忽视的作用，无论是远古时期的动物图腾，还是工业社会以来印在商品上的花花绿绿的动物图案，人类集体无意识中对动物有着天然的精神寄托与依赖。一只憨态可掬的白鸟，竟可带给一船"狼虎之辈"以精神上的休整。眼看诗人已然刻画了幻境般的世界，而他却笔锋一转，加深了讽刺力度。拜伦化身为叙事者，直言不希望这只鸟儿降临，"因为我们这只破船不比教堂，/栖息在缆索上可不甚妥靠；/即使这只鸟原是挪亚方舟的，/因为探寻到陆地而回去报告，/只要当时恰巧落到了他们手，/也准被吃掉，连橄榄枝都不留"[②]。众所周知，在柯勒律治的《古舟子咏》中，老水手无故射杀信天翁而随即遭到报应，信天翁被一些学者认为是上帝神性的象征，拜伦创作的《唐璜》晚于《古舟子咏》，他又时常评论柯勒律治的诗作，与其又有书信上的联系，不可排除拜伦这番叙述是受信天翁故事的启发。如信天翁一样，茫茫海洋上飞来的白鸟自得其乐，亲近人类，它仿佛是带着上帝神性的光辉，成了人类获得精神宽慰的力量，人类却极有可能恩将仇报地将其残杀而食其肉，人类对动物的残忍和人性的虚伪自私可见一斑。

　　人性究其本源是一股身体力量，它依赖于一种生物性质，或者说是动物性质，以此角度观之，人性与动物野性从生物学上同出一辙。拜伦在《唐璜》中通过动物形象的引入，将人性彻底还原，全方位地颠覆了人类中心主义在物种

---

① 拜伦：《唐璜》，查良铮译，北京：人民文学出版社，2008年，第139页。

② 拜伦：《唐璜》，查良铮译，北京：人民文学出版社，2008年，第139页。

层面的狂妄自大。拜伦将动物形象运用于修辞来探索人性，实现动物与人在道德话语上的平等。他亦描绘了本体意义上的动物，发觉了动物对于人类认识自然、回归身体本真所起到的重要作用。他更通过极端自然环境中人与动物的互动，揭开了人性比之动物野性，可能存在的更为残暴的一面，颠覆了人类所宣称的"人性崇高于动物野性"的口号。

第三节　被贬身体的抗争

当下动物研究普遍认为物种歧视与性别歧视、种族歧视、阶级歧视等在思想根源上有着无法割裂的关系，部分研究者认为人类对动物的压迫欲往往搬运至人类内部。动物、女性、黑人、奴隶等皆在"身体/灵魂"的传统二元范式中处于低下的身体层面，压迫者认为这些"种类"并非已完成进化，他们更加接近动物，他们只是低下的身体性存在，而未拥有崇高的灵魂或理性，他们不值得平等的道德关怀。亚里士多德就认为灵魂与身体的关系适用于人与兽，也适用于男人与女人。在性别中处于被贬地位的女性被视为与被歧视的动物等同，借用约翰·西门斯（John Simons）的比喻即"没有灵魂，正如没有灵魂的鹅一样"[1]。事实上，生态批评一直以来便与女性主义批评、后殖民主义批评等有着密切的关联。自法国女性主义者弗朗西斯·德·奥波妮（Françoise d'Eaubonne）于1974年提出"生态女性主义"（ecofeminist）这一术语，学者们便深入从性别角度研究生态问题，将男权统治对于女性的压迫与人对于自然的掠夺相联系。[2]近年来，生态女性主义者愈发转向身体与物质化研究，阿莱莫以"无产阶级的肺"[3]为例子，说明社会因素会通过身体器官来影响不同的阶层，这也就意味着社会文化与生物学层面无法切割，两者交织着影响人类社会。人类所关心的生

---

[1]　Simons, John. *Animal Rights and the Politics of Literary Representation*. New York: Palgrave, 2002,p.129.

[2]　Buell, L., Heise, U. & Thornber, K. "Literature and Environment," *Annual Review of Environment & Resources*, 2011(36):424.

[3]　参见 Alaimo, Stacy. *Bodily Natures:Science, Environment, and the Material Self*. Bloomington: Indiana UP, 2010, p.28.

态学不仅仅在于人与自然界其他物种的关系，也关乎人类内部不同阶层、性别、种族之间的纠葛，包括环境正义问题。因此，我们可以将新的研究视野投向文学中的社会人物，也即，文本中被贬"身体人群"①（body-people）有待于进一步研究。

显然，被贬身体中的身体话语既从物质化的角度突出生物学与社会文化的交互纠葛，又从反思文化传统的角度强调对于非理性的身体力量的重申与重视。在《唐璜》中，拜伦不仅正面刻画了无数动物形象，将动物纳入与人类平等的诗歌话语中，更将主要角色做了动物化隐喻的处理，实现了一次重大颠覆。换言之，《唐璜》中存在着"隐藏的动物"，即海黛与唐璜。拜伦通过对两位主人公的动物式描绘，来肯定人类的非理性本真世界，实现对身体力量的重申与释放。

在《唐璜》中，拜伦刻画了无数女性形象，这些女性形象从某种程度上而言皆是情欲的化身，拜伦借以讽刺英国贵族虚假的婚姻和所谓的爱情，也暗含着他对身体情欲和两性情感的探索。其中笔墨最多的、刻画得最为深刻的女性形象便是海黛，其较之于其他女性在一定程度上被诗人着以嘲讽笔墨，海黛的形象是相对完美的，诗人赞颂她、向往她、同情她。海黛与唐璜在海岛上的境遇诗行向来被公认为拜伦的佳笔代表，不同于拜伦其他诗歌中的"爱情"故事背景，海岛之恋将故事置于荒原式原生态大自然的怀抱中，女主人翁海黛是纯粹的自然之女，即一个自然人。

作为自然之女，海黛美得纯粹且具环境真实性，她的形象寄托了拜伦对自然之美的想象。诗人选用大量自然之物来比衬着海黛的形象，她的声音如鸟语般婉转，如朱玉般圆润，面颊如阿尔卑斯山的泉水，光泽胜于晨光照耀下的雪峰，任何人为的修饰在海黛身上都是枉然。诗人写道，"她的睫毛虽然像夜一般幽暗，/还是照习俗抹上黛，但是枉然；/因为那大眼睛的边缘是如此黑，/光滑的睫毛嘲笑着墨玉的斑染，/这反抗很对：不染它反而更美"②。关于自然之女，华兹华斯亦抒写了《露西》组诗，露西纯然不染，却缥缈虚幻，华兹华斯强调的是

---

① Ruether, Rosemary Rodford. *New Woman. New Earth: Sexist Ideologies and Human Liberation.* New York: The Seabury Press, 1975, p.79.

② 拜伦：《唐璜》，查良铮译，北京：人民文学出版社，2008年，第217页。

"造化"（nature）给予的滋养，将自然之女渲染上神性自然的色彩。而拜伦描绘的海黛是一个有血有肉、拥有身体感的人，她如露西般纯粹天然，但更接近动物化的自然人。海黛出生明确，她的父亲是希腊人，母亲是摩洛哥人，拜伦在此安排上体现了他的生态区域认知感。希腊之风浪漫自由，海黛拥有着如希腊雕塑一样的健美形体，古希腊诸神将自由洒脱的自然力量注入海黛的血脉当中。摩洛哥所代表的非洲又以太阳般的热情与狮子般的力量影响着海黛的性格。拜伦将真实地域的影响用以刻画海黛的纯粹自然性，关于海黛的诗性想象亦超越了英国地方性，而是以多重国度生态之美的想象来塑造理想中自然美的化身，带有生态世界主义（eco-cosmopolitanism）的格局。哈贝尔（J. Andrew Hubbell）指出拜伦"他攻击湖畔派诗人用以描绘自然的语言，因为他声称这支持了某种控制体系，它以人与自然之间的二元分割、等级制度为基础"[1]。显然，拜伦所刻画的自然之女全然不同于湖畔派，她受到了真实区域生态环境的滋养，融入了海洋与沙漠的荒野性，她的纯粹不是神性的，而是接近动物式的原生态野性。

　　海黛的动物化特征亦体现在她与唐璜的爱情中，她的情欲代表着自然式的本真，犹如动物一般未受人类社会的矫情染指。唐璜初识佳人，以他的视角观之海黛，她虽然美得让人无法抵抗，却如不能人语的动物，两人之间无精神文化层面的交流。海黛与环境浑然一体，以纯粹的自然性质激发了唐璜的自然本性，"她爱着，也被人热爱；她崇拜，/也被人所崇拜：他们本诸天性，/让热炽的灵魂向着彼此倾注,/如果灵魂能死，它已死于热情"[2]。海黛与唐璜的爱情寄托了拜伦纯粹自由恋爱的礼赞以及对当时英国贵族婚姻的讽刺，拜伦本人在叙述中时不时跳出来揶揄嘲笑一番当时的贵族妇女，而海黛则"和自然为伴，不懂那一切"。她的爱情同样释放着本能情欲，这种本能情欲与贵妇人不同，它并不掺糅文明带来的各种困扰，拜伦对此显然是赞颂和肯定的。唐璜与她相爱，完成了从城市回归到自然的洗礼，从压抑的文明人寻回本真动物的愉悦之途，是一次弗洛伊德式"力比多"的释放。

　　海黛身上有着冲破一切的自然野性力量，但最终亦逃不过令人悲恸的结局，

---

① Hubbell, Andrew. *Byron's Nature: A Romantic Vision of Cultural Ecology.* New York: Palgrave Macmillan, 2018, p.9.

② 拜伦：《唐璜》，查良铮译，北京：人民文学出版社，2008年，第176页。

其背后暗含着关于"人类（男性）/动物（女性）"这对二元图式的隐喻。当海黛与唐璜正沉浸于海岛上的自由恋爱时，她的父亲兰勃洛出现了，他手段残暴，活活将两人拆散。海黛对此进行了激烈的抗争，不同于城市贵妇人的矫揉造作，"她可不是先哭呀，闹呀，呓语呀/以后就让步、屈服，经不住人哄"①，充满野性力量的海黛面对这突如其来的打击，情绪到达了极致，诗人如是形容她："那一团火必迸出她非洲的血管，/有如沙漠的热风扫过一片荒原"②，紧接着"一条血管破裂了，在那朱唇上/天然的鲜艳被染上血的殷红"③。海黛的反抗似乎全然是生理机体内部的，她没有理论，没有言语，犹如动物一般只能通过身体挣扎反抗，诗人用区域环境特点来比喻她身体中的这股野性力量。面对爱人被父亲残忍伤害，海黛一病不起，临终之前"她忽地起来，好似没病过一样，/见人就要打，像仇人一般眼红，/但没有人听见她说话或嚷叫，/尽管这发作已是临死的象征；/为了使她清醒，人们试着打她，/即使如此她也不吐露一句话"④。不用语言表达，见人就打，人们亦试着打她，此时的海黛已俨如失语的动物，人们不给予其尊严。如此形象刻画以及结局安排，成了拜伦笔下女性形象的最大隐喻。海黛（女性）与动物一体，代表着"身体式"的自然本真，兰勃洛（男性）是男权或父权制人类的代言人，代表着"文明式"的压迫控制。女性亦有着追求本能欲求的权利，却始终逃不过男权力量的控制与扼杀，虽然她美好，但与动物一样，在人类权力社会中处于失语的地位，只能通过失语的身体来抗争命运。

《唐璜》中所暗含的另一"隐藏的动物"即唐璜本身。"唐璜"作为西班牙文学中的经典形象，受到了各个时代艺术家们的青睐，学界通常不把唐璜归为"拜伦式英雄"，尽管如此，拜伦笔下的"唐璜"，亦显著地带有他的个人色彩，是拜伦内在无意识力量的释放，莫洛亚所作的拜伦传记，甚至将"唐璜"作为书名以写照拜伦本人。拜伦本人在身体方面有着明显的缺陷，他天生跛足，身体羸弱，他的性格却不是"文弱书生"类型。他向来争强好胜、孤傲暴烈，又放荡不羁。"艺术天才似乎与其自身的生理缺陷和挫败经验不可分，自卑情结驱

---

① 拜伦：《唐璜》，查良铮译，北京：人民文学出版社，2008年，第259页。
② 拜伦：《唐璜》，查良铮译，北京：人民文学出版社，2008年，第260页。
③ 拜伦：《唐璜》，查良铮译，北京：人民文学出版社，2008年，第261页。
④ 拜伦：《唐璜》，查良铮译，北京：人民文学出版社，2008年，第264页。

使艺术家通过艺术创作取得精神上的平衡"[1]，身体上的缺憾加深并激发了人在无意识深处的身体力量，在《唐璜》中，拜伦以抒写非理性的形式作为身体力量的抗争与释放。较之海黛，唐璜是一埋藏得更深的"动物"，他有人的理性和抱负，是一个实实在在的社会人，而在他世俗爱情与英雄志向的内在深处，是一与理性压抑相悖的冲动生命体，与现世文明做永恒抵抗的异端分子。

唐璜如浮士德一般永恒周游探索，但他不是求索理性和知识，而是随性地服从自我本能。诗人明确地将唐璜概括为这样的人物：

> 但唐璜确是十足的"男儿汉"，
> 一个风流倜傥的血性的青年，
> 既能沉湎于儿女情长的欢娱，
> 或纵情感官（如果那一词不妥善），
> 也能够，假如需要的话，去杀人，
> 只要不乏良伴，（就是凡有激战、攻城，或诸如此类的消遣时，
> 都少不了的人，）他也能乐于此。[2]

战争与情欲，弗洛伊德认为此二者是身体的死生本能之直接体现，唐璜将此演绎得淋漓尽致。工业文明社会中的战争与情爱，往往带着理性支配下的压抑与阴谋，而唐璜以一种本能的形式去实现二者，他如动物一般随性游走在身体斗争与情欲释放的各种场合，不受崇高理念的影响，正如贝特所言，拜伦用《唐璜》戏仿华兹华斯孤独漫游式的诗作，向浪漫主义的孤独、崇高风格发问，以描绘世俗来代替歌颂神秘力量。[3]

唐璜虽然外形俊秀，却不失杀人时的果敢骁勇。在出使英国时遇到劫匪，他便"立即从衣服里拔出了小手枪，/一枪打进了一个强人的肉糕"[4]，他也加入过俄国军队，参加伊斯迈战役，战场上英勇智慧，屡建战功。唐璜似一凶猛的动物，有着强烈的反抗性，而他并不是传统文学作品所刻画的为国或为正义而

---

[1] 朱振武：《自卑情结：福克纳小说创作的重要动因》，载《外国文学评论》2002年第3期，第53页。

[2] 拜伦：《唐璜》，查良铮译，北京：人民文学出版社，2008年，第446页。

[3] 参见Bate, Jonathan. *The Song of the Earth*. New York: Harvard University Press, 2000, p.188.

[4] 拜伦：《唐璜》，查良铮译，北京：人民文学出版社，2008年，第570页。

战的英雄人物，他加入俄国军队是非理性的，唐璜深知交战双方皆非正义，他不是出于崇高价值的引导，随俄军参战只是为了个人荣誉。从更深的层面而言，拜伦一边以叙述者的身份对各国政治冷嘲热讽，一边又书写了唐璜在战场上的英勇厮杀，显然，唐璜随波逐流地加入俄军去杀敌，仅是寄托了拜伦本人对于所谓的"正义""文明"玩世不恭式的身体发泄与反抗。"文明！/一个稠密的社会的美妙后果，/战争和瘟疫，暴君的暴敛横征，/王族的祸害，权贵恶霸的贪婪，/为了薪饷而杀人上万的士兵，/还有六十岁的喀萨琳的香闺，/加上伊斯迈的屠城更给它增辉。"①拜伦在此对于披着"文明"外衣的人类社会现象进行直接的讽刺，大胆地书写唐璜在政治正义缺场下的动物式杀敌，以此来反叛"文明"在崇高虚名下的杀戮与祸害。

在情欲方面，唐璜更如拜伦本人一样，周转于情场。朱莉亚、海黛、喀萨琳、费兹甫尔克等等，唐璜与多个女性相爱，却不为谁停留，他所迷恋的是情欲本身，而不是理念下的厮守与坚贞，即世俗中的爱情。《唐璜》全篇从某种程度上可视为唐璜的情史传，如果说唐璜与朱莉亚是初尝禁果，与海黛是至纯之爱，那么与喀萨琳交往便较为赤裸地表现了唐璜的情欲。"他正在那种可喜的年龄，/女人年纪的大小对他无所谓，/而且也不在乎是谁和他搭伴，/就像但以理在狮窝里那样无畏"②，唐璜在喀萨琳的宫廷，自由地释放力比多，他不去质问爱情本身，只一味地遵从情欲本身。拜伦将情场中的唐璜描写得如动物一般，逻辑性的、理性的心理描写在唐璜的"爱情"故事中浑然失语。情史颇为复杂的拜伦本人，化身为叙述者，在诗中对此亦有所探讨。在他看来，"本来爱和欲混合在/血肉之躯里，实在也难以分家"③，"我们肉体的发展趋势或改进/都使它急于要从自己的泥坑/挣脱出来，去和一个女神结合/（无疑地，女人起初都有这尊称）。/呵，那一刻多美！在我们感官的/一团激动溃散以前的那热病/是多么奇特"④。拜伦肯定爱情中的身体情欲，相较于情欲本身，他所讥讽的是当时英国社会中爱情或婚姻的虚伪崇高："我们要说的第三种崇高关系/在基督教的国家

① 拜伦：《唐璜》，查良铮译，北京：人民文学出版社，2008年，第464页。

② 拜伦：《唐璜》，查良铮译，北京：人民文学出版社，2008年，第522页。

③ 拜伦：《唐璜》，查良铮译，北京：人民文学出版社，2008年，第525页。

④ 拜伦：《唐璜》，查良铮译，北京：人民文学出版社，2008年，第524页。

却极其普通,/那是贞洁太太的特别的贡献:/它可以称为伪装下的姻缘。"①。是以,拜伦通过诗中的叙述者,直接抨击工业革命下当时英国社会贵族婚姻生活的种种扭曲与虚假,更隐隐地通过"唐璜"这一极端形象,寻求或释放本体生命中所被贬的动物式生命冲动。

从表面观之,唐璜驰骋沙场、纵横情场,但从前述可见,此二者并未过多地沾染理性与文明的控制谋划,这样的描写是为了表现唐璜的战争欲与情欲的动物式释放,故而唐璜并未有着对万物的杀戮欲与控制欲,亦未对女性进行歧视与贬低。拜伦看似蔑视女性,他化身为叙事者,对现实中的贵族女性的种种行为进行冷嘲热讽,而主人公唐璜却向来表现出欣赏与尊重女性,"在他眼中女性的躯体乃是唯一的珍宝,他爱女人甚于上帝。他不是个勾引者,而是个审美者,他懂女人胜过女人懂自己。他抛弃女人,却从不欺骗女人"②。两者看似矛盾,其实不然。生态批评往往将"女性"之所指与动物、土地、有色人种等联系起来,按生态女性主义批评学者韦清琦的观点而言,"'女性'已成为一种文化隐喻,代表了人类历史上所有曾经或尚处于边缘地位,饱受男性/人类/资产阶级/西方/白人等占统治地位的压迫者的欺侮的弱势群体"③。"唐璜"这一形象,作为拜伦无意识深处身体力量的化身,毫不犹豫地站在了"女性"这一边,对动物及弱势群体亦有着天然的亲近。无论是诗中叙事者的直观批判,抑或是隐含在唐璜形象中的非理性、反权威的身体力量,皆含藏了拜伦对于工业文明下英国社会主流价值文化的整体性怀疑。

故此可见,拜伦笔下的唐璜是一个生态主义者,他亲近动物,同情弱势者,为被贬的身体发声。唐璜出使英国时,随车带上了数只小动物,"一只猎犬,一只银鼠,一只灰雀,/这都是唐璜喂养的爱物,因为/(让更深思的哲人去找原因吧)/对于别人所不齿的这些畜类,/这些小小动物,他倒颇为喜爱,/连一个六十岁的老姑娘都不会/像他这样爱一只鸟或一只猫"④,如此爱好与拜伦本人的

---

① 拜伦:《唐璜》,查良铮译,北京:人民文学出版社,2008年,第525页。

② 尚景建:《文学、历史抑或神话?——论唐璜形象的起源》,载《外国文学》2014年第1期,第51页。

③ 韦清琦:《知雄守雌——生态女性主义于跨文化语境里的再阐释》,载《外国文学研究》2014年第2期,第149页。

④ 拜伦:《唐璜》,查良铮译,北京:人民文学出版社,2008年,第549页。

经历如出一辙。诗人特意强调，唐璜极为亲近动物的原因蕴含了深层的哲理，诚然，其中体现了拜伦本人对于动物的关切（详见本章第一节）。不仅如此，唐璜在伊斯迈战役中还救下了敌方的一位土耳其小女孩，并立誓保护她，在出使英国的途中亦将小莱拉安置车中。唐璜虽然纵情于女人，但并非"老色鬼"，不会对莱拉有着肉欲，诗人认为唐璜的情感深处有着"最纯净的柏拉图主义"，他像保护一颗纯洁的珍珠一样保护小莱拉，使其免于为奴。唐璜对于莱拉的守护体现了他对弱势"他者"的同情，他以"守雌"的态度时刻站在动物、女性、弱势者的一方，与二元世界中的被压迫者在情感上紧密相连。

海黛与唐璜，皆是拜伦在长诗《唐璜》中刻画的非理性化人物，他们身上表现出强烈的动物化特征，代表着灵肉对立语境中被贬低的身体一方。如果说海黛作为自然人寄托了拜伦对于本真人性与生态之美的向往，那么唐璜则表现了拜伦无意识深处对于现世文明的极端怀疑与反叛，其中亦包含着对被压迫者的同情。

本章小结

人与动物同处生态共同体，而人类在文明进程中渐次占据绝对控制者的高地。从文化角度而言，其原因很大程度上是对于精神意识优先性的推崇，人类中心主义在对"理性""精神""灵魂"的极端推崇中膨胀。而事实上，人类无论从自然生态，抑或是精神生态上，皆无法与动物分割。

工业发展骤然分割人与自然的年代，英国浪漫主义诗歌可谓体现出诗人们对于动物的关怀与重视，暗含着他们以寻求自然之物来给予精神慰藉的倾向，而唯独拜伦，以身体的姿态来直接对抗精神的不安。他在身体的桥梁作用下，达成了人与动物的相通性与联系性，又通过动物性的因素，来肯定人类身体中的本能，挖掘人类身体中的非理性。当田园传统描绘着宁静平和的乡村，将自然符号化为温柔仁爱的女性，当其他浪漫主义者追溯着阿卡狄，将自然视为用以抚慰现世纷乱的精神食粮，拜伦却刻画了本体意义上真实鲜活的动物与充满原始野性、情欲的女性。故而，并非拜伦不向往大自然，而是在其诗歌中，对于自然的描述性隐喻与同时期其他诗人有着显著的不同，他真切地热爱动物，也同情被贬的"身体人群"。

诚然，非理性有着强大的破坏性，极端的个人主义、自由主义未尝不会更为激烈地助长人类中心主义的烈焰，拜伦式英雄或唐璜式自由者在现实社会中必然带来负面影响，但诗歌等文学艺术在本质上必然会直面人性之真实，并为我们带来启发。人类的理性或非理性，皆属于身体，认识两者，即认识我们自己，更好地倾听身体的话语。浪漫主义酣畅地宣泄个人情感，必然激发着更为本真的身体力量的回归，这在布莱克的诗歌中亦有所体现。而拜伦更多以动物性的隐喻来表现反叛，传达出超前的生态理念。拜伦诗歌的这种反叛精神也因而具有深刻的文化价值意义。他在诗歌中讽刺地实现了人性与动物野性在道德话语中的平等，并用诗歌传达亲近动物、与动物和谐共处，是接受大自然对于人性的一种荡涤，是人的一次复归，亦是身体之本性所向。不过，人性必然不是兽性，人类也不等同于动物，但当我们回归身体，抉发物种间的交织渗透，对于认清本我、尊重生命、反思工业文明、构建更为和谐的生态共同体，必然可以得到更为深刻的认识与启发。

第四章

身体的回归：布莱克诗歌中的人体书写

看得见的身体本身，便是人体这一肉身。英国浪漫主义时期工业化的时代进程不仅伴随着身体与自然原始融合性的遮蔽，更伴随着人们扭曲肉身，陷入精神生态困境的异化问题。人与自然失去和谐，环境问题的频发亦暗含了身心统一体在某种程度上的支离破碎，生态审美麻木。人体的各种器官，它们不是被动的"肉"的存在，而是具有开放性与力量性的能动存在。肉身与理性、诗性紧紧联结，完整的人格必然是灵肉平衡，布莱克的诗歌直接关注到人体肉身，大量的身体书写宣告了身体的回归。

在国内，诗人兼版画艺术家威廉·布莱克最为出名的是他的诗集《天真之歌》与《经验之歌》，他那清晰明朗的抒情笔触与犀利明快的讽刺手法中，饱含了人道主义关怀与对资本主义工业社会的批评。"一沙一世界，一花一天堂"，布莱克善写箴言，在他时而明朗、时而峭厉的诗行背后，还暗含着一个深邃神秘的象征世界。布莱克通过书写儿童式的天真来反思人类的经验世界，反思"逻各斯"的力量，这是毋庸置疑的。这两部小诗集在国内经久风靡，遗憾的是，更多深邃的鸿篇佳作却长期被忽略，布莱克思想意蕴之丰富性并未被国内学界研究所照亮。国外学界对布莱克的宗教等精神世界产生浓厚的兴趣，从原型批评、精神分析、女性主义等现代文艺理论的视角持续推动布莱克诗学研究，但其诗歌中大量的身体书写显然有待于进一步挖掘。实际上，布莱克的艺术与诗歌世界中，身体占据相当大的比重，尤其是《由理生之书》《伐拉，或四天神》《耶路撒冷》等几首长诗，诗人均以人体表征哲理世界的想象。同样在一些小诗与箴言中，布莱克均对灵肉问题予以评估。被忽略的身体叙事可谓是解读他诗歌所囊括的哲理思辨的重要线索。其实,布莱克不是以一种精神世界反叛另一种精神世界,而是通过对身体的回归来实现更深层次的考量,构建他所认为的真理世界。无论是《没有一种自然宗教》《天堂与地狱的婚姻》《由理生之书》《伐拉,或四天神》等哲理散文诗,还是《春之咏》等以四季命名的自然诗,对自然的想象与身体话语皆齐轨连辔。布莱克大胆地书写人体,展现肉身的力量,他虽强调想象或灵视的世界,却未抛弃对人体官能的注视,他以穿透的方式看待自然和环境,人体与自然在他的诗歌中浑然一体。身体是布莱克灵视自然的立足点,亦是他构筑一元论世界的关键。

第一节　肉身力量的正名

在理论话语界,从梅洛-庞蒂、福柯到巴赫金、弗洛伊德,再到理查德·舒斯特曼,蔑视身体、将身体与心灵二元对立的传统逐渐式微,二十世纪末以理查德·舒斯特曼为代表的身体美学的兴起,代表着身体审美与身体关怀的普遍到来。而在世界文学中,身体的身影向来若隐若现,直观的身体叙事则大量出现在现代主义与后现代主义作品当中。在诗歌领域,较之于古典主义时期去身体性的规整崇高,浪漫主义诗歌已较为明显地体现了诗人隐秘的身体意识,在这个诗歌兴盛的时期,身体意识的显现与工业革命导致生存环境变化,进而带给身体直接冲击密切相关。在英国浪漫主义诗人当中,布莱克可以说是最为明显地在诗歌中直接强调肉身的一位。雪莱拥有强烈的身体意识,拜伦表现着身体的反叛,前者表现为素食主义,后者影响其动物观念,他们均借助于其他领域,间接地表现出身体维度,而布莱克则光明正大地书写人体,以一种身体叙事来挖掘饱含在肉身当中的力量。不可否认的是,布莱克有关身体的认识是极其复杂的,他的诗歌与版画往往暴露出创作主体处于灵肉关系的纠葛之中,一些明显带有身体叙事意味的长诗如《由理生之书》《伐拉,或四天神》更是引起精神分析与女性主义批评家的浓厚兴趣。二十世纪末以来,国外学者们从布莱克诗歌中反复出现的身体流溢现象出发,围绕其对欲望的表现而将注意力集中于他对女性的态度。必须肯定的是,布莱克作品中的身体不是疆域化的器官，而是一种流溢性的力量，布莱克通过身体这一意象为其浪漫主义世界观注入活力，身体是布莱克思想世界的重要场域，也维系着他在生态话语中对自然的认识与想象。布莱克无时不在为肉身力量正名。

布莱克出身贫寒，生性极为敏感，富于幻想。他11岁进美术学校学习绘画，12岁便开始写诗歌，并终身以绘画与版雕的酬劳维持生计。他在诗歌中对于人体肉身性的注视与书写可能与他作为绘画与版雕艺术家的经历有关。尼采以"梦"与"醉"来划分艺术世界，他认为艺术"在希腊世界里存在着一种巨大的对立，按照起源和目标来讲，就是造型艺术（即阿波罗艺术）与非造型的音乐艺术（即狄奥尼索斯艺术）之间的巨大对立"[1]，造型艺术表征着设立界限的冲动力量，音乐艺术则表征着融合与归闭。布莱克拥有这双重身份，作为画家，他精通造型艺术，将阿波罗式的个体化冲动与设立界限的冲动融入诗歌艺术当中，造型的冲动则体现在实存性肉身描绘之中。版雕艺术家则比一般画家更为深刻地经历造型的过程，力量之感通过艰难复杂的蚀刻雕铸而呈现。关于他的画作，布莱克将他的意图表达蕴含在人物身体的描绘当中。譬如，在《善与恶的天使》（*The Good and Evil Angels*）（见图1）与《尼布甲尼撒》（*Nebuchadnezzar*）（见图2）中，布莱克尤为明显地以米开朗基罗式满是夸张的肌肉线条突出充盈在肉体中的力量。肌肉的细节刻画出人类的欲望，带给观者强烈的视觉冲击。同样，《伐拉，或四天神》中，他更是以大量肉身的扭曲变形来表现人性结构的对抗。布莱克甚至直接呼唤观者对此的注视，他在《最后审判日一景》[2]（见图3）中写道："我也请求观赏者留意各种手脚与相貌上的特征，这些都揭示了性格，我所画的每一条线皆含有意图，这一点最可以具体地说明问题。"[3]

由此足以见得布莱克对于身体细节的注视与强调。对于肉身的挖掘与造型的冲动影响了他的诗歌艺术创作，使其用诗歌为肉身力量正名，正如特里斯坦·康

---

① 尼采：《悲剧的诞生》，孙周兴译，北京：商务印书馆，2015年，第25页。

② 1810年，布莱克欲举办个人画展，展示一幅关于最后审判日的作品。画展最终未办成，关于该画的一些文字说明片段被后来的学者们编辑成文，题为《最后审判日的视像》(A Vision of The Last Judgment)。参见丁宏为：《灵视与喻比：布莱克魔鬼作坊的思想意义》，载《外国文学评论》2007年第2期，第79页。

③ Blake, William. *The Complete Poetry & Prose of William Blake*. NewYork: Doubleday, 1988, p.560.

图1　威廉·布莱克《善与恶的天使》(1795—约1805)

图2　威廉·布莱克《尼布甲尼撒》(1795—约1805)

诺利（Tristanne J. Connolly）所言，"他经常为性狂欢，甚至赞美神经与器官"[1]。

　　如果说刻画儿童是布莱克重塑人性之真的途径，那么身体叙事则是他发现肉身力量的表达。布莱克作为英国浪漫主义诗人的先驱，极为敏锐地意识到以牛顿和笛卡尔为代表的机械论世界观对于感性或审美世界的压抑。当淳朴的英格兰卷入了工业革命的浪潮，生态环境发生翻天覆地的变化，工业化的机器正如"魔鬼的磨盘"，诗人们渴望的黄金时代与田园生活不再，布莱克的身体叙事回归身体灵动的力与美，这可说是向工业社会的机械式运行发出先知者的质问。尼尔·阿斯特利（Neil Astley）在《地球之颤：生态诗歌集》（Earth Shattering: Ecopoems）中将布莱克一则题为《病玫瑰》的短诗选录。[2]诗中的玫瑰在黑暗中悄悄被摧残，如此既可以解读为真实植物受到腐蚀，生态环境遭到破坏，又可以理解为田园式天真的褪色，自然之美被机械式理性拆解。显然，布莱克对于天真与理性的哲思，以及在此基础上的审美主张成为其诗歌生态意义的重要线索。实际上，若以生态视域审视布莱克的诗歌，不应仅仅局限于有关动植物题材的几首小诗。他在诗歌中诸多关于人体肉身的描绘更为深刻地表达了他那反机械理性的浪漫主义审美主张，这成为开启其诗歌生态内涵的钥匙。布莱克在诗歌中关于人体肉身的描写主要表现在下文三个方面。

　　首先，布莱克赞颂人体的肉身之美，以肉身来表现美与生机。恰如人与自然紧密相连的古希腊时期，雕塑等艺术常常以人的裸体形象为塑造对象，布莱克同样在诗歌中以肉身肢体甚至器官意象来表现人体之美，追溯充满蓬勃生机与生育力量的田园时代。

　　如在《歌："从缀满露珠的山岗"》中，布莱克如此赞美姑娘的肢体之美，"祝福啊，那圣洁的双脚，宛如天使之足，/祝福啊，那皎皎的双臂，放着天国之光"[3]。布莱克在诗歌中多次刻画少女形象，她们皆身体灵动，释放着田园式的朴质健康气息。又如《牧人之歌》，他写道："天真就像一朵娇嫩的玫瑰，/在每个少女的脸上欣欣开放；/光荣环绕在她的眉宇周围，/宝石般的健康装饰着她的

---

①　Connolly, Tristanne. *William Blake and the Body*. New York: Palgrave Macmillan, 2002, p.2.

②　Astley, Neil. *Earth Shattering: Ecopoems*. Northumberland: Bloodaxe Books, 2007, p.79.

③　布莱克：《布莱克诗集》，张炽恒译，上海：上海三联书店，1999年，第17页。

颈项。"①诗人从脸、眉宇、颈项这些身体部位细节特点的捕捉，来展示人的肉身之美，从对肉身之美的表现，来捕捉融入自然的身体所散发的健康气息，追溯与自然紧密融合的田园时代。在《少女之失》中，诗人写道："在那黄金时代，／没有冬天的寒冷，／欢快的青年男女，／于神圣的灯下／在和煦的光中裸着游戏。"②正如济慈对着古瓮怀思阿卡狄一样，布莱克亦向往黄金时代时人们没有文明外衣的束缚，天真烂漫，如若赤子。贝特曾提到，"我们对过去健康图景的渴望，是我们现今患病的标志"③，身处工业革命时期的诗人，通过描绘田园牧歌式的图景以表达对于素朴生活的渴望，在这种图景的刻画中，肉身的健康自由是布莱克无法忽略的焦点。他歌颂繁殖的力量，歌颂生育与生机之美，他在《你的腰身怀满着种子》一诗中写道："你的腰身怀满着种子，／而这是一片美好的乡土。／为何不撒下你的种子，在这儿快乐地居住？"④布莱克将人体肉身视为表现生殖力之美的关键，他在肉身中发现了与大自然、与土地一致的生机力量，这种力量引导着人们亲近土地与渴望自由。

其次，布莱克肯定肉身的原动力，以肉身来表现激情与欲望。布莱克认为人的肉身不是外在的、被动的对象，它具有本体性意义，为生命提供本源动力，肉身的动力是自在的，欲望是肉体力量的表现，它应该被客观正视。

在布莱克的思想世界中，灵肉无法分离，他在散文诗《天堂与地狱的婚姻》中提出，"首先得消除人具有一个与他的灵魂截然分离的肉体这种观点"⑤，"人并没有与他的灵魂截然分离的肉体，因为所谓肉体不过是灵魂中能被五官感知的那一部分，而在这个时代官感是灵魂的主要入口"⑥。在布莱克看来，灵魂与肉体统一于感官感知功能，灵魂不是悬空对立于肉体，它们是统一体，具有肉身性或是物质属性，然而这并不是消极被动的物质，而是具有创造性与能动性的，

---

① 布莱克：《布莱克诗集》，张炽恒译，上海：上海三联书店，1999年，第30页。

② 布莱克：《布莱克诗集》，张炽恒译，上海：上海三联书店，1999年，第77页。

③ Bate, Jonathan. *The Song of the Earth* . Cambridge: Harvard UP, 2000, p.2.

④ 布莱克：《布莱克诗选》，袁可嘉、查良铮译，北京：外语教学与研究出版社，2012年，第149页。

⑤ 布莱克：《天堂与地狱的婚姻——布莱克诗选》，张德明编译，北京：中国文联出版公司，1989年，第23页。

⑥ 布莱克：《天堂与地狱的婚姻——布莱克诗选》，张德明编译，北京：中国文联出版公司，1989年，第13页。

是生命体验的原动力。他直言"激情是唯一的生命，它来自肉体，而理性是激情的束缚或外围"①，因而肉体所存在的欲望是值得去客观正视的。那么，哪怕在他轻柔的《摇篮曲》（A Cradle Song）当中，我们也可以捕捉到他对欲望的注意："可爱的宝贝，在你脸庞，/我察觉到了柔和的欲望，/藏有秘密的快乐与微笑，/这是婴儿逗人的小技巧。"②婴儿天真无邪，他的肉体是圣洁的，他的笑容是"神圣的映像"（holy image）③，尽管如此，"柔和的欲望"（soft desires）仍然通过"脸庞"这一肉身场域而流露。布莱克预示着，哪怕回归到身体的本初，即婴儿这不经世事的肉身，依然暗藏着欲望，这是与生俱来的。

在布莱克的诗行中，肉身所释放的欲望，与大自然有着一致的生机力量，为生命提供着本源动力。他在《节制与欲望》这首小诗中写下如此诗行："节制将沙子遍撒于/火红的头发与红润的四肢，/但得到满足的欲望/却种下了生命与美的果实。"④节制是一种理性规训，是对肉身欲望的束缚，沙子是自然中的荒芜物质，作为一种隔绝体，试图将涌动在肉体当中的原动力遮蔽。在生态批评的语境中，这上半句诗显然流露了以下逻辑，自然（沙子）是一种冰冷的被动体，自然（沙子）与身体（头发与四肢）不相融合，理性（节制）可以利用自然（沙子）去对抗身体（头发与四肢），理性统治了自然与身体。然而在诗歌的下半句，诗人打破了这样的逻辑设定，对此进行否定。当欲望得到满足，生命与美之果实将被孕育。简短的诗行形成深远的隐喻：身体与自然皆非被动物质，应该尊重其中存在的主动性生命力。正如凯伦·巴拉德（Karen Barad）等人的物质女性主义与物质生态主义所主张的，身体并非消极物质，它拥有创造力，沙砾也

---

① 布莱克：《天堂与地狱的婚姻——布莱克诗选》，张德明编译，北京：中国文联出版公司，1989年，第13页。

② 笔者自译，原诗为：Sweet babe, in thy face/ Soft desires I can trace,/Secret joys and secret smiles,/ Little pretty infant wiles. 引自William Blake. *William Blake: Collected Poems.* edited by W.B. Yeats. Taylor and Francis e-Library, 2005, p.81.

③ 在另一首《摇篮曲》中，布莱克写道，"可爱的宝贝，在你脸庞，/我察觉到了神圣的映像"。笔者自译，原诗为：Sweet babe, in thy face/Holy image I can trace. 引自William Blake. *William Blake: Collected Poems.* edited by W.B. Yeats. Taylor and Francis e-Library, 2005, p.53.

④ 布莱克：《天堂与地狱的婚姻——布莱克诗选》，张德明编译，北京：中国文联出版公司，1989年，第144页。

并非冰冷孤立的物质①，诗歌语境中的"欲望"实则是身体的一种自在动力，它无法被隔断，它与世界有着内在互动，在这种互动中，生命与美呈现。布莱克对于肉身欲望的挖掘与客观正视一点也不亚于现代或后现代思想家，如在《阿尔比恩的女儿们的幻象》中，他更是预言着性观念解放。

最后，布莱克关注到肉身的系统结构，以肉身来表现人性内部、人与外部环境的有机统一性。布莱克用诗性的语言发觉了肉体器官与人性各个层面的对应，肉身各个器官的功能，以及人与自然的关系，皆处于有序的体系当中。

在《天堂与地狱的婚姻》中，他写道："孔雀的骄傲是上帝的荣耀。/山羊的淫欲是上帝的博爱。/狮子的愤怒是上帝的智慧。/女人的裸体是上帝的杰作。"②布莱克在动物身上看到了性情的复杂，并对此表示肯定，这何尝不是人性的象征。在这几句诗中，人的肉体与骄傲、淫欲、愤怒相对应，它也是上帝的杰作，显然有着更为复杂的意义指涉。关于这样的类比，布莱克在《由理生之书》与《伐拉，或四天神》中以更为系统的形式进行勘探，长诗集中解构了肉身中各个器官的功能。布莱克通过肉身书写对异化了的文明现状进行解体分析。在这两篇散文诗中，布莱克建构了一个神话象征体系。神话中的四天神乌通那、路伐、由理生、大马斯共处永恒巨人（象征着自然或宇宙）的身体中，代表着想象、欲望、理性、同情心的秉性，相对应于自然界的地、火、风、水，而在躯体上分别处于心/耳、肝/鼻、脑/眼、肠/舌的位置，如表1所示。

表1 布莱克诗中的神话象征体系

天神	乌通那	路伐	由理生	大马斯
秉性	想象	欲望	理性	同情心
自然元素	地	火	风	水
肉身器官	心与耳	肝与鼻	脑与眼	肠与舌
方位	北	东	南	西

① 巴拉德在后现代女性主义者如巴特勒等人的基础上，强调身体的物质能动性以及与其他物质的交互关系，她借用量子力学的理论，提出"物动力"（material agency）的概念，认为物质并非被动物体，而是关联与行动力，参见 Barad, Karen. "Meeting the Universe Halfway: Quantum Physics and the Entanglement of Matter." in Alaimo, Stacy and Hekman, Susan, eds. *Material Feminisms*. Bloomington: Indiana University Press, 2008, p.139.

② 布莱克：《天堂与地狱的婚姻——布莱克诗选》，张德明编译，北京：中国文联出版公司，1989年，第17页。

象征理性的由理生取得了统治权，四天神的平衡状态被打破，永恒巨人由此罹病，其他三位天神对此进行了讨伐。布莱克将工业社会中人之状况的隐喻集中表现于一身体意象，人体内部的平衡，人与环境的平衡是平行一致的，世界是一身体，是一庞大的有机体。诗人将肉体器官描绘为人性斗争的场域，"伐拉将变成艾涅哈蒙子宫中的虫子"[①]，"愤怒充满我的四肢，毁灭充满我的骨头和骨髓，我的头盖骨撕裂成细丝，我的眼睛变成海中的胶质"[②]，"他们共同奋斗在伐拉被禁闭其中的躯体中"[③]，在这种斗争描写中，我们看到的是人类人格的分裂，人与环境的强烈冲突，而这些皆以肉身书写的方式具象化呈现。巴拉德在《中途遇见宇宙》(*Meeting the Universe Halfway*)中用"动能实在论"(agential realism)来解释世界的内在互动，人类与非人类身体的相互渗透，布莱克的诗性神话所囊括的深意与此不谋而合。诗篇最终以永恒巨人苏醒，由理生忏悔，黎明来临象征地表达了人性内部、人与环境皆达到和谐的美好愿景。

作为一名版雕艺术家与诗人，布莱克将他欲表达的情绪雕铸在肉体形象中，更用诗歌语言大胆地书写肉身，发觉了肉身的力量。田园式天真与工业文明式经验的吊诡纠葛亦蕴含在他对人体肉身的书写当中，布莱克为肉身正名，为身体正名，这在他所处的浪漫主义早期尤为可贵，其中的深远意义可见一斑。

第二节　诗性想象与身体

不言而喻，布莱克的哲思牵连着身体的维度，关注到人体肉身的力量。不过，从另一个角度来看，由于他反复强调对无限或永恒的追寻，突出强调想象力的超越作用，他对身体的看法似乎又陷入灵肉对立的陈词滥调。突出想象的作用是整个浪漫主义流派的主要特点，那么究竟布莱克观念中的想象何为？它

---

① 布莱克：《天堂与地狱的婚姻——布莱克诗选》，张德明编译，北京：中国文联出版公司，1989年，第112页。

② 布莱克：《天堂与地狱的婚姻——布莱克诗选》，张德明编译，北京：中国文联出版公司，1989年，第122页。

③ 布莱克：《天堂与地狱的婚姻——布莱克诗选》，张德明编译，北京：中国文联出版公司，1989年，第116页。

是否与身体，与物质自然，与一切有限事物相对立？布莱克吊诡的身体论究竟包含了怎样的内在逻辑？

布莱克在《所有宗教同出一源》中宣称，"诗才就是真正的人……真正的人就是这源头，即诗才"[①]。"诗才"原文为"poetic genius"，在此处不是指狭义的作诗才能，而是指诗性的想象或创造能力，同样包含了他所强调的灵视（vision）概念。布莱克甚至指出，"人的躯体或外在形式是从诗才中生发出来的。同样，万物的形式也是从其才能中生发出来的"[②]。从表面看来，这句话表明布莱克认为形而上的诗性想象创造了身体乃至自然万物，精神性的存在完全超越有限的身体与物质存在。固然，学界在一段时间内强调布莱克对于有限的物质世界的排斥，对于他的想象或灵视世界展开了热烈的探讨，甚至认为布莱克在灵视当中建构一种精神性的超越，以此将整个物质自然与肉体彻底排除。[③]二十一世纪以来，这种论断主导的局面在很大程度上有所改变。针对哈罗德·布鲁姆、诺斯洛普·弗莱等人所强调布莱克排斥自然，排斥有限的客观物质，陈红教授认为布莱克尊重客观自然界的生灵，也即肯定物质自然，由于他顺承基督教中人类因背叛上帝而堕落的说法，他的一些关于自然的消极言论实际上是指代人性，或指在人类的局限性中所认识的自然。[④]康诺利（Tristanne Connolly）在《威廉·布莱克与身体》（*William Blake and the Body*）中同样看到了布莱克无论多么强调想象，他的艺术与哲思始终未离开身体问题，甚至他的想象也始终围绕着对身体的构建。[⑤]事实上，布莱克强调诗性想象与强调具有物质性的身体并不矛盾，而两者之间的关联无疑是复杂的。

浪漫主义所反复强调的想象究竟为何物？华兹华斯在《〈抒情歌谣集〉序言》中指出想象力"和存在于我们头脑中的，仅仅作为不在眼前的外在事物的忠实摹本的意象毫无关联。它是一个更加重要的字眼，意味着心灵在那些外在

---

① 布莱克：《天堂与地狱的婚姻——布莱克诗选》，张德明编译，北京：中国文联出版公司，1989年，第2—3页。

② 布莱克：《天堂与地狱的婚姻——布莱克诗选》，张德明编译，北京：中国文联出版公司，1989年，第2页。

③ 参见袁宪军：《威廉·布莱克的灵视世界》，载《国外文学》1998年第1期，第51页。

④ 陈红：《布莱克的"虎"的"天真式阅读"》，载《外国文学研究》2011年第2期，第82页。

⑤ Connolly, Tristanne. *William Blake and the Body*. NewYork: Palgrave Macmillan, 2002, p.vii.

事物上的活动，以及被某些特定的规律所制约的特定的创作过程或写作过程"①。华兹华斯认为想象在创作中起着重要作用，它依靠个人内在的情感力量来诗化世界。与布莱克类似，华兹华斯亦强调灵视，而他所谓的灵视更依赖于内在的情感，例如回忆或是童年经历等，"时间"在其灵视过程中扮演了重要角色。②济慈也曾提过"我对什么都没有把握，只除了对心灵情感的神圣性和想象力的真实性——想象力以为是美而攫取的一定也是真的"③，他强调依靠一种"消极感受力"，使感官能够更为自由地调动想象，以捕捉到事物的美与真。柯勒律治在《文学传记》中提到，"我把想象看作第一性或第二性的。第一性的想象，我认为它是人类知觉所具有的活力和首要功能，它是无限的'我在'所具有的永恒创造活动在有限的心灵中的重现。第二性的想象，我认为是第一性想象的回声，与自觉的意志并存；但它在功能上与第一性的想象完全合一，只在程度上，在活动形式上，有所不同"④。可见，柯勒律治把想象视为人类知觉的首要功能，是人类追求无限性的显现，是连接主体与客体的中间性力量。柯勒律治关于想象的论调显然已超越它在诗歌创作中的作用，而布莱克更是将想象擢升至存在本体论的层面。他在《最后审判日的视像》中写道："想象的世界是永恒的世界，当我们植物般的肉体死亡以后，我们将进入神圣的胸怀之中。想象的世界是无限的，也是永恒的，而生成性的、植物般的世界是有限的，也是转瞬即逝的。"⑤此处，我们可以发现，布莱克执着于追寻所谓的永恒，而想象世界即永恒世界，他赋予想象以神性的光辉，联系他所提倡的"诗才"概念，布莱克所提倡的想象已经超越了凭借人体感官与物质材料而创造新形象的心理过程，他将其视作人的精神信仰世界所应当形成的一种思维方式，甚至是带有现象学色彩的人之存在方式，故而笔者在此强调它为"诗性想象"。

　　布莱克与其他浪漫主义者之所以大力推崇想象，主要是针对十七、十八世纪所占主导地位的理性主义与经验主义。理性主义者企图用科学来衡量事物的实用

---

① 刘若端编：《十九世纪英国诗人论诗》，北京：人民文学出版社，1984年，第42页。

② 详见本书第五章第二节。

③ 济慈：《济慈书信集》，傅修延译，北京：东方出版社，2002年，第51页。

④ 刘若端编：《十九世纪英国诗人论诗》，北京：人民文学出版社，1984年，第124页。

⑤ Blake, William. *The Complete Poetry. Prose of William Blake*. NewYork: Doubleday, 1988, p.555.

价值，以洛克为代表的经验主义认为一切知识建立在经验之上，通过感觉与反省而获得，人的头脑在知觉上是被动的，事物的第一性质是事物本身，而依赖于头脑的第二性质是不可靠的。这就意味着强调以机械拆分的方式来分析精神世界的感知单元，同时否定诸如想象这样的诗性或精神性的活动。浪漫主义者对此进行了强烈的反叛，布莱克激烈反对洛克的"白板说"，反对经验主义一味地将实验视为获得知识的真正途径，由此他提出"诗才"是人之源头，他认为"如果哲学与实验科学不具备诗的或预言的品格，它们马上就会降为万物的分类图解，除了重复同样枯燥乏味的事实外再也不能前进一步"[①]。诗的品格与预言的品格均要求实现将机械理性思维排除的自由想象，任由思维向着无限蔓延，而不是对着具体的事物做分类拆分，将思维局限在有限的实在物件。出于对经验主义与机械理性的强烈反对，布莱克才反复用诗歌表达着他的无限与灵视。

再回到身体，事实上，布莱克确实看到了人之躯体的短暂性，借用康诺利所言，"布莱克关于身体的描绘诉说着：身体滋养又威胁了主体……布莱克如此关注身体，不是因为对它具有一种十足自信的赞赏，而是觉察到关于它的困扰"[②]。然而布莱克并不否定身体，事实上，他为之困扰的是理性主义将身体视为被动的自然器官的身体观，而诗性想象说为其摆脱这种困扰拨开了迷雾。

布莱克在《没有一种自然宗教》的开头便对将人的本质概括为属于感觉的自然器官的观念提出了怀疑。以当时的理性主义眼光来看，身体像一部机器，由众多的器官构成，器官固然是一种有限的物质存在，机器式的身体是麻木的，被动的，物化的，如果认为人的理解力在被机械化的知觉器官中产生，以这样的思维来看世界，那么宇宙将变成"具有复杂齿轮的磨盘"[③]。布莱克无不用诗歌对此表达强烈的反对。他肯定人的欲望与感受能力确实依赖于知觉器官，承认"人的欲望和理解力不能通过任何东西得到开导而只能通过感官，因此必然限于

---

① 布莱克：《天堂与地狱的婚姻——布莱克诗选》，张德明编译，北京：中国文联出版公司，1989年，第8页。

② Connolly, Tristanne. *William Blake and the Body*. New York: Palgrave Macmillan, 2002, p.vii.

③ 布莱克：《天堂与地狱的婚姻——布莱克诗选》，张德明编译，北京：中国文联出版公司，1989年，第7页。

感官对象"①，转而又指出"人的理解力并不限于知觉器官。他能掌握比感官（尽管它是如此精确）所能发现的更多的东西"②，于此，他得出依靠当时所盛行的理性方法所得并不等同于我们的感悟或习得能力所能真实达到的地步。

显然，布莱克反对机械地拆分身体，反对将身体看成是被动的器官所组合的机器，他看到了身体本身所具有的对有限存在的超越性力量，故而他说"人的欲望是无限的，占有是无限的，他本身也是无限的"③，既然人的欲望依赖于知觉器官，而欲望是无限的，那么身体本身便具有某种无限性，身体不是被动的拆分客体，而是产生无限性的主体本身。布莱克将这种身体观隐喻在诗歌当中，最为典型的例子是他的神话长诗《由理生之书》与《伐拉，或四天神》。布莱克以身体的形象来具体表现抽象的哲思。"永恒"（eternity）这一神祇以身体化的巨人阿尔比恩（Albion）的形象呈现，充满多重象征意义的四天神是巨人的各个器官。那么，无论是整个宇宙，还是处于其中的元素，布莱克均视为身体。四天神亦有着永恒的力量，他们自我繁衍、流溢、分化、斗争，他们不是被动的组成部分。这便意味着，布莱克将"永恒"的秘密藏于身体这一意象之中，他将身体作为反思与抗争机械理性的战场。

那么，如何实现永恒或无限？毫无疑问是通过布莱克所反复强调的诗性想象思维。柏拉图将现实世界的自然万物看成是永恒形式的缩影，布莱克虽亦在诗歌中描绘了诸个灵视世界，却与柏拉图的理念逻辑完全不同。他并未将万物看成是无限世界的复制品，恰恰相反，在布莱克那里，永恒世界或是无限者，离不开有限性的物本身，人体肉身便是其一。一切感受力或理解能力依赖于知觉器官，也即依赖于身体，感官的能力是无限的，布莱克得出结论："谁能在万物中看出无限，他就看到了上帝。谁只在万物中看出分类图解，他就只看到他

---

① 布莱克：《天堂与地狱的婚姻——布莱克诗选》，张德明编译，北京：中国文联出版公司，1989年，第6页。

② 布莱克：《天堂与地狱的婚姻——布莱克诗选》，张德明编译，北京：中国文联出版公司，1989年，第7页。

③ 布莱克：《天堂与地狱的婚姻——布莱克诗选》，张德明编译，北京：中国文联出版公司，1989年，第8页。

自己。"①有限存在的自然万物其实包含了无限，人亦有着接近无限的能力，关键在于该以一种诗性想象的思维去看待万物，而不是机械式的分类图解。一切感受力或理解能力依赖于知觉器官，也即依赖于身体。布莱克在《天堂与地狱的婚姻》中强调"以有限的知解力，我看不见上帝，听不到他的话；但是我的感官在万物中发现了无限"②，质言之，布莱克向我们传达：身体感官有着发现无限的能力，物质性的自然万物包含着无限的可能，我们通过诗性的想象，便有实现身体与万物无限性的可能。正如马克·卢希尔在《布莱克的深层生态学》一文中所指出的，"布莱克意识到，想象是思想与物质交融的催化剂"③。由此亦可推断，布莱克所强调的想象，虽然在诗歌语境中表现出某种宗教神秘性，但实际上它并不是超脱物质实体的凌空蹈虚，它离不开身体与物质自然界中的质料实体。布莱克最终强调的是：身体，或曰生活，应该处于诗性想象中，应该去感知有限之物所包含的无限世界。

按照布莱克式的方法，以诗性想象灵视自然，物质存在的自然亦是无限与永恒的存在。布莱克肯定身体对于无限的把握能力，也肯定自然世界，肉身的感官具有外向性、包容性地联结自然的作用。在与自然的联结中，我们看到了无限世界，这一过程也即诗性想象，他的诗歌无处不在表达对回到人与自然诗性结合的永恒世界之渴望。在《天堂与地狱的婚姻》的开篇，布莱克就写道，"古代诗人们创造出种种神和神灵使一切感官对象变得生气勃勃，他们给这些对象命名，又用种种属性来装饰它们，如树林、河流、山脉、湖泊、城市、国家以及他们那无所不包的感官所能感受的一切事物"④。由此可见，尽管布莱克描绘了很多神秘的宗教式的灵视画面，但他清楚地知道，人类所追寻的神性的永恒世界，最初源自人类童年时期与自然的天人合一状态，也即身体感官无所不包地去感受自然的一切。这也足以证明布莱克并非拒斥自然，而是反对笛卡尔式

---

① 布莱克：《天堂与地狱的婚姻——布莱克诗选》，张德明编译，北京：中国文联出版公司，1989年，第8页。

② 布莱克：《天堂与地狱的婚姻——布莱克诗选》，张德明编译，北京：中国文联出版公司，1989年，第21页。

③ Lussier, Mark. "Blake's Deep Ecology," *Studies in Romanticism*, 1996(35):401.

④ 布莱克：《天堂与地狱的婚姻——布莱克诗选》，张德明编译，北京：中国文联出版公司，1989年，第20页。

的自然结构，一个与人类感受力分离的冰冷物质世界：自然的诗性在机械框架内消失，它成为由离散的部分组成的机械系统，它是人类控制与利用的对象。而布莱克将自然视为一种无限或永恒，它与身体相通，若采用布莱克神话中的诗化隐喻，自然便是"永恒的巨人"之身体本身。诗人以身体为媒介，去完成人类对自然的认同，去实现他的一元论艺术。自然与人类统一于永恒的巨人（或曰身体），自然与人一体，它是想象力本身，却也是身体本身。布莱克比其他浪漫主义诗人更彻底地颠覆了自然的结构与支撑它的人类中心主义，宇宙巨人的分裂导致人类与自然分离的二元错觉，而想象力在诗意的反思中揭示了万物之间的真正联系。

　　关于宗教，布莱克在《由理生之书》中刻画为由理生灵魂的产物，他描述道："直到一张黑暗冰凉的网／通过所有痛苦的元素／从由理生悲哀的灵魂中伸出。／（而这网就是一位怀孕的女性。）／没有人能粉碎这网——没火翼能烧毁它。／就这样扭紧了绳索，就这样／结好了网眼，错综复杂如人的大脑。"[①]诗人把这张网称为"宗教之网"，由理生象征着理性、秩序、控制力，布莱克清楚地认识到，宗教是由理生所代表的意志所产生的，它属于精神世界，却也是人类自身的一种制度。他阐明，"直到一种制度建立起来，有些人从中获利，并企图把这些精神的神明从其客观对应物中抽象出来或加以理想化来奴役人民。于是开始有了教士……最后他们宣称是诸神安排了这些事物。这样人们就忘记了原来所有的神明就存在于人心之中"[②]。布莱克要强调的是，真正的神明实则就在人的心中，质言之，神明就在我们凭借着身体感官，以诗性想象的方式去感受世界的过程中。二元论哲学把主体性定位于无肉体的意识之中，布莱克却将视角投向有限的肉体。哪怕是通向永恒的宗教，其实也是人的产物，身体的产物。这便再次印证了布莱克的想象图式，正如他这首广为人知的诗歌《天真之预言术》："在一颗沙粒中见一个世界，／在一朵鲜花中见一片天空，／在你的掌心里把握无

---

① 布莱克：《天堂与地狱的婚姻——布莱克诗选》，张德明编译，北京：中国文联出版公司，1989年，第68—69页。

② 布莱克：《天堂与地狱的婚姻——布莱克诗选》，张德明编译，北京：中国文联出版公司，1989年，第20页。

限，/在一个钟点里把握无穷。"①沙砾中存在着世界，鲜花中亦有天堂，我们有限的血肉身躯，亦可以掌握无限与永恒。布莱克并不排斥有限存在，恰恰相反，他重视物的存在，因为他认为任何有限的事物皆有着实现无限的可能，所谓的无限皆以物质性存在（自然与身体）为依托。

布莱克将以上关于有限与无限、身体与想象的图式描绘在《瑟尔之书》的绝美幻境之中，并升华了当下所强调的生态意识。感伤"春韶亦逝、万物无常"的瑟尔（Thel）带着对生命的质疑飘到哈尔山谷（the vales of Har），与百合花、云朵、蠕虫展开对话。瑟尔无法接受有限性，也不能展开诗性想象，去接受她在生命网络之中的整合，她害怕死亡以及成为蠕虫的食物。这其实影射着二元哲学，人试图建立主体的凌驾与超越，这种主体的外壳是与物质相对立的抽象意志。

在此情况下，诗人的哲学在这场人与自然万物的种种对话中展开。百合花不哀叹死亡，因为它的生活滋养了其他动物，如羊羔与蜜蜂。云朵亦不抱怨生命不久便消散，它告诉瑟尔"活着的万物，都不是独活，亦非只靠自己"②，当它逝去时，"我实则获得了十倍的生命、爱、平静，以及神圣的欢喜/悄然降落，将我轻盈的翅膀，压于芬芳的花朵之上"③。诚然，云朵消失，它仍是水循环的一部分。尽管百合花、云朵、蠕虫和人类都是短暂的生命体，但他们维持着更为广泛的生命网络。万物循循善诱，诗人欲阐明的是，人与自然之间的种种，不是意志中的超越性事件，而是身体性事件，是一个动态与持续的永恒过程，面对生命的有限，人应诗性地想象自然。当然，布莱克建构百合花、云朵、蠕虫与瑟尔的对话，本身便是诗性想象的展开。诗性想象将意志与有限物质联结，身体是想象的力量场。于是诗人写道：

> 为何耳朵不能自闭不闻独自毁灭？
> 为何眼睛不能自闭不见含毒之笑？

---

① 布莱克：《布莱克诗集》，张炽恒译，上海：上海三联书店，1999年，第89页。

② 笔者自译，原诗为：Every thing that lives,/Lives not alone nor for itself. 引自 William Blake. *William Blake: Collected Poems*. edited by W.B. Yeats. Taylor and Francis e-Library, 2005, p.160.

③ 笔者自译，原诗为：When I pass away,/It is to tenfold life, to love, to peace, and raptures holy./Unseen descending weigh my light wings upon balmy flowers. 引自 William Blake. *William Blake: Collected Poems*. edited by W.B. Yeats. Taylor and Francis e-Library, 2005, pp.159-160.

……

为何一条舌头，能在每缕风中感受蜜的味道？

为何一只耳朵，能成为卷进造物的汹涌漩涡？

为何一个鼻孔，能把恐怖、战栗与惊怖吸入？ [①]

人因身体而参与自然，身体本身便已布下无限之网。眼、耳、鼻、舌、身、意，皆处于与环境恒定交流的状态，自然与人有着一体性。身体是有限的肉体，却应被视为无限的主体本身，人类当用一种诗性的想象，去联结意志与物质、个体与自然，在有限的自身中寻找无限的救赎。由此，布莱克通过自然万物与瑟尔的对话描绘，试图扭转二元论下的人类中心主义主体性蓝图，引导我们产生对生命的广泛认同。深层生态学认识到，只有思想意识的彻底革命，才能在保护我们星球的生命维持系统方面发挥持久的作用。[②]布莱克所推崇的生命伦理与思维方式无疑体现了深层生态学之色彩，诗歌中身体的在场，更是将主客体的问题置于机体与环境的关系之网，深化了生态维度。

布莱克强调想象却又注重身体本身、注重物质性介质的原因或许跟他版雕艺术家的身份有关，铜材本身并无多少审美价值，却在常年的蚀刻雕铸当中不断变化出诗人灵视世界中的画面，诗人一次次地用双手亲自将物性材料塑造为诗性的艺术品，使其富有无限与永恒的精神性价值。正如丁宏为所言："铜材只是启发了布莱克，它变成无数的或无限的世界的过程说明喻比式的思维不充分，不够用。或者说，日复一日地将铜块变成画面和诗语的经历会影响一个人的思维方式，让他认识到以穿透的方式看事物是可行的。"[③]穿透的方式，便是诗性想象的方式，身体，自然界的物体，诗性想象，布莱克由此构思了以有限追寻无限永恒世界的生命存在方式。

---

① 笔者自译，原诗为：Why cannot the ear be closed to its own destruction?/Or the glistening eye to the poison of a smile?/...Why a tongue impressed with honey from every wind?/Why an ear, a whirlpool fierce to draw creations in?/Why a nostril wide inhaling terror, trembling, and affright? 引自 William Blake. *William Blake: Collected Poems*. edited by W.B. Yeats. Taylor and Francis e-Library, 2005, p.162.

② 参见 John. Macy, Joanna. Fleming, Pat. Naess. *Thingking Like A Mountain: Towards a Council of All Being*. Philadephia: New Society Publishers, 1988, p.34.

③ 丁宏为：《灵视与喻比：布莱克魔鬼作坊的思想意义》，载《外国文学评论》2007年第2期，第87页。

第三节　环境的身体想象

布莱克强调身体本身的力量，强调以想象的方式看待事物，这使得他在诗歌中以独特的方式表现出对环境的思考。个体与环境无法分离，正如意志与身体无法切割。布莱克反对经验主义或理性主义对于事物的认识方法，他以其独特的想象或灵视方式去理解现象，包括生态环境。詹姆斯·麦考斯克在《绿色写作：浪漫主义与生态学》中提到，"在布莱克看来，大量生产的新科技是对自然世界以误导或彻底错误的方法去理解的结果"[①]，事实上，布莱克通过诗歌表现，他不仅灵视自然，也对城市描绘出想象中的视像。生态批评对于文本中的环境考量，包括自然世界与城市空间，劳伦斯·布伊尔（Lawrence Buell）等一些学者以"环境批评"的术语取代"生态批评"，强调了环境意义的扩展性指涉，正如他在《环境批评的未来：环境危机与文学想象》中所言，"一种成熟的环境美学（环境伦理学或环境政治）一定要考虑到：无论是繁华都市和偏远内地之间，还是人类中心和生态中心的关注之间，都是互有渗透的"[②]。以此来解读布莱克的诗歌，我们可以发现布莱克对于纯粹自然与城市均有着独特的想象。

伦敦是布莱克出生与生活之地，它是十九世纪欧洲最大的城市与商业中心，1801年的伦敦，拥有人口1117000，至1831年，人口数已达到1907000，其中还不包括流动人员与无家可归者。[③]不仅仅是城市生活充斥着各种经济生产的压力，英国的郊区同样因城市大量的食物与其他商品的要求而大力发展资本密集型农业，或是大量地开采煤矿。布莱克生活的时代，工厂遍地，人口拥挤，空气与饮用水资源均在很大程度上被污染，社会底层人民当中更是疾病肆虐。他在《伦敦》中极为讽刺与写实地描绘了工业革命时的伦敦城市景象：

> 我走过每一条特辖大街，
> 附近特辖的泰晤士河在流淌，

---

① McKusick, James. *Green Writing: Romanticism and Ecology*. New York: St. Martin's Press, 2000, p.101.

② 劳伦斯·布伊尔：《环境批评的未来：环境危机与文学想象》，刘蓓译，北京：北京大学出版社，2010年，第25页。

③ Brian, Mitchell. *British Historical Statistic*. Cambridge: Cambridge UP, 1988, pp.25-27.

> 我遇到的每一张脸上的痕迹，
> 都表露出虚弱，表露出哀伤。
>
> 在每个人的每一声呼叫之中，
> 在每个婴儿害怕的哭声里，
> 在一声一响，道道禁令中，
> 我听到精神之枷锁的碰击。①

　　"特辖"原文为"chartered"，布莱克在此将矛头指向了英国皇室所签发的"皇家特许状"（Royal Charter），其最初目的是保护居民的公民自由权力，专门向地区城市或者法人团体授予特定的法律特权，而在布莱克看来，这些文件成了"暴政与社会压迫的工具"②，城市景观皆处于资本权力的笼罩当中，就连泰晤士河也成了"特辖的泰晤士河"。十八世纪九十年代，泰晤士河南岸是大型的皮革制造工厂区域，工厂将大量废水排放至泰晤士河中，河水资源污染严重。工业资本毫无限制地发展，大量的底层劳工被固定在机器上，身心被套上了沉重的枷锁。恶劣的城市环境与不健全的医疗条件造成了疾病肆虐，当时的新生婴儿夭折率极高。人作为生存于环境中的机体，环境的破坏与身体的侵害无疑是联系在一起的，伦敦城中之人，身体在机器生产与环境的破坏中异化。城市中弥漫着哭声、诅咒、叹息，身体与环境囿于工业文明进展中的一道道禁令。《由理生之书》中僵化病态的人类面貌成了真实生存状况的写照，"于是这些城市里的居民们/感到他们的神经变成了骨髓，/而僵硬的骨头开始/很快染上疾病与痛苦，/沿着所有的海岸/跳动，游猎和碾磨——直到衰竭的/内部感官一下子萎缩/在黑暗的传染网之下"③。正是生活于这样的城市环境之中，目睹着伦敦城的虚弱与伤痕，布莱克才用诗歌刻画了未沾上任何人类经验的天真世界，书写想象中的自然与城市的视像。

　　然而与华兹华斯、柯勒律治等诗人不同的是，布莱克一直生活于伦敦，也

---

① 布莱克：《布莱克诗集》，张炽恒译，上海：上海三联书店，1999年，第73页。

② McKusick, James. *Green Writing: Romanticism and Ecology*. New York: St. Martin's Press, 2000, p.97.

③ 布莱克：《天堂与地狱的婚姻——布莱克诗选》，张德明编译，北京：中国文联出版公司，1989年，第70页。

未直接表达要回到农村或荒野生活。从现实经济层面来看，布莱克作为一名版画家，伦敦可以为他提供相关的市场与客户，使他可以维持生计。麦考斯克认为"布莱克选择城市生活的一个重要因素是他抵制将传统田园或农业想象作为伦敦荒凉城市的代替"[①]，然而从其诗作可见，事实上，布莱克虽未大量地描绘田园生活，却以他独特的方式留下了对于纯粹自然的想象。现实环境加给身心以严重桎梏，诗人必然在诗性情绪与语言中将此转化。如上节所述，布莱克并未排斥自然，而正因为现实生态环境的恶劣，布莱克以想象的方式刻画了纯粹的自然幻境，他以身体的方式想象自然，在诗歌中实现身体与自然的交融。

伦敦城的恶劣环境使得城中人之身体无不戴着"枷锁"，在这样的情况下，环境与感官都已丧失生气，而布莱克在多首诗作当中却描绘了毫无工业污染之痕迹的季节之美（冬季除外）。人们把每年循环出现的地理景观称为季节，季节是大自然变幻的景象表现，诗人以拟人的方式将四季称为"你"，并如他所说的以一种"古代诗人"的方式使感官对象——大自然变得富有生气。在《春之咏》中，春天在诗人细腻的笔触下，是一个有着灵动的肉身细节的人之形象，春天即"春神"，诗人却大胆地以感官体验捕捉她的身体细节，"发卷缀晨露""俯望的脸""天使的目光""清晨与黄昏的呼吸""柔指"，一系列人体细节的描写，展现了诗人如雕铸版画般将抽象的自然概念通过身体想象而使其具象化。在《夏之咏》《秋之咏》当中是同样的表现手法，譬如"你呵，夏，/常在此搭起金色的帐篷，常常/入眠在橡树下，那时我们快乐地/注视着你红润的肢体和茂密的头发"[②]，又如"细嫩的蓓蕾向太阳绽开娇美，/爱在她那颤动的血管里荡漾"[③]。"红润的肢体""茂密的头发""颤动的血管"，无一不是人体器官的描写，在对于自然世界的身体想象当中，布莱克犹如制作版画一样雕琢出实体化的抽象感受。他正处于最大限度地模拟身体感官的体验之中，即如贝特所言，通过诗歌实现与自然的交流。

对季节进行人体化想象，实则是诗人以身体最为原初的方式去体验世界的

---

① Mckusick, James. *Green Writing: Romanticism and Ecology*. New York: St. Martin's Press, 2000, p. 104.

② 布莱克：《布莱克诗集》，张炽恒译，上海：上海三联书店，1999年，第4页。

③ 布莱克：《布莱克诗集》，张炽恒译，上海：上海三联书店，1999年，第5页。

过程。社会学家约翰·奥尼尔指出，"拟人"对于人类而言是不可或缺的，人类之初是以"拟人"的方式来看待世界的，他提倡一种整体论身体观，直言"往昔的先辈们可以通过自己的身体来思考宇宙，并通过宇宙来思考自己的身体，彼此构成一种浑然一体、比例得当的宇宙模型"①。布莱克所说的"古代诗人"的方式，正是如此。殊不知，如此美妙的自然想象描绘背后，实际上是人之身体与生态皆处于恶劣状态的现实。在机器桎梏与环境的破坏中异化的身体，实现人类之初与环境和谐交融的状态已毫无可能。人们离开乡村，被驱赶至"魔鬼的磨坊"，在机器旁"时刻不停地擦亮铜和铁，繁重地劳作着，却不知它的用途"②。如此随着身体感受力长期经受工业文明的摧残，人类更是普遍失去了对环境的诗性想象。诗人对于季节饱含深情的歌咏显然体现了两种反叛：其一，诗人以想象中毫无工业污染迹象的四季环境描写来抵抗工厂林立、浓烟肆虐，自然环境受到污染的城市现实。其二，诗人以充满活力的肉身化描写来反对以培根、洛克、牛顿思想为基础的经验主义将自然视为毫无生气的被动性物质。从这几首咏歌中可见，尽管对于春、夏、秋的季节歌咏全然描绘了关于纯粹自然的想象，但深入细读，关于现实的焦虑还是依稀可见，尤其是在对代表希望的春天的呼唤中，诗人写道，"让我们品尝/你清晨和黄昏的呼吸，撒你的珍珠/在这块为你苦苦相思的土地上"③，以及"哦，请用你的柔指将她装扮，/把你的柔吻倾注在她的胸怀；/把金色花冠戴在她焦思的头上，/她素朴的秀发已为你束了起来"④。无论是"苦苦相思"还是"焦思"，诗人均在有意无意间透露了现实大地对于美好的自然能够重生的期盼，这似乎与《冬之咏》形成强烈的呼应——"他的风暴被释放——/包裹着钢肋，我不敢抬起双眼；/因为他向全世界高举着权杖"⑤。诗人将冬季描绘成剥尽大地绿衣的恶魔，自觉或不自觉地使用了"钢肋"的意象，从某种程度上而言，关于冬季的描绘，不正是工业化的象征吗？

---

① 约翰·奥尼尔：《身体五态：重塑关系形貌》，张旭春译，北京：北京大学出版社，2010年，第15—16页。

② 布莱克：《天堂与地狱的婚姻——布莱克诗选》，张德明编译，北京：中国文联出版公司，1989年，第3页。

③ 布莱克：《布莱克诗集》，张炽恒译，上海：上海三联书店，1999年，第3页。

④ 布莱克：《布莱克诗集》，张炽恒译，上海：上海三联书店，1999年，第3—4页。

⑤ 布莱克：《布莱克诗集》，张炽恒译，上海：上海三联书店，1999年，第6页。

在布莱克眼中，想象的力量是无穷的，任何有限的事物皆可能在灵视当中达到无限的可能，因此他对环境的想象不仅体现在描绘了纯粹自然，也体现在塑造了灵视幻境中的城市。布莱克对城市的想象，主要存在于他的神话体系之中，尤其是诗作《耶路撒冷》《弥尔顿》。国外学界从二十世纪开始一直企图梳理出布莱克复杂的神话体系，原型批评、精神分析法、新历史主义等多种话语对此进行了阐释，其中，宗教方面是各家研究的主要关注点。而从生态批评的视角来看，布莱克灵视的城市意象，毋宁说是一种环境想象。麦考斯克称"这两首长诗都使用了预言式的过去时态来描述英国当时的困境，尤其强调了在泰晤士河南岸朗伯斯区周围形成的冷酷无情的工业景观，布莱克于1791年至1800年间生活于此地"[1]。启示录主题在西方文学中有着深远的历史，如《创世记》中的洪水之灾和《启示录》中的世界末日，而工业革命以来的浪漫主义文学中，灾难性事件被想象为人类活动的结果，而非上帝。细究布莱克预言诗篇之字里行间，可见其多处存在着对现实环境的影射，如在《弥尔顿》中写道，"萨里山闪着光，如熔炉里的渣块：朗伯斯山谷/（耶路撒冷的根基开启之处；也是他们被埋葬的废墟，/各族人们埋葬此地，橡树林亦在此扎根）/炉口前闪烁着黑光，一堆燃烧的灰烬"[2]。伦敦郊外橡树林被大量砍伐充当工业燃料，布莱克曾生活于朗伯斯，他将萨里山比作炉渣，诗行显然暗示了现实环境情况。布莱克目睹工业革命下城市的变化，在他看来，这是人们对于自然产生机械主义式错误理解的结果，他欲在想象中重新规划世界，将对伦敦城重生的渴望糅合在他的灵视空间中。

《耶路撒冷》全名为《耶路撒冷：阿尔比恩的流溢》（*Jerusalem: The Emanation of the Giant Albion*），阿尔比恩（Albion）是英国的古称，耶路撒冷则是宗教中的圣城，布莱克以对古老圣城的呼唤来表现对于英国城市重生的渴望。布莱克神话中的神代表着某种思想理念，或是世界、城市，它们皆成一体，并

---

[1] McKusick, James. *Green Writing: Romanticism and Ecology.* New York: St. Martin's Press, 2000, p.99.

[2] 笔者自译，原文为：The Surrey hills glow like the clinkers of the furnace: Lambeth's Vale/(Where Jerusalem's foundations began; where they were laid in ruins from every Nation,& Oak Groves rooted)/ Dark gleams before the Furnace-mouth, a heap of burning ashes. 引自 McKusick, James. *Green Writing: Romanticism and Ecology.* New York: St. Martin's Press, 2000, p.99.

以人体形象来具象化表现。早在《蒂迈欧篇》中，柏拉图便将世界比作一个永恒的生命体，神将灵魂安置在这个生命体的中心，并使它统摄整个身体，把身体包围起来。为了突出灵魂绝对至上，柏拉图还强调，"神在造身体时，已经把灵魂造好了，这样做就不会出现这样尴尬的局面，即当灵魂和身体合在一块时，后生统治先生"[①]。如此，柏拉图以身体作为宇宙模型的想象，但他将灵魂提升至统摄地位，视为身体化世界中的动源。布莱克用诗歌回归这种原初时代感受世界的方式，而他强调的是让世界回归身体般有机和谐的状态。在《耶路撒冷》中，布莱克以四种人体器官鼻、眼、舌、耳象征东、南、西、北四个方向，世界与身体同源同构。耶路撒冷既是古代的圣城，又是布莱克所重构的新世界，在这个新世界中天人关系和谐统一，人类重返原初之时与自然天然交融的状态。诗人于是发出呼唤：

> 英格兰！醒来！醒来！醒来！
> 你的姐妹耶路撒冷在呼唤！
> 你为何进入死亡的睡眠，
> 用古老的城墙把她挡开？
>
> 你的山谷感受过她的纤足
> 轻轻地移动在他们的胸上，
> 你的门见过可爱的锡安山之路；
> 接着是欢乐与爱的时光。
>
> 现在，当那些欢乐时光重现，
> 我们欢腾，看伦敦的塔群
> 迎接上帝的羔羊，来居住
> 在英格兰青翠而快乐的园亭。[②]

　　工业革命蓬勃进展中的英国，在布莱克的眼中却是进入"死亡的睡眠"，

---

① 柏拉图：《蒂迈欧篇》，谢文郁译，上海：上海人民出版社，2005年，第23页。
② 布莱克：《布莱克诗集》，张炽恒译，上海：上海三联书店，1999年，第148页。

"耶路撒冷"从某种程度上象征着神性自然，诗人在《弥尔顿》中也曾写道："要是远古时那些圣足/曾在英格兰的群山上徜徉；/要是那神圣的上帝的羊羔/到过英格兰的快乐的牧场！"①耶路撒冷的纤足轻轻地移动在英格兰山谷的胸上，象征着诗人想象中未受工业侵染的古英格兰曾经经历的田园时光。同时，诗人在此依然以身体性的描写来具象化外在大自然，以文本书写来强化身体与环境的密切联系。对于布莱克而言，耶路撒冷所带来的新世界无疑象征着人类欢乐时光的重现。在《弥尔顿》中他写道，"耶路撒冷可曾建起，在这些/昏暗的撒旦的磨坊之间"②，这显然与以上诗行"我们欢腾，看伦敦的塔群/迎接上帝的羔羊，来居住/在英格兰青翠而欢乐的园亭"两相呼应。磨坊原文为"mill"一词，也指工厂，昏暗的撒旦磨坊无疑指代工厂林立的伦敦城，青翠的园亭是诗人对于浓烟中的伦敦城乌托邦式的环境构想。

布莱克在对于耶路撒冷世界的呼唤中刻画了新的城市视像，即哥贡努扎（Golgonnza）。在《耶路撒冷》中，阿尔比恩因被理性控制而陷入堕落混乱，代表着想象力的天神罗斯（Los）为了抵抗阿尔比恩的痛苦而创造了哥贡努扎。这是一个臻于完美的乌托邦城市，亦是诗性的艺术之城，城中人与城市一样，皆处于身体和谐的状态。伦敦城充斥着大量的工厂与高能耗的机器，而在哥贡努扎中，人们使用一些简单的机械设备用以"葡萄榨汁"（wine-press）；这座艺术之城中的人们与自然和谐相处，他们充分地发挥着创作能力，尽可能地利用手工或者天然的工具，远离现实工业文明的束缚，身体也不必成为工厂机器中的螺丝钉。不仅如此，布莱克还描绘了其他动植物生气蓬勃的视像，"鸫鸟、红雀、金翅雀、知更鸟和鹪鹩/把太阳从山峦上，从甜蜜的梦想中唤醒"③，整个大自然聆听着百鸟啁啾。花朵们沁出奇异的馨香，布莱克以深情的笔触描绘了植物绚丽多彩的画面："茸茸的野麝香草和绣线菊，在芦丛中轻柔地闪摇……她们唤醒了酣睡在橡树上的忍冬藤；喜洋洋的美姿/在乘风狂欢；可爱的、白角的五月/睁开众多美丽可爱的眼睛；玫瑰在睡梦中窃听——"④花草植物，井然有

---

① 布莱克：《布莱克诗集》，张炽恒译，上海：上海三联书店，1999年，第147页。
② 布莱克：《布莱克诗集》，张炽恒译，上海：上海三联书店，1999年，第147页。
③ 布莱克：《布莱克诗集》，张炽恒译，上海：上海三联书店，1999年，第149页。
④ 布莱克：《布莱克诗集》，张炽恒译，上海：上海三联书店，1999年，第150页。

序，"石竹、茉莉、黄草花、麝香石竹、长寿花和/温柔的百合都打开了各自的天堂"①，这一幻境中的新世界充分展现了生物多样性（biodiversity）。布莱克以自己的想象来勾画他所谓的灵视视像，以反叛环境污染中的城市现实，即城市化、工业化、理性主义所带来的环境问题与人类身心问题。呼唤耶路撒冷与哥贡努扎的降临，这显然是"天真式"的，尤其是对于他当时所处的年代。然于今而言，布莱克所想象的乌托邦城市与当下城市规划和建设中重视生态环境，抵制大规模工业化建设，重视植物景观的环境美学，无疑有着预言性的契合。

布莱克在诗歌中以身体想象环境，想象神性自然，恰好印证了大卫·亚伯兰（David Abram）所提出的观点："是否活着的身体（健康之时），与环绕它的空间处于恒定交流的状态？是否感觉不是被动的，而是主动的？生存环境的深度包含了探索性的器官？"②诗歌文本中的诡谲想象，看似神秘荒诞，实际上与现实环境有着强烈的对话。布莱克的诗歌表达了身体对于环境的感知，并在身体的框架中反思工业化中的世界，探索人与自然的诗性联系。

本章小结

灵肉对立的神学传统在启蒙主义的范式中变成了思想与物质的对立，布莱克强烈反对这种二元思维模式。蒲柏称赞牛顿如光明般照亮大自然的规律，布莱克却以诗性想象抵抗对于世界或自然的机械性解读与设计，开启前浪漫主义时代。从表面看来，布莱克似乎孜孜不倦地用诗歌书写着二元世界，天真或经验、肉体或神灵、物质或想象，事实上，正是因为强烈地感受到人类在这些方面失去平衡，诗人才以诗歌进行探索。这种不平衡感最为直接的来源无疑是当时的城市环境带给身体的强烈影响。

生态学扎根于有机整体论，认为自然界的所有存在都相互联系，宇宙是结构与功能统一的整体。而随着工业革命与理性主义的到来，技术的革新，机械的数学法则占领首要性的高地，力被认为是外在于质料的，物质被认为是被

---

① 布莱克：《布莱克诗集》，张炽恒译，上海：上海三联书店，1999年，第150页。

② Abram, David. "The Perceptual Implications of Gaia," *Ecologist*, 1985(15):88.

动的。自然在此思维框架下便成为被动的存在，人类也即许可了自身对于自然的掠夺与操纵。事实上，正如生态女性主义批评家卡洛琳·麦茜特（Carolyn Merchant）所言，"宇宙的有机整体来自它是有生命的动物的概念。巨大的有机体处处活泼而又有生命，它的身体、灵魂和精神是紧密结合在一起的"[①]。"有生命的动物"毋宁说是一种身体化的想象，在身体的框架中想象自然，将重新赋予自然以肉的生命与活力，而非把它视为僵死的质料。布莱克的浪漫主义生态学便是用身体书写来展开诗性想象，将人与自然的形象合并，以此来重赋自然魅力，抵御工业化带给身体的枷锁。

在诗歌世界中，布莱克发现了有限物质中所包含的浩瀚世界，意识到身体对于通往无限世界的力量。人是一具有限的肉体，他在广袤宇宙之中是一种短暂的物质性存在，这是无法改变的事实，而人又拥有无限的力量，这种力量来自身体本身。人类在思想不断取得硕果的骄傲之中往往忘乎人之本身的身体性、物质性与短暂性，取而代之以纯粹理性或者精神的话语来麻痹自身的自大，以实现对于有限性的超越。在这样的话语转变过程中，身体逐渐被忘却，一切有限的物质存在皆成理性主义探索与征服的对象，包括自然环境与人类自身。布莱克正是以身体的回归发现了有限与无限之间的奥秘，亦发现了工业革命与理性主义时代所带来的悖论。诗性思维总是在想象中弥合二元分裂，回归人类的原始本真，而布莱克式的身体想象可以说是"经验后的天真"，他为我们提供了一种整体性的生态思维。他用诗歌表现了身体与自然的一体同构，在灵视中所看到的世界身体，既可谓是我们的生态环境，又何尝不是人类自身？生态与身体本质同一，正如格列高利·贝特森（Gregory Bateson）所言，"生存的整体是器官加环境"[②]，换言之，人体与生态环境共同组成了整个世界身体。

---

① 卡洛琳·麦茜特：《自然之死：妇女、生态和科学革命》，吴国胜、吴小英、曹南燕译，长春：吉林人民出版社，1999年，第115页。

② Bateson, Gregory. *Steps to an Ecology of Mind*. New York: Ballantine, 1972, p.483.

第五章

身体的栖居：华兹华斯诗歌中的三重自然

生态危机的一个本质因素在于遗忘身体，在传统二元对立的形而上学之中，人作为实践的主体，物或自然为实践的客体，人类测量、计算、征服，将自己视为拥有主宰万物权力的上帝化身，人类忘乎自身的身体性存在而打碎了与自然的身体统一性，于是陷入生态危机。海德格尔认为"诗意并不是超临和脱离于大地。相反，诗意使人进入大地，从属大地，使人居住"[①]，身体与自然统一便是诗意，是人类诗性地栖居大地。当时代忘乎自然，诗歌却留下了身体的栖居。

华兹华斯是英国浪漫主义诗人中最为显著的自然歌者，他的自然观及诗歌中的自然书写历来被学界津津乐道。华兹华斯的诗歌从文字表面看来并无较为明显的身体书写或者身体性因素，然而作为自然的歌者，华兹华斯用诗歌表现了一种身体栖居范式。用身体话语来解读，他的诗歌展现了身体与自然的统一，亦显现了身体的诗意。当工业化机器运转给人带来强烈的身心断裂感，生态危机出现，身体感受失衡，诗人们以各自的方式观照自身，观照"存在"。与其把转向自然视为消极遁世，不如将此视为在特定的时代背景中，诗人敞开真理的一种必然方式。华兹华斯在诗歌中表现了三重自然：其一，观念中的自然；其二，身体的自然；其三，外在的自然。观念中的自然即诗人自身对于自然的认知与想象，华兹华斯将自然视为神性存在，自然曾让他畏惧，也让他尊崇，对于自然的感受与观念时刻影响了他与自然的身体相处方式。身体的自然即华兹华斯所提倡的"童心"，也即达到身体的本真状态，他在诗歌中时常表现自我以"童心"反刍人生，这是诗人所传达的通往诗性栖居状态的重要途径。外在的自

[①] 海德格尔：《诗·语言·思》，彭富春译，北京：文化艺术出版社，1991年，第10页。

然即栖居者所身体参与的"地方",地方的形成则意味着栖居的形成,对于地方的自我意识也是人之生态感能够形成的起点。华兹华斯的诗歌从不同角度言说自然,集中显现了如何从身体的角度弥合二元对立,身体如何回归自然,融于自然,达到诗性的栖居状态。

第一节　诗人的神性自然

席勒在《论素朴的诗与感伤的诗》中指出:"诗人或者是自然,或者寻求自然。前者使他成为素朴的诗人,后者使他成为感伤的诗人。"[1]从历史源头上来讲,人与自然本为一体,人类以自身身体想象外界,人与自然处于混沌交融之中,彼时人类可以说是自然本身,而诗人的能力便是模仿自然。人类世的来临标志着人与自然在观念界限上分离,人与自然之间形成断裂,人类文明将自然视为他者,而诗人的能力便是追寻自然。席勒同时指出,"在古代诗人那里,打动我们的是自然,是感性的真实,是活生生的现实;在近代诗人那里,打动我们的是观念"[2]。当人类进入工业与理性时代,自然成为他者的身份,自觉的自然观念便开始形成,诗人对于自然的追寻便是其表现。任何时期的诗歌都有描绘自然的部分,浪漫主义诗人最为直接地开始表达对于自然的思考与渴望,"自觉自然观"的言说是浪漫主义诗歌的重要特征,这在华兹华斯的诗歌当中表现得尤为明显。华兹华斯不仅仅描绘大自然的一草一木,还赋予了自然以特殊的身份,即将自然视为神性的存在,视为神一般的永恒的人生导师。诚然,泛神论或是自然神论是华兹华斯自然观的主要特征,这是学界所公认的,尤其在他的自传体长诗《序曲或一位诗人心灵的成长》(下简称《序曲》)当中有着集中表现。不过,华兹华斯的神性自然观并非将物质性自然视为对立面,它与当时的生态环境背景、情理观背景亦有着复杂纠葛。这是值得进一步探索的,也是生

---

① 伍蠡甫、胡经之主编:《西方文艺理论名著选编(上卷)》,北京:北京大学出版社,1985年,第473页。

② 伍蠡甫、胡经之主编:《西方文艺理论名著选编(上卷)》,北京:北京大学出版社,1985年,第474—475页。

态批评对于浪漫主义研究的致力之处，正如贝特所言，我们需要探究的是"富有创造性的想象与写作在一系列复杂的关系诸如人与环境，思维与世界，思考、存在与栖居中处于什么地位"①。

关于自然观，古典主义文学原则受理性主义统辖，崇尚用刻板的"诗意辞藻"（poetic diction）使得诗歌规整高雅。布瓦洛在《诗的艺术》中将语言分为"宫廷的与市民的""诗歌的与散文的"，约翰逊在《英文词典》中进一步将词汇整合为"得体的与不得体的""高级的与低级的"。由于对理性的狂热，新古典主义所推崇的模仿自然实际上推崇一种普遍意义的人性书写，也即指向理性，而这些清规戒律所带来的禁锢，使得他们的诗歌并未呈现出对物质性大自然的描绘兴趣。浪漫主义者对自然的观念和审美范畴与此截然不同。卢梭发出"重返自然"的呐喊声，认为文明伴随着不平等与人性堕落，主张"回归自然"与"天赋人权"，建立接近自然状态的社会秩序。卢梭将目光转向山野田园，建构了"自然人"的理念，对华兹华斯等浪漫主义诗人产生深远的影响。感伤主义诗人歌颂大自然的景色，描绘剪羊毛、钓鱼、丰收等农村生活，将远离城市喧嚣的大自然当作他们泛滥情绪的寄托处，这可以视为浪漫主义的初期酝酿与萌芽。而浪漫主义诗人华兹华斯，一方面描绘自然界的山川河流、花鸟草木，另一方面将自然擢升至一个神性的概念，对于概念化神性自然的歌颂是华兹华斯诗歌中的重要部分。

值得强调的是，华兹华斯的诗歌虽将自然擢升至神性概念，但这与古典主义在理性统辖下的自然概念不同。新历史主义、新马克思主义批评家麦克干（Jerome McGann）等人宣称浪漫主义对物质存在的大自然不感兴趣，自然只是意识的建构②，认为华兹华斯隐居湖区毫无疑问是逃避政治现实。以乔纳森·贝特为代表的生态批评学者对此表示彻底反对，他们否定新历史主义、新马克思主义将浪漫主义诗歌中的自然仅仅视为文化符号。关于浪漫主义研究的"绿色转向"，生态批评学者在此批评范式上已做过多种努力。事实上，若将华兹华斯崇拜自然的书写视为他政治失意的意识形态化身，无异于将他的自然观视为古典

---

① Bate, Jonathan. *Romantic Ecology: Wordsworth and the Environmental Tradition.* London: Routledge, 1991, p.73.

② Liu, Alan. *Wordsworth: The Sense of History.* Stanford: Stanford UP, 1989, p.104.

主义式空洞缥缈的理性概念。笔者依然称其为神性自然，承认华兹华斯在诗歌中把自然观念化，并提到神的高度去尊崇，但并不表示将华兹华斯观念中的自然理解为与物质性存在毫无瓜葛的理式。在此，若引入身体的话语，一切纠葛便迎刃而解。

华兹华斯将自然概念化的基点仍出于具有外在指涉性的物质自然。工业发展带来生态环境的急剧恶化，造成人与自然世界的逐步分离，如此境况从身体上刺激了诗人对于良好自然环境的向往。大自然可谓是当时欧洲人所向往的健康疗养地。诗人用诗歌话语将自然刻画至神性的地位，值得正名的是，这种神性尊崇是诗人身体性探索的结果，这与宗教纯粹理念化的神有着本质区别。在强调自由抒发情感的浪漫主义诗学风尚下，诗人无限制地表现对自然的尊崇，宣称大自然给予激情与孤独，引导自己爱人类。强烈的情感是身体体验的对应物，诗人深化感悟他身处自然的各种体验，笔下对自然的神性尊崇是深化感悟的情感抒发，无论是抒情方式还是与自然的情感本身，皆指向身体[1]。不言而喻，这与诗意辞藻编织的自然—理性书写全然不同。换言之，华兹华斯所谓的神性源自身体性感受，浪漫主义诗人的身体联结了物质大自然与精神性概念。生态批评学者克罗伊波尔（Kroeber）认为：

> 与科学家一样，浪漫主义诗人不像当代（解构主义和新历史主义—新马克思主义）批评家那样去刻意关注语言的自我解构性，也不刻意地去将明显的意识形态偏见予以哲学—普遍化——浪漫主义诗人的首要目标是去解读自然—物质世界的本质，因为所有的文化、语言和所有的意识形态形式从根本上讲都是在这个本质基础之上被建构出来的。[2]

的确，华兹华斯意识形态化的神性自然观源自身体解读"自然—物质世界"

---

① 浪漫主义诗学语境中的情感，强调内心真实感受的抒发，其对立面是所谓的空洞理性，因而以身体话语来看，其能指并非处于"情感意识与物质身体"对立的二元关系中，恰恰相反，它指向身体，与身体为伍。

② 转引自张旭春：《"绿色浪漫主义"：浪漫主义文学经典的重构与解读》，载《外国文学研究》2018年第5期，第96页。

本质这个基础，换言之，诗人的神性自然是身体感受生存环境的强烈情感化表达，物质身躯在与神性化自然的交流中并未缺席。

关于身体与神性自然，华兹华斯在他的一首著名小诗《劝和答》中有着很好的回应。在此诗中，马修劝告诗人不应坐在岩石上浪费时光，而应该去读书，诗人回答道：

> 我既有眼睛就不能不看，
> 我们也不能叫耳朵休息；
> 任身在何处总会有感觉——
> 管我们愿意不愿意。
>
> 我同样相信：有一些力量
> 自能使我们的心受感染；
> 我们能让自己的心充实——
> 只明智地听其自然。
>
> 万物永远在不停地招呼，
> 你以为在这许多景物里，
> 竟没有一件会自己找来，
> 要我们自己去寻觅？
>
> 那就别问我为的是什么，
> 在这老灰岩上孑然独坐，
> 同天地万物亲密地交流，
> 让冥想把时间消磨。①

与布莱克在《瑟尔之书》中关于身体感官与环境恒定交流的描绘相同，华兹华斯表明，耳目存在便会主动参与物理空间，身体无时无刻不处于与外在环境或是自然的能量交流之中。我们无法命令身体超脱于环境而遗世独立，因为

---

① 华兹华斯：《华兹华斯抒情诗选》，黄杲炘译，上海：上海译文出版社，2000年，第73页。

我们无法挣脱身体，因而将永远沐浴于自然能量中，孑然独坐便是与万物隐秘地交流。从身体现象学来看，身体不是于环境中独立的物体，它拥有自觉的统一性，也即不管我们身处何地都会拥有感觉。梅洛－庞蒂指出，"自然世界是所有界域中的界域，所有风格中的风格，它保证我的体验在我的个人历史生活的所有断裂中有一种给出的和非规定的统一性，它的关联物就是我们从中发现身体定义的我的感觉功能的给出的、一般的和前个人的存在"[①]。在他看来，身体与自然的联系是前个人的，自在和自为无法分割，这也正是华兹华斯这首诗所包含的哲学深度。诗人没有阐明这股神性力量为何物，它如同道家所说的"道"一样，世人欲辨已忘言，而诗人确信的是，自然如神灵般永恒存在，且使万物通过人之有形的身体，与人存在恒定的互动。

显然，华兹华斯对自然的情感形成建立在对身体体验自然，也即物质世界的探索基础上。在华兹华斯看来，读书与学识不是与自然相处的模式，形而上与逻辑的方式亦不是认识自然的途径。大自然漾及诗人的灵魂，诗人将其奉为神圣，而谈及与天地造物的交流之时，他宣称"只有当肉体的耳朵被一段/最平凡的引子迷住，忘掉她的/功能，安然睡去，我们才能/听见这歌声，才听得最最清晰"[②]。

诗人生命的情感弥覆着自然万物，身体使其与自然融为一体，肉身始终是敞开存在的场域。诗人置身于自然，主张用身体去把握自然的神性，可身体一旦敞开，形而上的神祇便离去，与之交融的是"所有为人类思想与知识所不及、/为肉眼所不见但却为人心所知的/活的事物；所有踔跃的、奔跑的、呼叫的、歌唱的或那些在半空中得意/搏击的生灵；所有在波涛下游动的/身躯，对，何不说波涛本身/或整个宏厚的大海"[③]。知识不及、肉眼不见，却能被人心感知，这将意味着诗人对自然的感知不是于理念中的思索，亦非置身事外的瞥见，而是身心的交融。

---

① 梅洛－庞蒂：《知觉现象学》，姜志辉译，北京：商务印书馆，2012年，第418页。

② 华兹华斯：《序曲或一位诗人心灵的成长》，丁宏为译，北京：中国对外翻译出版公司，1999年，第46页。

③ 华兹华斯：《序曲或一位诗人心灵的成长》，丁宏为译，北京：中国对外翻译出版公司，1999年，第46页。

被如此感知的事物与一切活动着的灵动生命、波涛本身与浩瀚大海，交互于诗人的生命情感，生命或曰生态共同体于此呈现。华兹华斯的神性自然，源自活的自然，他着眼于外在的客观物质世界，始终坚持肉身与自然的交融。在探讨神学与诗歌时，诗人在《随笔，对于序言的补充》中阐明身体感官是两者差异的关键：

> 人与其创造者之间的交流只有在这样一种过程中才能得以进行，在这里以少喻多，无限的存在通过调节适合于有限的空间。总之，人们可以看到宗教与诗的关系……在宗教方面——它的元素是无限，它的最高信仰是事物的崇高，使自己受到限制，而且与替代物妥协；在诗歌方面——它是缥缈的、超验的，但如果没有感官化身却不能保持其存在。[①]

不可否认华兹华斯深受神学因素的影响，诗歌中的自然观有着神性色彩，而即便将神学的崇高沾濡诗歌的情怀，身体感官依然是诗歌存在的根源。华兹华斯诗歌中超验的神性自然，其本质依然是诗性的，是身体所高度参与的。引用诗人自己的说法，神学使自己受限制，它将认知规避在理式之中。而诗歌则打开身体，以诗歌书写自然，使得诗人重忆对自然的身体探索，自我与自然，尽在纸间。

根据这样的思路，我们很快能探得华兹华斯与大自然的情感源头时期，即童年。华兹华斯出生于英国坎伯兰的考克茅斯，八岁丧母，十三岁丧父，失去双亲的过程使其一度封闭心灵、自我沉浸，他曾回忆"对我来说，童年时代最不同的是，我承认死亡是一种适用于我自己存在的状态"[②]。庆幸的是，身体参与大自然成为抚平其精神创伤的良药。幼年生活在亲情与物质上皆贫乏，但从诗人的作品来看，童年并没给他带来阴影。相反，尽管诗人自称童年曾充满死亡的阴影及对世界的恐惧，但自然世界带给诗人以感官上的刺激，使其获得心灵的慰藉，如麦考斯克所说，"只有对自然的直接接触或听到普遍存在的大自然的

---

① 苏文菁：《华兹华斯诗学》，北京：社会科学文献出版社，2000年，第320页。

② McKusick, James. *Green Writing: Romanticism and Ecology*. New York: St. Martin's Press, 2000, p.55.

声音，才唤起了儿童用物质身体生存于一个物质世界的现实感觉"①。德温河潺潺流水声流进了诗人童年的梦幻，他在《序曲》中如此抒写：

> 那最清秀的河流乐于在我的摇篮曲中
> 溶入喃喃私语，就是为了
> 我今日的凡庸？啊，德温河！你从
> 赤杨的浓荫下，从堆岩的落瀑中，从那些
> 津渡和浅滩处送来一个声音，
> 追随着我流动的梦幻；当我还是
> 怀中的幼童，你在我注视下蜿蜒于
> 葱郁的小岛间，以不息的乐曲织构着
> 柔缓的思绪，胜似轻轻的婴思，
> 让我在忧烦的人间早早品味到
> 大自然在林地与山间弥发的一片
> 静谧，对它产生朦胧的预感。②

　　对此，麦考斯克认为，"也许重要的是，他最初的记忆是声音，一种直接进入婴儿梦境的风景的声音，使他成为环境的积极参与者，而不仅仅是一个超然的观察者"③。停留在人们无意识中的梦幻往往来自早年，实体自然通过肉体器官产生最初的物质形象，加斯东·巴什拉在《水与梦：论物质的想象》中便指出"孩童的遐想是唯物的遐想。孩童天生就是唯物的。孩童最初的梦就是有机实体的梦"④。诗人对童年的流水声记忆犹新，他对自然的依赖从身体参与开始，也正是在这种身体参与中，年幼的诗人获得物质世界的现实感觉，从而抚慰死亡的阴影。亲情缺失的童年，使得诗人在身体参与自然世界的过程中，把感情倾注

---

① McKusick, James. *Green Writing: Romanticism and Ecology*. New York: St. Martin's Press, 2000, p.56.
② 华兹华斯：《序曲或一位诗人心灵的成长》，丁宏为译，北京：中国对外翻译出版公司，1999年，第11页。
③ McKusick, James. *Green Writing: Romanticism and Ecology*. New York: St. Martin's Press, 2000, p.54.
④ 加斯东·巴什拉：《水与梦：论物质的想象》，顾嘉琛译，郑州：河南大学出版社，2017年，第15页。

于自然，造就他对自然的依恋。华兹华斯对自然的感情，并未停留在仅仅将它视为个人伤春悲秋、借景抒怀的对象，而是在身体的真实感受当中，把自然视为自己的家、开启心智的启蒙老师、自己的母亲，这种紧密的身心依恋使他逐渐把自然神化。

再进一步探究，大自然对于诗人童年在身体感官上的直接刺激主要表现为"震慑"，这种震慑进一步加深儿童身体的现实感觉，使得诗人感受到物质性大自然之真实与伟岸，转而逐渐萌生出崇高。华兹华斯讲到"我的灵魂有美妙的播种季节，/大自然的秀美与震慑共同育我/长成"①，对此，他在《序曲》中讲述了童年时期于大自然的怀抱中独自划船的故事。夏日傍晚，少年偷解开翠柳边的小船，径直前划，繁星空悬，天宇灰白，此时，诗人写道：

> ……就在
> 曾挡住我视线的峭壁后面，露出
> 一巨大的山峰，凶险而巨大，似乎
> 在自由意志的支配下，将那黑色的
> 头颅扬起。我使劲划动桨叶，
> 但那阴郁的形状在我与繁星间
> 愈加增大着它的身躯，而且
> 随我的划动向我逼近，②……

峭壁陡立，山峰高耸，划船少年迎面遇见此般场景不禁感到一阵恐惧与震慑，他害怕得转头将小船划回原来的岩洞，穿过草丛走回家中。阿什顿·尼克尔斯（Ashton Nichols）从受生理学影响的"情感研究"角度解读华兹华斯，提到"儿童的情感（情感的一类储存）克服了理性智力的力量，并在头脑中产生

----

① 华兹华斯：《序曲或一位诗人心灵的成长》，丁宏为译，北京：中国对外翻译出版公司，1999年，第12页。

② 华兹华斯：《序曲或一位诗人心灵的成长》，丁宏为译，北京：中国对外翻译出版公司，1999年，第15页。

了持久的影响"①。事实诚然，华兹华斯接着叙写，"看到/那个景象之后，一种对未知/生命形态的朦胧不清的意识/持续多日在我脑海中激荡"②。划船少年的境遇感受可以描述为：自然世界若与人类内部情感无关时，人所顿悟到的对于存在的恐惧，也即人在无限与永恒面前所被激发的崇高感。人文地理学家段义孚认为："成年人的感知范畴时不时地会掺夹着由早期经历所引发的情感。而诗人有时能够抓住这些来自过去的饱含情感的时刻。"③的确，华兹华斯童年时期切身参与自然的经历深刻影响了他成年后的自然观念，尤其是大自然的震慑为他逐步将自然神化埋下情感的种子。故而，他在《序曲》中写道：

> 宇宙的智慧与精神！你是灵魂，
> 是超越时间、万世永存的思想，
> 你将生命与永恒的运动赋予
> 景物或眼中的形状；从我童年
> 初始时起，你就不分白天黑夜，
> 将那筑成人类灵魂的各种
> 情感为我织在一起，④……

宇宙的精神或是灵魂，是被升华了的理念，而究其最初，是来自眼前真实的景物，从人之孩稚时期开始，自然世界便不舍昼夜地浇铸人的情感。济慈也曾诗意地写下"世界乃造灵之谷"，我们通过于物质世界中的经历而塑造灵魂（或是形成灵魂的概念），精神现象依赖于躯体化的身体，华兹华斯的神性自然观并未与物质存在的大自然断裂。

其实，华兹华斯的神性自然观不能简单地被阐释为想象与情感的合力，一

---

① Nichols, Ashton. "Fostered by Fear: Affect and Environment in Romantic Nature Writing." in Ottum, Lisa & Seth, Reno, eds. *Wordsworth and the Green Romantics: Affect and Ecology in the Nineteenth Century.* New Hampshire: New Hampshire UP, 2016, p.147.

② 华兹华斯：《序曲或一位诗人心灵的成长》，丁宏为译，北京：中国对外翻译出版公司，1999年，第15页。

③ 段义孚：《空间与地方：经验的视角》，王志标译，北京：中国人民大学出版社，2017年，第16页。

④ 华兹华斯：《序曲或一位诗人心灵的成长》，丁宏为译，北京：中国对外翻译出版公司，1999年，第16页。

旦将物质性自然环境的背景引入，我们便注意到他正以生态的方式思考。通过他直接歌颂概念化自然的诗歌可见，无论是与自然产生情感的源头，还是人与神性自然的交流，身体皆在场，身体的参与意味着诗人正思考着作为机体的人与生态环境关系的奥秘。因而，将身体话语介入，诗人自然观念的演变便清晰呈现。也即，诗人童年与大自然的亲密接触造就他对自然的特殊情结，成年之后，环境破坏与政治失意等因素激发了华兹华斯对自然和良好环境的身体渴望。他将自然视为与身体恒定交流的神性存在，在诗歌中以神性的高度升华对自然的尊崇，事实上，依笔者见解，这种尊崇依然来自身体参与所获的情感眷恋，神化自然不是所谓的浪漫主义式天真和无助，不是逃避人生失意，而应该是，工业革命使得人与自然逐渐疏离的情况下，敏锐的诗人之生态思考（ecological thinking）产生的开始。

第二节　童心与身体反刍

既然华兹华斯对于自然的情感很大程度上源自童年时期的经历，那么，他对自然的追寻就跟儿童这一人类的本真形象有着极大的关联。的确，华兹华斯诗歌中的第二重自然便是他对于人类本真状态的歌颂。神性的自然通过人之身体时刻与人交流，因而身体欲回归自然便离不开实现其本身的自然化，华兹华斯在诗歌语境中将其表现为对"童心"的追溯。需要指出的是，身体话语下的复归"童心"并不与复归"身体的自然"产生所谓的身心二元冲突。华兹华斯的诗歌并未明显地表现诗人有意识地就身体与心灵的关系进行探讨，心灵等字眼亦不意味着对身体的贬低。简言之，诗歌文本中常有心灵等字眼或因素，并不妨碍将该文本放置于身体视域中解读。在本书的身体语境中，身心为一体，华兹华斯追溯童年，复归"童心"的宗旨对应着身体的自然化。

"童心"在华兹华斯的诗歌中表现为一种反刍的形式，他在《序曲》第三卷憧憬理想的大学学府时写道："一个娴雅端庄的所在，反刍/动物的乐园，恬静的生命能自由徘徊。"①"反刍动物"(ruminating creatures），依靠反复咀嚼、凝思过去为自己提供养分，正是这位诗人本身性格、气质的最好写照。华兹华斯有着强烈的"回归"或者"逆流"意识，"诗人作为'反刍动物（ruminating creatures）'，不是逃避生命能量，而是力求更多、更细地汲取生活滋养"②。其实，华兹华斯式的身体反刍是他生态思考的实践，他时刻践行着"儿童乃成人之父"的理念，在诗歌中为我们展示了一种通过实现身体的自然而达到精神生态化的救赎范本。

关于"童心"一词，明末思想家李贽曾云："夫童心者，绝假纯真，最初一念之本心也。"③李贽的"童心说"产生于商品经济发展的明朝后期，它的提出主要是为了反叛作为封建统治精神支柱的程朱理学。再追溯到先秦，老子也曾提出"为天下溪，常德不离，复归于婴儿"（《老子》第二十八章）。老子强调"道"的循环论，借用"婴儿"来表现人"法自然"的最高品格，提倡世人复归到"婴儿"那样自然质朴的状态。孟子曰："大人者，不失其赤子之心者也。"（《孟子·离娄下》）孟子提出"赤子之心"作为儒家乌托邦式的至善人格。这些思想皆带着自然本性论的回归色彩。而在西方，卢梭刻画了"爱弥儿"，布莱克唱响了"天真之歌"，童年形象是浪漫主义所阐释与推崇的主要对象，他们借此批判社会现状或文明。其实在此时期，童年形象是浪漫主义者在生态环境与社会文化剧变下，将对自然的向往之情投射到身体本身的表现。笔者在此将华兹华斯渴望重现儿童心境、模拟儿童式的情绪意识或灵视状态的意识形式称为"童心"。"童心"是华兹华斯诗歌中的第二重自然，他的自传体史诗《序曲》着重表现了一段重返自然、追溯童心的心灵之旅，他曾写道，"我的心灵放射出／

---

① 华兹华斯：《序曲或一位诗人心灵的成长》，丁宏为译，北京：中国对外翻译出版公司，1999年，第69页。

② 华兹华斯：《序曲或一位诗人心灵的成长》，丁宏为译，北京：中国对外翻译出版公司，1999年，第25页。

③ 李贽：《焚书·续焚书》，北京：中华书局，1975年，第126页。

辅助的光芒，它使落日的余晖/更加奇异"[①]。在华兹华斯的诗歌语境中，"心灵"[②]是最大的主题，他自称是"大自然的代言人"，却告诉人们"人类的心灵/能比其居住的大地美妙一千倍"[③]。那么，"童心"如何实现身体反刍？这主要体现在华兹华斯描写自然景物与悲情人物的两类代表性作品中。

其一，华兹华斯通过模拟与重现儿童的意识状态，激发对自然的感受力与亲近感，通过身体凝思而体验重返自然的愉悦。华兹华斯认为"童心"是一种无法取代的精神力量与个人财富，它能直接给予我们快乐的养分，他指出"我们的/童年——我们单纯的童年——高坐/强大的王位，强于自然万力"[④]。帕格森认为深层的自我是"绵延"（real duration）的，先前的记忆加以组织后渗透于之后的认识中，我们对事物第二次印象受初次印象的记忆影响。[⑤]儿童时期的快乐体验深深刻在诗人的记忆中，依华兹华斯之见，追溯童年，回忆其快乐，回归"童心"之时，成人便能进一步靠近神性自然所给予儿童的种种能力，使身体拥有更敏锐的细胞去感受快乐，使得在世生活有直接的快乐源泉，使人在"永生"的无限性中顿悟。[⑥]

---

① 华兹华斯：《序曲或一位诗人心灵的成长》，丁宏为译，北京：中国对外翻译出版公司，1999年，第44—45页。

② 关于华兹华斯对于心灵的强调，艾布拉姆斯在《镜与灯：浪漫主义文论及批评传统》中将以华兹华斯为主要代表的浪漫派关于诗歌艺术的理论称为艺术的"表现说"，认为诗歌的起源是一种动因，"是诗人的情感和愿望寻求表现的冲动，或者说是像造物主那样具有内在动力的'创造性'想象迫使"，其焦点在于作品与艺术家心境的关系。不过，从生态批评视角来看，华兹华斯处处强调"心灵"可以反过来作用于环境，滋养人生，他将大自然视为人类最理想的栖居地与归属地，力图重返自然而通向"童心"，实现身体的自然化，是他用生态方式思考的表现。引文参见艾布拉姆斯：《镜与灯：浪漫主义文论及批评传统》，郦稚牛、张照进、童庆生译，北京：北京大学出版社，1989年，第26页。

③ 华兹华斯：《序曲或一位诗人心灵的成长》，丁宏为译，北京：中国对外翻译出版公司，1999年，第361页。

④ 华兹华斯：《序曲或一位诗人心灵的成长》，丁宏为译，北京：中国对外翻译出版公司，1999年，第119页。

⑤ Beasley, Rebecca. *Theorists of Modernist Poetry: T. S. Eliot, T. E. Hulme, Ezra Pound*. Abingdon: Routledge, 2007, p.35.

⑥ 华兹华斯在其代表作《永生的信息》中认为"灵魂前存在"，而儿童刚降生，离天国最近，能够通过大自然感受到天国的荣光，但随着其成长，天国的荣光便逐渐消失。他在诗歌中进一步指出，人与自然的情谊不会中断，而通过追溯童年、重现童心，便可得到永生的信息。

　　正如布莱克用诗性想象追求无限,华兹华斯亦有着类似的诗学思想。在浪漫主义诗歌语境中,他们追求"永生"主要靠心灵的创造作用。与布莱克不同的是,华兹华斯更强调身体于凝思中的反刍,换言之,他的想象依赖"童心",童年记忆起着重要作用。华兹华斯认为"诗是强烈情感的自然流露",而诗又"起源于在平静中回忆起来的情感"。这意味着他把诗歌视为情感的表现,即一种内化了的心灵状态,而情感是回忆起来的,回忆的状态是平静的,平静指涉着身体的静默。这便是身体凝思。凝思过程中不可避免地受童年记忆的影响。的确,华兹华斯在《永生的信息》中明确写下,"它们,不论怎样,/总是我们整个白昼的光源,/总是我们视野里主要的光焰;/有它们把我们扶持,把我们哺养,/我们喧嚣扰攘的岁月便显得/不过是永恒静穆之中的片刻"①。童年高坐王位,"童心"哺育今后的生活,喧嚣的岁月中,诗人依然能够通过"童心"下的凝思触碰到记忆中与自然为伴的快乐,将人生统一为"永恒",以此获得精神的自由。在华兹华斯式的自然崇拜中,自然之物能够唤起童年的记忆,童年的记忆联结着神性的生命之土,使诗人在完善心灵的归属中获得情理的神性皈依。诗人在诗歌中书写儿童带着天国的能力降临于世,他也强调自然之物开启童年的心智。事实上,华兹华斯对于上帝、天国、自然并无明确区分,三者皆指向他心中的神性自然。神性自然与"童心",两者的关系是互通的,儿童能够靠天然的直觉式理解去解读自然的神性,大自然亦进一步滋养"童心"。

　　华兹华斯诗歌中的一草一木,往往并非诗人当下真正所见,他本人亦直接将其中的相当一部分归在《想象的诗》与《幻想的诗》中。通过这些诗歌,我们可以清楚地感受到诗人正沉醉于身体凝思而体验重返自然的愉悦。譬如在《致云雀》中,云雀是"童心"投射下的自然之物,它能源源不断地带给生活快乐的启示。诗人用饱含渴望的语气极力赞美了云雀的自由快乐,通过反复吟唱,强调对自由幸福的向往:

　　　　快乐的生灵!你豪情激越,
　　　　似高山洪水,滔滔奔泻,
　　　　纵情歌颂着万能的主宰;

---

① 华兹华斯:《华兹华斯诗歌精选》,杨德豫译,太原:北岳文艺出版社,2000年,第250页。

愿欢乐与你, 也与我同在!

唉! 我的征途坎坷而迂回,

一路上尘沙满目, 荆棘遍野;

然而, 只要听到你, 或你的同类

来自天廷 (庭) 的自由愉快的仙乐,

我也就知足了, 又奋力向前跋涉,

期待着生命终结后更高的欢乐。[1]

在西方, 云雀是"欢乐与自由"的象征, 它的歌声婉转动人, 深受诗人等一众艺术家的青睐。莎士比亚将思念情人时的某种瞬间情绪, 比作云雀破晓飞翔, 雪莱借助云雀的形象, 挥洒出崇高的美学理想和精神境界。在此诗中, 诗人于世间辛苦跋涉, 他已经感到力倦神疲, 可每当看到飞翔的云雀之时, 总能感受到狂欢极乐的气氛。诗歌中的云雀被神化, 它来自天国, 拥有仙灵的翅膀, 而诗行凸显的主体是诗人本身, 整首诗歌成了诗人对云雀的倾诉。相对于云雀的形象, 我们在此更能看到的是诗人的情感空间。云雀不是诗人偶尔邂逅的, 而是在平静的状态下, "童心"所激发的幻象。它的歌声, 启发了诗人, 袅袅余音, 不绝于耳, 这是来自天庭的仙乐, 诗人于幻想中感受到鸟儿活力的痕迹, 身体与之产生共鸣。云雀作为童年的回忆而被"童心"所激发, 诗人在凝思中使云雀成为活着的精灵, 使其成为坎坷现实的愉悦之源。无论是云雀、杜鹃抑或是蝴蝶等童年相伴的动物, 诗人皆亲切地唤它们"来自天廷 (庭) 的自由愉快的仙乐"。既然诗人认为儿童是刚从天庭降临凡间的天使, 这些动物亦是"天庭的仙乐", 它们显然便是"童心"的对应物。换言之, 鸟儿并非只是他者, 它与诗人身体及其世界存在着先验的统一。诗人在身体凝思中品味"童心"的财富, 感受到亲近自然之物所产生的愉悦, 亦弥合了情理二元论带给精神的矛盾与分裂。

其二, "童心"介入诗人深层的"灵视", 使其更纯粹地感受自然给予人的庄严感, 实现对人类普遍的爱。"童心"调控我们体验人间、体验自然的内在方

---

① 华兹华斯:《华兹华斯诗歌精选》, 杨德豫译, 太原: 北岳文艺出版社, 2000年, 第79页。

式，身体的返璞归真搭建了人类精神与自然精神一致性的桥梁。生命源于自然的馈赠，存在的一切皆是生命的恩情。在更高层面的自然化身体中，诗人将人间悲情升华，实现从"爱自然"转向"爱人类"，从而坚定在世的理想，获得精神的救赎。

从华兹华斯的作品中我们可以发现，一方面，他沉醉于直接歌颂大自然中的美好之物，另一方面，他却似乎醉心于人间悲苦。如在《坎伯兰的老乞丐》《坚毅与自立》以及《序曲》中的一些篇章中，多处可见诗人极力描写悲情人物、事物，但从表面看来并没有直观地表达同情。对此，新历史主义者表示质疑，很多学者不满于华兹华斯对人间苦难的漠视，认为他对穷苦百姓表现出消遣的态度，这是一种文化剥削。如大卫·费里（David Ferry）认为华兹华斯"对于人们尽心于日常生活职能的行为抱有敌意"①，他举例说明华兹华斯无感于成人世界的社会生活。丁宏为亦在《理念与悲曲：华兹华斯后革命之变》中指出："华兹华斯的艺术成熟之路可谓取道艰难，先是经过与激进共和政治的痛苦决裂，后又弃别葛德汶式的自由派思维，终凭'决心'与'自主'而坚决转向那些荒废的农舍、那些康伯兰地区的牧人和乞丐，当然——似乎表面上不合逻辑地——也转向人的心灵（mind）。"②他认为华兹华斯专注于悲情的现象是大革命的产物，悲情中的甘美是他后革命心灵的食粮，对心灵有着治愈与复原的作用。不过，以生态批评的视域观之，华兹华斯所谓的"心灵"治愈方式与此截然不同，诗人更未将"人间疾苦"作为心灵食粮，对此，我们可以从"童心"与自然的角度进行重读。

浪漫主义以情感和想象来反叛理性思维，正如布莱克强调"灵视"，华兹华斯亦强调用灵视看到事物。布拉德雷（A. C. Bradley）指出华兹华斯"不再将目光向身外看，而是时时关注自我的心灵如何在平凡的事物中顿时显出无穷的力量和意义"③。华兹华斯对悲情的人、事、物，并没有"脚踏实地"地描写，而是将灵视的光辉笼罩。在华兹华斯的自然世界中，他所看到的万物皆具别样的光

---

① Ferry, David. *The Limits of Mortality: An Essay on Wordsworth's Major Poems.* Middletown Conn.: Wesleyan UP, 1959, p.53.

② 丁宏为：《理念与悲曲：华兹华斯后革命之变》，北京：北京大学出版社，2002年，第16页。

③ 苏文菁：《华兹华斯诗学》，北京：社会科学文献出版社，2000年，第278页。

辉，他们都显现着自然的神性。欧洲启蒙运动的发展弊端是对工具理性的过度依赖，这将排斥美学思维，使世界祛魅，而以华兹华斯为代表的浪漫派则用诗歌唱响大地之歌，使世界复魅。处于朴实、纯粹状态的悲情物象是作为大自然中的角色而存在的，诗人断不会用一种漠视跟消遣的心态面对它们，那么儿童式的灵视或"童心"具体是如何解读这种悲情的呢？

对于华兹华斯而言，童年记忆不仅仅是留在心中的经验之印，更是抽走具体形式而保留下来的充满自然之神性的精神品格，这是"童心"得以构成的基础。记忆触发"童心"，使自我迈向自然，即达到身体的自然，诗人写道："往日重返，似能再现生命的曙光。"在童年记忆的基础作用下，诗人面对一些事物或环境时便开始散发想象的光芒，对此他提出"时间之点"（spots of time）[①] 的概念。其实，华兹华斯的灵视过程可以做如下分析：主体面对特殊物象而到达"时间之点"，身体开启了返璞归真的旅程，开始对这些特殊物象进行直觉式的交流与解读，"童心"作为诗人"心灵"的主要追求形式以其重要的影响力参与了这个过程，换言之，诗人以身体的自然去解读这些物象。他曾在《序曲》中写道：

> 当他纤弱的小手指向
> 一朵鲜花，虽无力采撷，但他从
> 人间最纯的爱泉中汲取的爱意
> 会使那花朵更加清妍；他内心的
> 温慈已经泼洒出同情，洒向
> 四周一切不堪入目的事物，
> 抚慰那些暴力与损害的伤痛。
> 虽然这个弱小的生命尚在
> 襁褓之中，但显然已与生机盎然的
> 宇宙结下患难与共的友情，

---

① 出自诗句"在我们的生命过程中，有一些瞬间，/它们以超卓的清晰，保有复元的/功效"，这里的"瞬间"（spots of time），通常又被翻译成"时间之点"或"时光瞬间"。"时间之点"是华兹华斯提出的一个重要的诗学概念，通常认为它展示了记忆对于感性经验的重塑作用。引文出自华兹华斯：《序曲或一位诗人心灵的成长》，丁宏为译，北京：中国对外翻译出版公司，1999年，第318页。

因为情感给予他力量，随着

感知功能的成熟，使他的心灵

具有创造力，犹如那伟大灵智的

代理；它与感知的世界相互

协同，不只是感受，也在创造——

这就是我们人类生命之初的

诗的灵性……①

　　在华兹华斯看来，儿童生来与世界为善，代表着人对自然万物最为温柔的心态。诗人对悲情的人、事、物的注意，并不是想从社会政治或者经济生活的角度摆出立场态度，而是体现了一种实在生活之外的超验精神，甚至体现了他为达成生命共同体而做的努力。殷企平指出，"他在提倡人与人之间的沟通时，往往会考虑这些沟通的基石，如人的心智培育，而心智的培育必然会涉及个人独思、反思的场景，尤其是从大自然汲取养料、灵感和启迪的场景"②。灵视悲情的场景实则是对从大自然中汲取启迪的描绘，而悲情本身并非心灵的食粮，诗人自然化的身体反刍才是；质言之，"童心"有着抚慰伤痛的力量，诗人在建构身体的自然化中联结了周遭的悲情生命体。不言而喻，诗人并不是一位"旁边的沉思者"，他坚信人在生命之初就有和宇宙患难与共的情结。贝特在《大地之歌》中指出："浪漫主义认为语言使我们与自然分离，而诗人同时构建了一种特殊的语言，这种语言将成为这座牢笼之窗。"③在渴望重现儿童心境、模拟儿童式情绪意识的心灵形式之下，诗人呼唤追溯"人类生命之初的诗的灵性"，而诗性感受能弥合人与自然的分裂，即达到身体本身的自然。华兹华斯用诗歌表现自己为自然之子，并用儿童直觉式的智慧注视悲情、感受悲情。

　　的确，对于悲情的这种沉醉，华兹华斯怀着骄傲在《序曲》第十三卷中写道：

---

① 华兹华斯：《序曲或一位诗人心灵的成长》，丁宏为译，北京：中国对外翻译出版公司，1999年，第40页。

② 殷企平：《华兹华斯笔下的深度共同体》，载《杭州师范大学学报（社会科学版）》2015年第4期，第79页。

③ Bate, Jonathan. *The Song of the Earth*. New York: Harvard University Press, 2000, p.47.

　　　　从他们的内心，我可

　　　　择取悲伤或痛苦的亲情，但悲伤

　　　　成为乐事，痛苦也不会折磨

　　　　听众，因为悲痛中闪烁着光辉，

　　　　再现人类与人性的荣耀。我将

　　　　大胆地追随知识，阔步前行。

　　　　敢于踏上这神圣的境地，这是

　　　　我的骄傲：因为我讲的不是

　　　　梦幻，而是天启神谕般的事情，①

　　　　……

　　由此可见，诗人并不以接受痛苦为前提来看待"悲伤或者痛苦"，相反，他认为悲痛中闪烁着人性的荣耀，体现出在神性自然注视下的人性存在感与尊严感。正如托马斯·麦克法伦（Thomas McFarland）在《威廉·华兹华斯：烈度与成就》中所评论的，"他能够把人类个体的不幸提升至人间生活的普遍状况这一高度"②。从个别的不幸事件中，华兹华斯用一种近乎宗教的形式，即依靠"童心"的身体反刍，来再次感受神性的启示，将个人身体融入宇宙的神性概念中，因而他用一种患难与共的气度来感受悲曲中的人性美。并且，诗人骄傲自己拥有理解天启神谕的能力，将此作为一种人生的坚持。

　　再回到华兹华斯备受争议的《坎伯兰的老乞丐》一诗，评论家批判他对穷人疾苦的视而不见，而哈罗德·布鲁姆却认为："《康柏兰的老乞丐》《荒屋》《迈克尔》以及华兹华斯其他描写英国下层百姓苦难的诗篇都是浸透着同情与深刻情感的杰作，惟有浅薄的意识形态家才会以政治理由抵制它们。"③布鲁姆的看法不无道理，此诗显然体现的是诗人神秘而高尚的视角，以及对悲情特有的理解。诗人写道：

---

①　华兹华斯：《序曲或一位诗人心灵的成长》，丁宏为译，北京：中国对外翻译出版公司，1999年，第336页。

②　McFarland, Thomas. *William Wordsworth:Intensity and Achievement* . Oxford: Clarendon, 1992, p.17.

③　哈罗德·布鲁姆：《西方正典》，江宁康译，南京：译林出版社，2011年，第195—196页。

可别认为

他是世界的负担！自然法则是：

上帝创造的万物，不管多低贱，

形象多卑下、野蛮，即使最讨厌、

最蠢的，都不会完全与善无缘——

任何形式的存在，都会同一种

善的精神和意向，同一个生命

和灵魂不可分离地联在一起。

所以尽可以放心，生来有仰望

上苍之眼和不凡面容的人们，

只要保得清白，再落魄也不会

沉沦到遭受鄙视的地步；只要

不冒犯上帝，就不会永遭驱逐；①

……

    显然，诗人完全没有漠视或者用消遣的眼光看待老乞丐，他认为大自然中的万物都是上帝—神性自然所创造的，并且带着善的精神降临人世。在他看来，老乞丐不仅不是世界的负担，反而以不凡的面容与姿态显示着善，显示着自然的光辉，给人尊严感。"岁月的/流逝既给人半是智慧、经验的/东西，也使得心灵的感觉迟钝，/逐步而绝无例外地变得自私、/冷漠，变得什么事都不在心上"②，诗人凭着"童心"，带着善意去灵视老乞丐不凡面容下的光辉，他写道，"还是让他带着/上天的仁慈法则赋予他的善，/四处漂泊吧：只要他一息尚存，/让他依然促使没文化的村民/去对人好心照料，去细细思考"③。此外，诗人提到，"在童稚时代也从这孤独的人/或类似流浪者身上偶尔受到/……同情、思索的第一次轻轻叩击"④，无论是儿童还是这类在自然中孤独的悲情人物，华兹华斯认为这

---

① 华兹华斯：《华兹华斯抒情诗选》，黄杲炘译，上海：上海文艺出版社，2000年，第15页。
② 华兹华斯：《华兹华斯抒情诗选》，黄杲炘译，上海：上海文艺出版社，2000年，第16页。
③ 华兹华斯：《华兹华斯抒情诗选》，黄杲炘译，上海：上海文艺出版社，2000年，第19页。
④ 华兹华斯：《华兹华斯抒情诗选》，黄杲炘译，上海：上海文艺出版社，2000年，第16—17页。

些皆带有自然的神性，换言之他们体现了身体的自然化。诗人对他们的理解不是同情之悲伤与痛苦，更不是漠视与消遣，而是对一种普遍的人间尊严的解读。这种悲情下的尊严不似西西弗斯反抗式的凝重，它强调的是在皈依大地的神性中产生和谐。

回归大地，追寻不朽（immortality），华兹华斯假定以"童心"的方式去实现。诗人在《永生颂》当中感慨大地荣光的黯然褪色，这是童心的逝去，亦是人与自然的疏离。面对现实世界接踵而至的人间悲情，诗人却吐露以下心声：

> 我们却无需悲痛，往昔的影响
> 仍有留存，要从中汲取力量；
> 留存于早岁萌生的同情心——
> 它既已萌生，便永难消泯；
> 留存于抚慰心灵的思想——
> 它源于人类的苦难创伤；
> 留存于洞察死生的信念——
> 它来自富于哲理启示的童年。[①]

华兹华斯主张以孩童般天然地亲近自然，追求一种如人类鸿蒙未启之时与自然的诗性融合，他引导我们在人类苦难创伤中洞察生死的哲理。其实，诗人已然得出结论：我们无需悲痛，童年早已给予我们同情与抚慰的力量，我们可以从生命之初汲取力量。"童心"指涉着身体的自然化，这一理念的本质是复归其根，将个体与人间放置于宏大的自然循环之中，将苦难视为生命体转化的常态与契机，诗人也就于生命共同体的自然进程中实现了自我与他人患难与共的友情。尽管在华兹华斯诗学话语中，我们以"神性"来表述自然被其尊崇的高度，然而，华兹华斯所设定的童年力量是本初身体的回归，因此，它所面向的是实实在在的大地，也即在回归大地中成就不朽，获得永生，这实则是对生态圈也即生态关系的信赖，是一种生态式的大爱。

华兹华斯在九行小诗《彩虹》中写道："儿童乃是成人的父亲；/我可以指

---

① 华兹华斯：《华兹华斯诗歌精选》，杨德豫译，太原：北岳文艺出版社，2000年，第251页。

望：我一世光阴/自始至终贯穿着对天然的孝敬。"①依笔者之见，"彩虹"即神性自然的象征，波茨（Abbie Findlay Potts）认为华兹华斯的《彩虹》和《不朽颂》深受斯宾塞的一些赞美诗和弥尔顿的《失乐园》的影响，"亚当和夏娃通过诺亚，将彩虹视为一种新的契约，华兹华斯也发现一种能实现自我再生目标的象征物"②。这种象征物即"彩虹"，也是"童心"显现的象征物。诗人希望在"彩虹"的启示下，产生对自然或是本真的虔敬（natural piety），也即复原"童心"，实现身体的反刍，并以此感受万物的尊严。

第三节　地方与身体统一

英国浪漫主义诗人热衷于地理书写，但不同于拜伦、雪莱、柯勒律治对于东方异域世界的热情，华兹华斯却以书写地方景色、地方生活为个人标签。生态批评语境中的地方与自然概念作何区别，与身体又有何内在联系？对此，斯普瑞特奈克提到：

> 所谓"身体"，我指的是统一的身心；所谓的"自然"，我指的不是科学上的理论体系或文化中所感知到的胁迫恐惧，而是我们的物理环境，它与我们的身体密不可分；所谓"地方"，我指的是生物区域，是社区和个人得以舒展的物理场所。③

实际上，西方现代环境主义中的"地方"（place）不同于一般的地理性处所，或是空间（space），它是人的感知价值中心，与人的生活密切相关。地方需要占据一处地理性的自然土地，不过，它与通常意义上的大自然不同，地方是人与自然紧密联系、相互依存而形成的，它带有强烈的身体色彩，地方的形成

---

① 华兹华斯：《华兹华斯诗歌精选》，杨德豫译，太原：北岳文艺出版社，2000年，第2页。

② Potts, Findlay. "The Spenserian and Miltonic Influence in Wordsworth's 'Ode and Rainbow'," *Studies in Philology*, 1932(29): 613.

③ 斯普瑞特奈克：《真实之复兴：极度现代的世界中的身体、自然和地方》，张妮妮译，北京：中央编译出版社，2001年，第4—5页。

意味着身体的栖居。国内学者王晓华在《身体、地方意识与生态批评》一文中指出，"身体与地方的关系绝非偶然的联结，相反，这些关系就是他自身，就是他的个性、身份、'本质'，因此，珍视身体意味着关心他生长和栖居的地方"[①]。的确，一方自然土地如若要成为地方，身体便得全面并紧密参与其中，身体的参与不仅仅意味着生理层面对于物质自然的依赖，更意味着情感与文化的建立。地方也因此成为审视自我身份与存在意义的重要指标。

再观华兹华斯的诗歌，他将自然神性化，且以身体自然化的方式反刍自我，那么，他笔下的大多富有地方色彩的实体景物描写又该如何体现他的自然哲学？

学界对华兹华斯的风景诗歌已有较多探讨，一部分学者认为，受如画美学（picturesque）的影响，华兹华斯常常以旁观者的身份出现，而不是真实场景的参与者，如司各特·赫斯（Scott Hess）在《华兹华斯与作者的生态学：十九世纪文化中的环境主义根源》（*William Wordsworth and the Ecology of Authorship: The Roots of Environmentalism in Nineteenth-Century Culture*）中指出华兹华斯往往在诗歌中框定风景构图，以从环境中脱离出来的观者视角来框定自然。[②]在时代风尚下，如画视野确实深刻地影响了诗人的景物描绘结构，他精挑细选，组织风景，以完善构图效果的呈现，如《丁登寺》等诗篇。但依笔者见解，华兹华斯强调身体与自然的交流（见本章第一节），仅凭诗人描绘了如画模式的图画结构便割裂诗人与景物，实则严重忽视了华兹华斯诗歌中的地方形成。华兹华斯并非沉醉于自然的表面色调，他对纯粹视觉性的愉悦持摒弃态度，曾轻蔑地把吉尔平所谓的"视觉主义的胜利"称为"眼睛的专利"（the tyranny of the eye）[③]。较之于视觉，华兹华斯更钟情于将内在的、反思性的审美体验倾注于诗行，尤见浓郁的地方情感，这也促成了第三重自然的呈现。华兹华斯诗歌中的第三重自然，即外在自然，关于它的描写有着强烈的身体参与度。他塑造的不

---

① 王晓华：《身体、地方意识与生态批评》，载《江苏大学学报（社会科学版）》2014年第1期，第22页。

② Hess, Scott. *William Wordsworth and the Ecology of Authorship: The Roots of Environmentalism in Nineteenth-Century Culture*. Charlottesville: Virginia UP, 2012, p.22.

③ 马尔科姆·安德鲁斯：《寻找如画美：英国的风景美学与旅游，1760—1800》，张箭飞、韦照周译，南京：译林出版社，2014年，第73页。

是一种纯粹的视觉模式结构，而是通过身体介入的实体自然描绘，打开有机、动态的世界，追问人性与土地的统一问题。

英格兰西北湖区因星罗棋布的湖泊而闻名，华兹华斯大量以此为题材的诗歌与他的《湖区指南》推动了人们对湖区的审美潮流。事实上，湖区还是英格兰的山区之一，高山峡谷与溪流湖泊环绕相拥，华兹华斯在诗歌中不单单描绘了湖泊的情影，更展现了人与自然景观间的地方情结。关于地方的诗作主要分为三类：《迈克尔》《毁塌的茅舍》《坎伯兰的老乞丐》等刻画了贫苦底层百姓对地方的依赖；《露西》组诗勾勒了至纯至美的姑娘，她与地方化为一体；《序曲》中留下了诗人自己的湖区故事，包括一系列"为地方命名"的诗歌，诗人以自传的形式表达对地方的情感。

以《迈克尔》为例，该诗的主要背景在格拉斯米尔山谷（Grasmere Valley），是湖区中的一处谷地。诗中提到的格林赫吉尔（Green-head Ghyll），是山谷中的一条小溪。诗人开门见山地写道：

> 要是你离开大路，沿着那一条
> 喧闹的山溪——"格林赫吉尔"走上去，
> 你就会猜测：前边的山径很陡，
> 要辛苦攀登，而在攀登的路上
> 就只有荒山野岭立在你面前。
> 别泄气！你瞧，那喋喋的溪水四周，
> 群山已经敞开了它们的怀抱，[①]
> ……

小路崎岖，荒山野岭作为前景陡然立于眼前，诗人的描绘符合如画美学，但同时也是身体式的，自然景物的降临以身体为尺度，逐步展开：离开大路，沿溪而上，攀登于陡峭的山径，人便逐渐被包裹在群山的怀抱中。这是迈克尔的谷地，也是诗人自身隐居处的谷地，从这段以身体为尺度，动态呈现风景的描写可见，华兹华斯对此地甚是熟悉。在此，地方首先作为身体的地理空间而

---

① 华兹华斯：《华兹华斯诗歌精选》，杨德豫译，太原：北岳文艺出版社，2000年，第54页。

铺开一个世界。

生活经验使得地方超越一般意义上的地理空间，身体在时间宽度中自觉获取对于地方的熟悉感，并逐步积累对地方的敏锐性，这种敏锐性是超越理智意识的。

牧羊人迈克尔生活于此地，活过八十个年头，诗人叙写道，"谁要是猜想，这里的青山、翠谷、/溪流、岩石，都与牧羊人的心境/漠不相关，那可就大错特错了。/这原野，他常在这里畅快地呼吸；/这山岭，他曾多少次健步攀登"①。在这一方土地，迈克尔熟谙一切自然环境，这种熟悉建立在身体与环境长期的紧密依存中。青山翠谷、草木溪石，与牧羊人的呼吸、心境息息相关。人对于地方的亲切经验似乎难以用词语和图像形容，事实上，身体在与地方的长期深刻接触中形成了肢体层面的感觉复合体，地方的特点亦往往"包括了我们从眼角余光中所看到的东西和我们身后几乎冰冷的阳光的感觉"②。

地方还铭刻着迈克尔的生活情感。生活事件是人与地方产生亲切经验的核心要素，它彻底加深了无意识领域的人与地方的融合。地方可以平淡无奇，毫无历史底蕴，又甚至人们或许察觉不到瞬间的亲切感，可时间累积起家庭与公共活动的记忆，连同这方土地存在扎根于个体。地方感是个性化的，是整个人生不可或缺的成分。诗人接着写道：

> 这些熟悉的老地方，把多少往事
> （他的辛劳和艰险，本领和胆量，
> 欢乐和忧愁）铭刻在他的心底；
> 这些老地方，像书本一样，记录着
> 那一群哑巴畜生的经历——它们
> 他喂过，掩护过，风暴里多次抢救过，③
> ……

---

① 华兹华斯：《华兹华斯诗歌精选》，杨德豫译，太原：北岳文艺出版社，2000年，第56页。
② 华兹华斯：《华兹华斯诗歌精选》，杨德豫译，太原：北岳文艺出版社，2000年，第56页。
③ 段义孚：《空间与地方：经验的视角》，王志标译，北京：中国人民大学出版社，2017年，第120页。

对于迈克尔来说，身体与地方浑然一体，与地方的情感便是生活本身，山谷、原野"已经牢牢执掌了他的心灵；/他对它们的热爱，几乎是盲目的，/却又是愉悦的，是生活本身的愉悦"①。这方土地还关联着迈克尔的在世人情。老汉牧羊，老伴纺织，两人粗茶淡饭，勤劳质朴地操持生活，作为迈克尔的老来子，路克更是两人情感的寄托。路克讲述他的父母亲，"在这块地方/他们过了一辈子，祖宗、老祖宗/也全是这样，日子一到，都乐意/把身子交给祖传的坟山"②。迈克尔的在世亲情建立在这方土地上，不仅如此，作为牧羊人，祖辈以来世世代代生活在此，他们对土地的强烈归属感已提升到了信仰层面。如段义孚所言，"祖先崇拜处于惯例的核心。通过这种连续性的历史感而非借助于在超自然宗教和普世宗教中提出的永恒价值可以实现人们的安全感"③。过去感或家族感，与地方合二为一，迈克尔在这种恋地情结中获得归属。

因此，对于迈克尔而言，他对地方的依恋是超越智性意识的，又是难以割裂的。在牧羊人的潜意识或无意识中，这片自然土地已成为身体的一部分，或曰其身体的延展，他的呼吸抑或是他的情感信仰，皆与地方血脉相连。故而，当祸事突如其来，祖传的土地被迫抵债，年迈的牧羊人遭遇了强烈的精神打击。于他而言，土地蒙受着上帝的阳光雨露，养育了自己的生活，他自责道，"咱们那块地/要是落到了外人手里，往后，/我就是入了土，在土地也睡不安稳"④。于是，他将希望寄托于儿子路克身上，希望他离开故土去学做生意，以攒下钱来保住土地。然而事与愿违，路克在城市的泥淖中迷失自己，做尽丑事而逃向海外。失去土地与儿子的双重打击使得牧羊人彻底失去存在的希望，不久于人世，诗人刻画了这样的场景："尽管这老汉到了羊栏工地，/却不曾在那上边垒一块石头。"⑤牧羊人与格拉斯米尔山谷连为一体，而这种联结是缺乏主观意识的，它遵从着"古老的自然法则"，体现人类原初的恋地情结，当扎根在地方的情感受到强力的冲击，正如身体或存在本身遭受切割一样。社会变更必然带来这样的冲

---

① 华兹华斯：《华兹华斯诗歌精选》，杨德豫译，太原：北岳文艺出版社，2000年，第56页。

② 华兹华斯：《华兹华斯诗歌精选》，杨德豫译，太原：北岳文艺出版社，2000年，第66页。

③ 段义孚：《空间与地方：经验的视角》，王志标译，北京：中国人民大学出版社，2017年，第125页。

④ 华兹华斯：《华兹华斯诗歌精选》，杨德豫译，太原：北岳文艺出版社，2000年，第62页。

⑤ 华兹华斯：《华兹华斯诗歌精选》，杨德豫译，太原：北岳文艺出版社，2000年，第70页。

击，从爱自然转向爱人类，华兹华斯实践着他关于"人，人的心灵和人的生活"的思考，牧羊人的故事是其关于地方态度复杂而微妙的表达。

贝特在《浪漫生态学：华兹华斯与环境传统》中提到，"与城市里那些不知名的面孔形成鲜明对比的是，在格拉斯米尔一年一度的集市上聚集的是一个小家庭。唯一的族长就是这座山本身。格拉斯米尔山谷被想象成一种视像下的共和国"[1]。他认为华兹华斯将对格拉斯米尔山谷的想象与共和主义政治理想结合起来，将它构想成一种理想社会或团体组织。农耕生活，与自然融为一体的原始法则，随着工业化的发展而发生变化，这令诗人感到极其不舒服，他在《湖区指南》中亦有表达，然而，迈克尔的悲剧结局似乎表露了诗人的无奈。华兹华斯通过牧羊人等故事表达了对底层人民无意识状态下农耕式地方情结的观照，在《序曲》的一些篇章及"为地方命名"的诗歌中则体现了他本人对于地方栖居式的审视。

譬如，同样以格拉斯米尔山谷为背景，华兹华斯在《家住格拉斯米尔》中有着动人的描绘：

> 群山，拥抱我，将我围绕，
> 清新开阔的白天，我感受着
> 你的守护。我会将它带进心房，
> 就像夜晚的庄严。
> 我愿说出你的美，
> 温和，柔软，艳丽，优美。
> 亲爱的山谷，你脸庞的微笑，
> 平和又喜悦。你是那么快乐，
> 有着草木葱茏的峭壁。而那湖泊，
> 湖岸蜿蜒，小岛蔓绿。
> 小小岩石堆成小丘，
> 山石筑成村舍教堂，

---

[1]　Bate, Jonathan. *Romantic Ecology: Wordsworth and the Environmental Tradition.* London: Routledge, 1991, p.21.

> 犹如繁星，但大都茕茕孑立，
>
> 明灭微闪，朦胧羞怯，
>
> 或惊鸿一瞥，
>
> 如同星星穿梭云间。[①]

在此诗中，地方景观与诗人的内心感受紧密地联结在一起。"拥抱"（embrace）、"守护"（guardianship）表达了诗人身心融入地方所获的归属感。在诗人的描绘下，群山在微笑，山中的岩石与素朴的建筑会羞怯。于此，浪漫主义式的"情感误置"中实则表现了诗人与地方的融合，而这种融合不同于诗人笔下的牧羊人，它浸润着个体强烈的自我意识。在人地合一的关系中，地方会将物质特点或文化印记铭刻于身体，那么反过来，身体亦可能主动将自我情感介入地方，以艺术的形式描绘原本难以名状的经验领域便是主要表现，这亦往往发生在诗人身上。牧羊人或许无法深刻意识自我与地方的关系，更难以表达亲切经验，诗人却作为地方的命名者为其讴歌。

面对山谷，华兹华斯不禁表白，"我愿说出你的美，/温和，柔软，艳丽，优美"。牧羊人热爱故土，却没有表达的冲动，更无法说出山谷之美。从存在主义的角度看，海德格尔认为语言是存在的家园，诗人深刻地意识到时代的贫乏而用诗歌"改变了对敞开的分离，而且内在地将其不健全性召唤进健全的整体"[②]，也即，他认为诗歌言说了真理，这种言说本身即栖居。故而，"情感误置"式的描绘可谓浪漫主义诗人的本色展现，它体现了诗人所寻求的栖居方式，其背后正是工业时代人与土地的疏离。可见，诗人依靠诗歌语言而展现了与地方的一种特殊关系，它象征着诗意与栖居。贝特在《浪漫生态学：华兹华斯与环

---

① 笔者自译，原文为：Embrace me then, ye Hills, and close me in;/Now in the clear and open day I feel/Your guardianship; I take it to my heart;/ 'Tis like the solemn shelter of the night./But I would call thee beautiful, for mild,/And soft, and gay, and beautiful thou art/Dear Valley, having in thy face a smile/Though peaceful, full of gladness. Thou art pleased,/Pleased with thy crags and woody steeps, thy Lake,/Its one green island and its winding shores;/The multitude of little rocky hills,/Thy Church and cottages of mountain stone/Clustered like stars some few, but single most,/And lurking dimly in their shy retreats,/Or glancing at each other cheerful looks/Like separated stars with clouds between. 引自 Wordsworth, William. *The Complete Poetical Works of William Wordsworth*, London: Macmillan and Co., 1888.

② 海德格尔：《诗·语言·思》，彭富春译，北京：文化艺术出版社，1991年，第128页。

境传统》中将此解释为"命名"①，也即强调诗人的自我意识去协调身体介入地方于认知程度上的张力。事实上，"为地方命名"组诗及华兹华斯自传性的地方描绘，体现了诗人为找到身体的栖居地而寻求外在的、物质性的自然化身，即地方。他在语言中处理自我与地方，协调工业时代带给身体与自然的割裂，这显然不是如画美潮流的简单实践，而是诗人生态地思考身体与自然和谐统一的言说。

华兹华斯在《露西》组诗中进一步将自我的地方情结进行了精神式的升华，他借"露西"这一理想中的形象，传达了更为深层的、纯粹的、抽象的地方情结，实现了身体与地方向自然的精神化统一。

《露西》组诗共有五首，华兹华斯用通俗的语言和迂回的韵律勾勒了一位成长于自然的女孩。她住于英格兰达夫河（Dove）源头，超脱世俗而又富有山野意味，诗人形容她"像长满青苔的岩石边上/紫罗兰隐约半现"②。露西生长于远离城市的地方，与当地的大自然融为一体，诗人写道，"流云会给她轻柔的姿态；/垂柳会为她把枝条摇摆"③。地方的自然景观完全融入露西的躯体，与牧羊人等角色不同的是，露西是超越现实的，超越人间的，她生于斯，长于斯，甚至死后依然融入地方中的大自然。露西最终的结局是"天天和岩石树木一起，/随地球旋转运行"④，可见诗人寻幽探微，将永生的哲思融入关于地方的诗歌当中。华兹华斯曾在《论墓志铭》中指出，若非人们心中存在着对永生的渴望，便不会渴望活于他人的记忆中，仅仅是出于爱与友善都不会使墓志铭产生。⑤根据华兹华斯的考察，墓志铭或许是用文字记录的诗歌的最早形式，它与墓碑一样，

① 贝特将自我意识与"地方"的关系分为"熟语""命名""记录"。素朴地、无意识地生活，这与贝特所说的"熟语"相对应。有一部分人扎根于地方，他们熟知本地的一草一木、一花一鸟，他们在这方土地也从不借助地图，但他们并没有去表达自己与地方情感的强烈念头，并不会有意识地去观察或思考自己与地方的联系，甚至去记录这草木花鸟。与之相反的第二种方式便对应贝特所说的"记录"。至于"命名"，贝特认为它处于"熟语"与"记录"两种方式之间，是协调"素朴生活"与"自主记录"之间的张力。参见Bate, Jonathan. *Romantic Ecology: Wordsworth and the Environmental Tradition*. London: Routledge, 1991, p.87.
② 华兹华斯：《华兹华斯诗歌精选》，杨德豫译，太原：北岳文艺出版社，2000年，第27页。
③ 华兹华斯：《华兹华斯诗歌精选》，杨德豫译，太原：北岳文艺出版社，2000年，第92页。
④ 华兹华斯：《华兹华斯诗歌精选》，杨德豫译，太原：北岳文艺出版社，2000年，第93页。
⑤ 参见苏文菁：《华兹华斯诗学》，北京：社会科学文献出版社，2000年，第307页。

皆倾注了人们对不朽的渴求。① 故而，华兹华斯其实意识到，人们对永生的追求，不是纯粹指向天国，而是将身体扎根土地，与地方不可分割。露西融入自然并获得永生，终将表现为，即使走完生命，也依然融入地方，如同岩石树木。落叶归根，尊崇土地，并用诗歌来成全肉身的不朽，华兹华斯在露西的故事中倾注了对地方的这一层期许。诗人不仅是历史的记载者，亦是地理的勘探者，他揭开了地方于人的本体论意义。

再进一步探究，露西可谓是一种理想的地方情结的化身，就如哈特曼所言："露西在世时，是一个守护精灵，不单单是对一个地方，而是整个英格兰的守护精灵，你在英国火炉旁、小树林中，都能遇见她，而当露西去世，整个自然都成了她的墓碑。"② 对于华兹华斯而言，露西是与自然世界完美统一的象征，诗人赋予她人形身体，实际上，她代表的是地方本身，诗人把对故乡的情结幻化为露西这一女孩形象。他亦在《露西》组诗中写道，"我曾在陌生人中间做客，在那遥远的海外；/英格兰！那时，我才懂得/我对你多么热爱"③，"在你的山岳中，我才获得/称心如意的安恬"④。因此，露西的形象不仅与自然融为一体，也与英格兰融为一体，诗人失去露西是自我成长的必然经历，这种失去包括身体本身的去自然化，即儿童向成人的蜕变，亦包括与故乡的疏离，甚至地域环境的变更。对此，华兹华斯借"露西"表达了缅怀与追溯，在诗人的纯粹地方情结中，地方、自然、身体三者化为一体。

故而，华兹华斯对于外在的自然描写往往浸润着浓厚的地方情结，它是切身的、饱含情感的，且蕴含着普遍的关怀。地方是华兹华斯诗歌中无法忽略的一个视点，也是诗人神性自然观面向大地的具体化身，他将自然神化，却又依恋着具体的、客观存在的地方，在栖居中寻求与自然的身心融合。机体面向大地便要筑造家园，地方是身体的原初性呼唤，对于普通个体而言，地方是身体

---

① 华兹华斯指出墓志铭由预感永生发展而来，最早可追溯到诗人利诺斯（古希腊神话中哀悼的化身）。利诺斯被杀后，一些学者写诗悼念他，诗文被称为欧里那（Oelina），这些诗文在其葬礼上咏唱，然后刻于墓碑，后被称为厄披塔菲亚（Epitaphia）。参见苏文菁：《华兹华斯诗学》，北京：社会科学文献出版社，2000年，第307页。

② Hartman,Geoffrey. *Beyond Formalism: Literary Essays 1958-1970.* New Haven: Yale UP, 1970, p.226.

③ 华兹华斯：《华兹华斯诗歌精选》，杨德豫译，太原：北岳文艺出版社，2000年，第28页。

④ 华兹华斯：《华兹华斯诗歌精选》，杨德豫译，太原：北岳文艺出版社，2000年，第28页。

的标签，对于诗人而言，身体亦可能构成地方的标签。尽管诗人在言说中表露了失去自然与故土的无奈，却依然以一种诗人的精神增强了人们对地方、对自然的忠诚与向往，对文明的反思与考量。

本章小结

华兹华斯诗歌中的自然既是观念性的，又是客观物质性的。在生态环境与社会文化的剧变下，现实割裂中的自然于诗人笔下得到回归。当身体话语介入，华兹华斯对自然的一切言说皆指向了对栖居的思考，也即身体在有机生态系统中的存在问题。

正如浪漫主义诗学语境中的"心灵"，华兹华斯笔下观念性或者神性的自然其实是诗人强烈情感的升华，观念不是静止的空虚，它卷入身体对自然的强烈感受之中，是"物我互渗"的结果，童年时期与自然的亲密接触是华兹华斯自然崇拜的个人内因。而书写或是表现"童心"，是其对自然的向往之情投射到身体本身的表现。这与老子将"复归于婴儿"作为人"法自然"的最高品格有着相通之处。他在建构身体的自然化中，以自然为尺度，联结了周遭的悲情身体，践行着从爱自然到爱人类的精神理想。加斯东·巴什拉提到，"有些时候，诗人创作的想象是如此深刻，如此自然，以致使人在不知不觉中又重新见到了孩童肉体的形象"[①]。诗的唱响，滥觞于自然与身体，天然雕琢的诗歌引领我们参与到原初的力量场，于物质本原中产生深度认知，使人仿佛复归童年，重拾"童心"。诗人唱响大地之歌，身体自然，本可谓诗人的天性，更有甚者，华兹华斯主动洞穿童年的真谛，将此作为信条使其诗进一步揭示自然的真理。

尽管华兹华斯把自然推崇至神性的高度，且融于自然始终与追寻永生交织在一起，但细究其诗，无论是关于人类个体，还是外在的自然，华兹华斯所号召的始终是面向大地，回归大地。这是对生态圈的信赖，是一种生态式的大爱。在海德格尔"天地人神"的四元体系中，大地的天性便是自我归闭与庇护，人

---

① 加斯东·巴什拉：《水与梦：论物质的想象》，顾嘉琛译，郑州：河南大学出版社，2017年，第15页。

作为短暂者停留在物与所在之中。短暂者何尝不是身体的代名词，人是肉身，是有限者。由于人是身体，那么无论是神性崇拜还是追求不朽，我们始终需要在大地的庇护中栖居，并终将消融于大地。于是便有了地方。地方概念本身就代表着身体与自然达到和谐的归一，在华兹华斯的诗歌中，地方是身体与外在自然实现融合的地理化身，诗人怀念故土如同怀念童年一样，皆融合在对自然的追溯中。关于地方的诗行生成了多重生态意义，最为直接的便是吟唱出人们对自然该有的忠诚，如海德格尔所说，"拯救大地远非是开发它甚至是耗尽它。拯救大地不是控制它征服它"①。

华兹华斯诗歌中三重自然的意义正是进行"绿色"思考的开端。无论是关于文学想象，还是实际生活体验，他都提供了一种栖居范式，成为生态文化的一个标签。生态问题，也是社会问题，在当下更为复杂的时代环境中，复归自然却是人类亘古不变的情结。"羁鸟恋旧林，池鱼思故渊"，如同陶渊明带给我们对归园田居的永恒向往，华兹华斯的自然诗歌亦将永远引领我们感悟山川沟壑的灵性，感悟生命体与大自然息息相关的古老法则。

---

① 海德格尔：《诗·语言·思》，彭富春译，北京：文化艺术出版社，1991年，第136页。

余　论

　　"诗人是世间未经公认的立法者"，雪莱如是说。诗人用诗歌立法，诗歌是人类的旋律，诗歌亦是大地之歌，诗歌隐藏了历史，诗歌也预言了未来。"诗"在古希腊语中为poiēsis，派生自动词poiein，意为"制作"。在二元文化传统中，诗歌通常被归在灵魂的疆域，然而，正如工匠制作器具依赖于身体，诗人作诗同样也是身体的制作，灵魂不过是物质身体与大地碰撞出的一丝火花。"制作"的过程亦是机体与周遭建立联系，构成生态有机系统的过程。人类作为"短暂者"，成为身体而存于世界，他从身体开始认识世界，也以身体参与生态系统，影响世界，因而关注环境问题必然意味着回归身体本身。生态批评致力于弥合人与物质自然在历史文化语境中的分离，身体话语的介入，恰恰克服了诗歌与物质环境于联结处言说的牵强。如本书在绪论中所回溯的，生态批评自其开始以来便与身体问题缱绻缠绕，而生态批评学者对身体这一实现人与自然关系的根本介质缺乏足够的研究，英国浪漫主义广博的生态内涵有待深入挖掘，正是基于这样的契合与研究现状，笔者从身体的角度阐释英国浪漫主义诗歌。

　　通过身体话语的介入，本书将英国浪漫主义诗学中的若干经典议题给予了较为全面的生态批评阐释。浪漫主义诗人所普遍强调的情感与想象，与当时生态环境之间的联系清晰呈现。从身体出发，诗人们对于当时环境的感受与表达具有多样性，换言之，我们研究诗歌与生态，可在身体的视角下关注到更为多样化的维度，浪漫主义生态学不仅仅通过华兹华斯式的自然书写而体现。浪漫主义深陷情感与想象，亦非与热爱物质存在的大自然相矛盾，对于想象的沉迷亦非代表对于物质体的贬低。浪漫主义往往以"情感误置"的方式，将自己的喜怒哀乐浸润于大自然，赋予草木虫鱼以人的情绪。这其实是作为生命机体的人类身体对于生态环境，在诗学领域表达着融入的渴望，是在人与自然骤然分离的强压下，身体产生生态思考的起点。工业革命下的环境剧变造成身体的压抑，诗人们在想象空间将身体力量释放，他们宣泄着强烈的情感。故而，浪漫主义所谓的回归自然必然建立在对物质自然的原初渴望上，而其表现方式又必然包含着拟人化自然或是神化自然的想象维度。在身体的视角下，两者不但不矛盾，还为我们展开充满身体想象与生态美学意蕴的诗篇图景。通过身体反思人与自然，浪漫主义诗歌中又可抉发建立跨越躯体、跨越物种同情的生态思考。总之，通过身体话语的介入，文化与自然、文本与环境、想象与物质之间的分裂得到了弥合，英国浪漫主义诗歌更为全面、深远的生态意义也于此呈现。下文将在全书基础上，回溯与总结英国浪漫主义的生态内涵，并对身体与生态批评理论的搭建做一后续思考。

一、身体的批评范式

恰如身体话题在不同时代留下了各自的时代印记，身体亦可在批评范式中扮演不同的角色。以本书为例，身体话语通过三个层面的切入，为生态批评于英国浪漫主义诗学中的若干遗留问题做出一定程度上的回应。

其一，身体首先可从生理学意义上直接介入诗歌创作研究，这不仅是文本与生态环境通过身体最为直接的联结范式，而且与当下生态批评的物质转向浪潮相呼应。本书主要将其实现在济慈与雪莱的诗歌批评当中，前者是身体因素的自动显现，后者是诗人身体意识的主动表达。

疾病的出现意味着机体与环境的失衡，它是日常被遗忘的身体因素直接凸现的重要原因，病态的身躯自觉或不自觉地书写了带有疾病因素的作品。在传统文学批评中，学者往往关注到疾病会带给作家对死亡的深刻体会，对人生的痛彻感悟，事实上，疾病从生理学的层面直接影响了诗人的创作。济慈的诗作便是一个很好的例证。他的诗歌所带上的生理学层面的疾病因素远远明显于疾病所带来的人生感悟书写。诗歌中的病态美，对美好自然的身体性渴望，诗论中对"消极"因素的强调，皆包含了身体美学维度。食物与疾病相同，直接指向生理学层面的身体，它是机体存活的物质基础，是身体的能量根基，也是人类与其他生物体之间在生理学层面上的"跨体物"。饮食不是一种简单的日常俗事，它与文学一样，皆包含了伦理和美学选择，同时亦涉及政治、经济、宗教等方面的现实问题。饮食习惯的反叛往往体现了身体与社会环境、自然环境间关系的变化。与济慈不同的是，雪莱诗歌中包含着敏锐的身体意识，他对身体作为机体与环境的关系产生一定程度的意识，也即有着萌芽阶段的生态感，因而他践行着素食主义，并自觉地将饮食隐喻暗含在他的诗歌言说当中。

其二，身体在思想形态层面作为二元论的反叛者促进生成跨越种群的共同体意识。用身体话语对文本所揭露或流露的人类中心主义进行深度考量，笔者主要在拜伦诗歌批评中做出了实践。

人类文明进程的脚步留下了二元文化传统的印记，灵魂与肉体，男人与女人，人类与动物，理性与非理性，后者皆被归为身体性的，次等的，且可以被压制的。如若将被遮蔽的身体重新袒露，不同性别、种族、阶级间的话语权力将不再被一方强占高地，生态批评对于非人类生命体的关怀愿景也将更好地实现。在身体视域下，拜伦的愤世嫉俗与恣意反叛无一不实现着他有违理性的"野性"姿态，他的野性恣意以及对动物的关切饱含着身体展现原初秉性的意蕴，在原始本能体验的追寻中消除生物体之间的等级隔阂，甚至发觉了动物有着我们已被理性遮蔽的快乐与品德，它可以是人类之友与师。回到一个古老的话题，"子非鱼，安知鱼之乐"，"子非我，安知我不知鱼之乐"，我与鱼皆是身体，皆参与生态循环，接受自然恩泽，亦皆能以原初的身体官能感受共通的山水之乐。不仅如此，我们亦能通过身体觉察动物的疼痛，因为"所有的身体都是敏感的短暂者，都会受伤和死亡。当身体被鞭挞、撕咬、切开时，疼痛会弥漫于神经系统之间。人类如此，野兽亦然。每念及此，我们就会对其他生命的痛苦感同身受。这是跨物种同情的起源"[①]。身体成为我们形成生态共同体的桥梁，透过身体，我们亦能够发现浪漫主义诗人拜伦对于受压迫者的同情，对于本真人性的向往。

其三，身体在诗学想象层面成为实现诗意与栖居的着眼点。以身体来反观诗人的精神观念与诗性想象，以此揭开诗人用诗歌反作用于生态环境的方式，这是一种饶有现象学意味的反思，笔者在布莱克与华兹华斯的诗歌批评中做出尝试。

---

① 王晓华：《身体诗学》，北京：人民出版社，2018年，第280页。

生态环境时刻影响着身体，身体亦参与了环境的建构，尽管诗人往往沉湎于想象与情感的境地，但是这并不代表着身体就此缺席，恰恰相反，诗人以诗人的方式将身体融入世界的建构。布莱克孜孜不倦地描绘人体，探索肉身，在对无限或是永恒的寻觅中，他发现了身体官能的隐秘力量。在他的诗歌世界中，任何存在都可以是无限的，而肉体本身便有实现这种无限的可能，通过"灵视"，他生成了肉身的无限，也看到了世界的身体。重构身体与世界的关系版图，将身体与世界合一，这是对理性桎梏的反叛，亦是生态精神的到来。华兹华斯亦强调"灵视"，而他灵视的过程是反刍式的，这是栖居的练习，是诗性的开辟。"童心"的复归实际上是身体本真的达成，诗人终身对此缅怀，也将此与自然概念融为一体，并视为自我的精神向导。华兹华斯极为注视一种存在模式，就是本真的身体栖居于最为自然的地方，也即身体、地方、自然三者合一，这是一种诗的意境，为后人提供了永恒的环境想象。

在绪论中，笔者将生态批评的三重身体维度归结为物质化、弥合二元对立、思考"地方"，显而易见，上述批评范式的实践对此做出了呼应。其实，身体话语在介入中，于本书的批评实践上并无明显的界限，以上三者可谓相互渗透。身体从滥觞、辩护，至狂欢，再至回归与栖居，经过一段曲折的逻辑演绎，我们从英国浪漫主义诗人身上看到了身体与生态的奥秘。

二、身体与毒性话语

在当代生态文学作品中，毒性话语或是毒物描写发轫于雷切尔·卡森的《寂静的春天》（1962年）。《寂静的春天》极力控告化学杀虫剂的滥用，拉开了美国生态文学毒物描写的历史序幕。此后出现了约翰·契弗（John Cheever）的《啊，看起来多么像天堂》（*Oh, What a Paradise It Seems*）、堂·德里罗（Don Delillo）的《白噪音》（*White Noise*）、特丽·坦皮斯特·威廉斯的《心灵的慰藉：一部非同寻常的地域与家族史》（*Refuge: An Unnatural History of Family and Place*）等作品，皆充满了大量的毒性话语，揭示了环境污染给人们带来的伤害。传统的生态文本以自然写作为主要特点，而毒性话语的到来，意味着现代社会环境问题的加剧使得人们更为焦虑与恐慌。毒性话语亦是生态批评所必然拓宽的研究维度。

毒性话语使我们再次反思人类居住环境的性质，它不是简单的生物经济的铺排，而是犹如一层层的密网多重交织，自然界的生命体与人类身体交互叠加覆盖。没有一个社区是孤岛，亦没有一片土地是与世隔绝的桃花源。在毒物描写中，人的生命与福祉受到了迫在眉睫的威胁，身体成为焦点。威廉斯在《心灵的慰藉：一部非同寻常的地域与家族史》中所描写的大盐湖，便处于美国军方核试验基地下风口，放射性有毒物质严重危害了此地人们的身体健康，造成了作者所在家族多名女性患上乳腺癌，手术后成为"单乳女性家族"。在毒素交织的现实环境中，大自然不可能再成为乌托邦式的避难所，而是与人类同种境况的相互依存者。我们不得不从田园牧歌的幻想中醒来而去面对毒性渗透却无处躲藏的真实世界。对于研究者而言，毒性话语亦是一个绕不过的论题。布伊尔便预言："不管怎样，如果要形成一种普遍的环境话语，毒性话语肯定是其中的关键组成部分。"① 自然界其他物体与人类身体无间断的物质交换与联系是毒性话语建立的事实基础，因此，毒物描写直接将人类身体置于风口浪尖处。阿莱莫的"跨体性"与"毒性身体"等身体理论应运而生。

毒性话语的来临直接推动了身体在生态文本或生态批评中的回归。毒物的威胁直接将人的生物体性质摆在最为显眼的位置，使得我们不得不面对人是身体的事实。毒性话语促使人们在精神主体的至高地位中醒悟，重审与身体的分离，回望对自然的野蛮行径，去着眼于周遭物质性的生态环境。

毒物对人体的直接影响便是导致疾病，伴随着毒性话语所产生的威胁感与身体重要性的回归，疾病的话题自然而然成为重中之重。西方学界将毒物描写与毒物意识（toxic consciousness）主要圈定在二十世纪后，尤其是二十世纪八十年代以来的美国生态文学作品中，将此前有关生态的文本基本归为颂歌式的自然写作。尽管如此，事实上，有关毒物描写与身体意识的表达早在英国工业革命时期的作品中便有所体现。将身体话语介入，若以疾病为视角，从个体或社会性症候反观人与自然，可拓宽诗歌文本的环境指涉研究。浪漫主义时期由于严重的空气污染，呼吸道疾病肆虐，肺病患者诗人的作品，以及有关肺结核的隐喻书写，明显与外在的环境状况有关。早期诗人没有如今日生态作家一般深

---

① Buell, Lawrence. *Writing for an Endangered World: Literature, Culture, and Environment in the US and Beyond*. Cambridge: Harvard UP, 2000, p.35.

刻的生态意识，面对史无前例的工业革命与突如其来的环境变化，他们选择去意大利避居，也将对自然的追溯写于诗中。对环境的抗议虽未转为强烈的毒物意识，疾病的痕迹却通过诗人的毒性身体在诗歌中显现无疑。济慈便是典型代表。文学文本证明，身体无疑是联结文化与自然的桥梁。浪漫主义诗歌中的身体因子已然伴随着工业革命带来的毒物肆虐而凸显，毒性焦虑深藏在其中。此外，同样身患结核病的诗人雪莱，在《麦布女王》等作品中，为鞭挞商业与暴政而大量提到"毒气""毒树"等词眼，这极有可能是诗歌中最早能追溯到的毒物描写。而他对环境污染与疾病的潜在抗争，是希望通过素食主义的方式去改良。雪莱的身体意识，带有现代环境主义理论中的毒性意识成分。

可见，在身体的视域下，毒性话语从工业革命开始，也即人类世的肇始，便潜藏在文学文本之中。身体主动参与世界，感知着世界，它不断生成意义，毒性话语便是身体对环境强烈感知下的必然呈现，环境与文本向来存在着对话。而身体在生态批评理论中的回归与彰显，能够进一步促使研究者对毒性话语的聚焦，也为此搭建了深层理论根基。毒性话语有着强烈的现实指涉性，它揭示了地球的损伤，人体的损伤，呼吁生态正义，激发人们的社会责任感。美国现代作品中把垃圾纳入文学范畴，以戏谑嘲讽的姿态来揭示生态掠夺与技术污染，垃圾既是真实的毒物或废物描写，又是多重隐喻的写照，如A. R. 阿曼斯（A. R. Ammons）著名的诗歌《垃圾》。在这些语境下，毒性话语引起我们对能量循环等问题的重视，它强调了系统和谐与生态整体主义。身体在通体性交往中介入毒性的世界，环境问题与生命问题实则唇齿相依，故此，毒性话语必然成为布伊尔所说的普遍的生态话语。

三、身体与动物伦理

多元化的生态伦理观或环境伦理观是生态批评自第二波浪潮以来所高度重视的议题，其中，对于动物伦理的探讨引起了学界的高度重视。正视动物受苦，注重动物权利，反对物种歧视，可以说是生态批评学者达成共识的理念。然而，动物伦理建构的理论基石颇具争议，人与动物的关系定位不清，动物保护实践与推广困难重重，很大程度上在于，在文化语境上，身体依然处于遮蔽的位置。

现代西方关于动物伦理方面的探讨主要起源于彼得·辛格与汤姆·雷恩

（Tom Regan）。辛格在《动物解放》（1975年）中发展了边沁主义的观点，也即将痛苦与快乐作为道德衡量标准的功利主义（utilitarianism），他认为动物同人类一样，具有享受快乐与感受痛苦的能力，因此应给予动物平等的道德关怀。雷恩在《动物权利的实例》（1983年）中对基于功利主义的动物伦理提出异议，他认为之所以要维护动物的权利是因为它是生命的主体（subject of a life），具有生命的内在价值（inherent value），这种价值是为自身而存在的。基于感受力与生命价值的动物伦理观对动物保护运动做出了重要贡献，也引起了一定程度上的争议。一些生态女性主义学者认为这些理论过于依赖理性而排斥情感，缺少文化与政治语境的导向。辛格将反对动物实验的理由描述为对于普遍的道德原则的呼吁，而把这种原则应用于动物是出于理性而不是情感需要。洛丽·格伦（Lori Gruen）便提出：“如果理性是道德行为的唯一动机，人们可能会想，为什么有些人熟悉辛格作品的推理，但仍然继续吃动物？”[1]她认为“愤怒、反感、同情、怜悯这些感觉对培养完整的道德感很是重要”[2]。毋庸赘言，实现跨物种的关怀，同情等情感认知是不可忽略的关键。

从根源上讲，动物歧视随着身体的被贬而达到极致。当笛卡尔把动物视为可任意拆解的机器，动物受苦便成为理所当然，人与动物好比灵魂与身体，后者处于被前者合法操控的地位。当生命体的肉身被视为低等的、被动的存在，人又如何去敬畏活生生的生命？辛格将动物拥有感受痛苦的能力作为接受关怀的依据，实际上他暗含的逻辑是对身体的重视，但缺少明确的话语导向。身体的回归，是感知加强的开始。若是以所谓的灵魂与理性为衡量标准，动物便被打入低人一等的边缘世界。而当人们取缔灵魂对身体的凌驾，意识到肉身的主体性，注重身体的感知与被感知的身体，我们对其他生命的关注，自然而然强化了对躯体知觉的感受，这是建立跨物种情感的契机。在这基础上，“环境概念已经发生了嬗变：它不再仅仅意指环绕人类之物，而是有机体相互感受的有情

[1] Gruen, Lori. "Animals." in Singer, Peter, eds. *A Companion to Ethics*. Cambridge MA: Blackwell Reference, 1991, p.351.

[2] Gruen, Lori. "Animals." in Singer, Peter, eds. *A Companion to Ethics*. Cambridge MA: Blackwell Reference, 1991, p.351.

世界"①。如此跨越物种的感知，使环境中的生命共同体进一步进入人类的视野，这是复归自然的体现，又何尝不是生态感的进一步形成？

文学作品中对于动物伦理的表达随故事中的社会立场不同而表现出差异，尽管如此，若透过身体的视角去审视一些细节，作家无一例外地对生命流露同情与关怀，也于潜意识中激发读者对于生命的敬畏。《老人与海》中的圣地亚哥作为一名渔夫，捕鱼甚至与其作战是老人赖以生存的职业，但海明威依然描述道，"他不忍心朝这死鱼看上一眼，因为它已经被咬得残缺不全了。鱼挨到袭击的时候，他感到就像自己挨到袭击一样"②。同样在《白鲸》中，麦尔维尔描写道，"这么一戳下去，这个凄惨的伤口就迸射出一阵溃疡似的喷水来……最后那阵将了未了的喷水，煞是可怜"③。暗含于文字背后的身体意识使我们体验动物的痛楚，无论是故事中的人物、作家还是读者，均产生感觉的呼应，这是自然赋予的生理本能，也可以说是动物伦理进一步深化构建与落实的基础。

重身意识唤起跨物种感觉的开始，而身体的回归对于生态伦理的意义不止于此。张嘉如认为深刻的生态伦理应具有存在主义式的哲学反思，"必须先承认人性、欲望、动物性、现象界、人类历史文明发展、生态体系里的非理性、并处处吊诡的反悖性、不可避免性、粗劣性（kitsch）与鄙贱性（abject），然后再基于此去寻求人类道德（或美学实践）的可能性"④，此论可谓切中肯綮。浪漫主义诗人拜伦在诗化表达动物伦理观中便涉及多重维度。不同于其他诗人的动物观体现泛神论式的伦理思想，拜伦可以说是从身体层面颠覆人类中心主义，表达平等对待动物的伦理诉求。拜伦在《唐璜》中刻画了大量动物形象，更颠覆性地将众多人物做了动物化隐喻处理，清算人类的骄傲与自大。他以非神性化的真实动物来探索人性，揭露了人性中的欲望、非理性、野性等面目，并在一定程度上给予承认。而这些性质恰恰在二元对立中被归为被贬的身体一方，那么这些所谓的身体式的因子连同动物一起，被视为低级存在，甚至女性也被同

① 王晓华:《身体诗学》，北京：人民出版社，2018年，第246页。

② 海明威:《老人与海》，吴劳译，上海：上海译文出版社，2006年，第79页。

③ 麦尔维尔:《白鲸》，曹庸译，武汉：长江文艺出版社，2006年，第441页。

④ 张嘉如:《物质生态批评中道德伦理论述的可能性与局限》，载《东岳论丛》2017年第1期，第98页。

样牵连。人类对动物的深层歧视，与对非理性的、本能化的歧视同根而生。因此，问题又回归到身心对立的二元文化窠臼。拜伦的动物书写启示着我们，在身体的立场上，动物与人类进入平等的生命空间，物种间是交织渗透的，也即强调了人与动物多元化的生物共同性。唯有重申身体，严肃对待人类的非理性、动物性、生物性，才能进一步反思、转变、完善人与动物的道德伦理，处理生态学相关悖论性问题，同时正视人类内部历史文明进程中的性别歧视、种族歧视、阶级歧视。

身体在文化语境中回归，便强调了人类自身的自然性，身体属于生物与生态世界的谱系，身体话语在文化上的重构，必然加深有机体之间的亲缘关系。人类将自己视为生态圈的成员，履行生态责任，扭转对自然的傲慢态度是生态伦理的基本前提。利奥波德的土地伦理便包含了土壤、水、动物、植物，"将人类从土地的征服者变成了土地的一般成员，变成了包括土地在内的群落中的公民"①。在身体语境下，人与动物进一步纳入机体的大家园，迈向生态整体主义。道德情感关怀为人们提高动物伦理意识打开了深层通道，而它的必经之路便是跨身体的感知，以及对身体性因素在文化语境中的重申。

四、身体与生态想象

人们对自然世界的想象有着多重性，总体上来讲，自然会是母性的形象，自然也是野性的面貌，自然亦是神性的身影。从西方启蒙运动以来，自然被极端化的二元对立世界观视为被动的物质，对其掠夺一度变得毫无节制。然而，无论自然如何被异化为客体世界，人们对其都有着本能的热爱（biophilia）。在当下，人们对自然世界的认识进入生态学的新领域，业已在知识的层面意识到生态圈中生命体之间的环环相扣。但生态意识并未渗透，环境问题依然日趋严重。事实上，在西方工业革命以来的环境突变冲击下，大量敏锐的作家在文学作品中所展示的对自然的想象，已然过渡到一种生态想象，它带有作家有意识或无意识状态的生态感知。生态意识的唤醒与深化形成，离不开生态想象。

较之于生态意识，笔者之所以强调生态想象，是由于它更能体现诗性与主

① 奥尔多·利奥波德：《沙乡年鉴》，姚锦镕译，北京：中国文联出版社，2018年，第196页。

动性，想象以身体感觉为基础，主动地将内在意识与环境世界联系起来。在科学飞速发展，自然已然不断被数据解读、被客体化的这一时代，如何使自然复魅还得回归到如何看待物质、想象物质的论题上。现象学，尤其是身体现象学，一反将世界视为独立于意识之外的传统思维，梅洛-庞蒂充分肯定想象的身体意向性以及世界的身体性，认为身体根据外物生成一种属于身体的等同物，"它们在我的身体上会唤醒表现它们存在的肉体公式"[①]。作为想象主体的身体与物质是相互生成的，相互作用的，物质性的自然在身体之初便注入了想象之源。于是，巴什拉指出，"在我们的梦幻中留下不可磨灭痕迹的最初的精神价值是有机的价值。最先的热烈的信念是躯体的舒适。最初的物质的形象正是肉体中、器官中产生的"[②]。

新物质主义强调在量子力学等物理学说勾勒下的物质动力，为生态话语开创了新风貌，而我们在对此赋予想象之时，更应回归到物质对于身体本初的有机价值，诗性地展开生态想象，这是文学或曰诗给予我们的借鉴与启示。身体是物质性的，亦是社会性的；是肉身性的，亦是情感性的。身体话语到来，意味着被忽略的性质受到重视。身体与生态的结合，使得"身体"二字不再局限于一般意义上的物质性凸显，而是强调物质个体彼此间的交互生成。如华兹华斯的诗歌中所写，潺潺流水之声，已然在童年之时注入诗人的血脉，又如布莱克写下一花一世界，一沙一天堂，无论是身体，还是外在物质，皆非被动，它们交互作用，交互生成了生态世界。正是这种生态想象，推动我们加强生态敏感性，自觉树立生态意识。

生态想象中的身体以一种更为开放的姿态融入世界，与环境相互交织，形成了无数生命交往的生态整体。精神意识的优等性将使我们认为环境是被动的，他者的，那么，身体意识或者对于身体的尊重必然促成人类的生态想象，养成更为敏锐的生态感与生态精神，因为尊重身体意味着尊重生命，顺应自然，也意味着爱护机体生存的家园，即生态环境。莫尔特曼曾言，"如果人类社会要在

---

① Merleau-Ponty, *Eye and Mind in the Primacy of Perception*. translated by J. Edie. Evanston, Ill. : Northwestern UP, 1964, p.164.

② 加斯东·巴什拉：《水与梦：论物质的想象》，顾嘉琛译，郑州：河南大学出版社，2017年，第15页。

自然环境中找到家园，那么，人的灵魂也相应地应当在人的肉体存在中找到家园"①，栖居的实现必然建立在对物质有机体与有机世界的尊重上。海德格尔试图拨开形而上主客对立的迷雾，强调人与世界的统一亦含藏了这番愿景。生态想象最终将以栖居家园为情感的回归处，故而，地方成了生态批评必然提及的论题。而无论是地理或物理空间上潜移默化的渗透，抑或是亲情等人文情感的日渐升华，身体始终是一种尺度。段义孚从经验的视角来探究地方便始终围绕身体这一介导。因此，生态想象克服了教条式生态认知潜在的客体化环境的可能及其被动性，而是在回归身体的基础上，以情感为依托，诗意地展开生态共同体的家园谱系。

其实，人类依托身体而存在，想象世界从身体出发，人类以身体为尺度，开始对世界万物命名，这是一个诗性的过程，诗性本源于身体的想象。生态想象从身体滥觞，使西奥多·罗杰克（Theodore Roszak）所说的"生态无意识"（the ecological unconscious）②转化为敏锐的生态感知。劳伦斯·布伊尔使用"环境无意识"这一术语，他认为"毫无疑问，我们可以指定环境无意识构建的某些方式，如身体的'内部'和'外部'的感觉（即使身体有些假体时），有意识的'注意到的'领域和'不被注意的'领域"③。归根结底，生态心理学的无意识理论强调了性格与内在情感对理念的推动，以及肯定想象领域重要性，实际上，这些均已揭开回归身体，从身体出发的前提。

回到文学本身，诚然，无论诗人如何返璞归真，作诗或者其他文学创作这一行为必然是一场与文明的对话，或曰，文学本身便是一种人类文明。不过，这并不意味着身体的彻底去场，恰恰相反，身体正以不同的形式显现身影，无论是躯体本身的生理状态，抑或是文本中的身体书写与身体想象。与之机缘相

---

① 莫尔特曼：《创造中的上帝：生态的创造论》，隗仁莲等译，北京：生活·读书·新知三联书店，2002年，第70页。

② 又译作生态潜意识，最早由美国生态心理学家西奥多·罗杰克提出，该术语表明了人与自然联结的固有天性，对于地球有着天然的衷心，而随着文明的进展，生态无意识处于被压抑的状态，工业文明是造成压抑的主要原因。参见Roszak, Theodore. *The Voice of the Earth*. New York: Simon and Schuster, 1992, p.96.

③ Buell, Lawrence. *Writing for an Endangered World: Literature, Culture, and Environment in the US and Beyond*. Cambridge: Harvard UP, 2000, p.25.

同的是"自然"。浪漫主义者演绎了一种天真，一出情感的盛会，其实，这是一场生态想象与身体的呐喊。他们将情感浸润于大自然的一草一木，这种情感的表达是身体的投影，是自然的召唤，是真理的敞开。所谓的回归自然已不可能如原始人类一般完全褪去文明，人类亦不可能再度成为原始动物，此时，诗人将目光转向童年与故乡，两者维系着身体的自然，一个指向内在精神，一个指向外在处所，童心、地方是生态想象在诗歌中所表现的基本意象。于此，诗人诗化了生态想象，在出世与入世之间打开了生命的空间，为我们揭开了身体的尺度以及生命体交互的生态世界。

参考文献

一、中文

（一）著作

艾布拉姆斯.镜与灯：浪漫主义文论及批评传统［M］.郦稚牛，张照进，童庆生，译.北京：北京大学出版社，1989.

艾略特.艾略特文集·诗歌［M］.汤永宽，裘小龙，等，译.上海：上海译文出版社，2012.

安德鲁斯.寻找如画美：英国的风景美学与旅游，1760—1800［M］.张箭飞，韦照周，译.南京：译林出版社，2014.

奥威尔.身体五态：重塑关系形貌［M］.张旭春，译.北京：北京大学出版社，2010.

奥维德.变形记［M］.杨周瀚，译.北京：人民文学出版社，1984.

巴什拉.水与梦：论物质的想象［M］.顾嘉琛，译.郑州：河南大学出版社，2017.

拜伦.拜伦诗歌精选［M］.杨德豫，译.太原：北岳文艺出版社，2000.

拜伦.拜伦书信选［M］.王昕若，译.天津：百花文艺出版社，2005.

拜伦.唐璜［M］.查良铮，译.北京：人民文学出版社，2008.

波伏娃.第二性［M］.郑克鲁，译.上海：上海译文出版社，2011.

伯林.浪漫主义的根源［M］.吕梁，等，译.南京：译林出版社，2008.

柏拉图.蒂迈欧篇［M］.谢文郁，译.上海：上海人民出版社，2005.

柏拉图.斐多［M］.杨绛，译.沈阳：辽宁人民出版社，2000.

柏拉图.会饮篇［M］.王太庆，译.北京：商务印书馆，2013.

布莱克.布莱克诗集［M］.张炽恒，译.上海：上海三联书店，1999.

布莱克.布莱克诗选［M］.袁可嘉，查良铮，译.北京：外语教学与研究出版社，2012.

布莱克．天堂与地狱的婚姻：布莱克诗选［M］．张德明，译．北京：中国文联出版公司，1989.

布鲁姆．西方正典［M］．江宁康，译．南京：译林出版社，2011.

布伊尔．环境批评的未来：环境危机与文学想象［M］．刘蓓，译．北京：北京大学出版社，2010.

陈鼓应．老子注译及评介［M］．北京：中华书局，2009.

笛卡尔．第一哲学沉思集：反驳和答辩［M］．庞景仁，译．北京：商务印书馆，1986.

丁宏为．理念与悲曲：华兹华斯后革命之变［M］．北京：北京大学出版社，2002.

段义孚．空间与地方：经验的视角［M］．王志标，译．北京：中国人民大学出版社，2017.

傅修延．济慈诗歌与诗论的现代价值［M］．北京：北京大学出版社，2014.

格雷．墓园挽歌［M］．文爱艺，译．北京：中央编译出版社，2018.

海德格尔．诗·语言·思［M］．彭富春，译．北京：文化艺术出版社，1991.

海克尔．宇宙之谜［M］．解雅乔，译．呼和浩特：内蒙古人民出版社，2010.

海明威．老人与海［M］．吴劳，译．上海：上海译文出版社，2006.

海斯．地方意识与星球意识：环境想象中的全球［M］．李贵苍，虞文心，周圣盛，等，译．北京：中国社会科学出版社，2015.

华兹华斯．华兹华斯诗歌精选［M］．杨德豫，译．太原：北岳文艺出版社，2000.

华兹华斯．华兹华斯抒情诗选［M］．黄杲炘，译．上海：上海译文出版社，2000.

华兹华斯．序曲或一位诗人心灵的成长［M］．丁宏为，译．北京：中国对外翻译出版公司，1999.

济慈．济慈诗选［M］．屠岸，译．北京：外语教学与研究出版社，2012.

济慈．济慈书信集［M］．傅修延，译．北京：东方出版社，2002.

卡伦巴赫．生态乌托邦［M］．杜澍，译．北京：北京大学出版社，2010.

柯尔律治．柯尔律治诗选［M］．杨德豫，译．桂林：广西师范大学出版社，2009.

柯林武德．自然的观念［M］．吴国盛，柯映红，译．北京：华夏出版社，1999.

李贽．焚书·续焚书［M］．北京：中华书局，1975.

利奥波德．沙乡年鉴［M］．姚锦镕，译．北京：中国文联出版社，2018.

刘若端．十九世纪英国诗人论诗［M］．北京：人民文学出版社，1984.

刘勰. 文心雕龙［M］. 北京：中华书局，1985.

鲁春芳. 神圣自然：英国浪漫主义诗歌的生态伦理思想［M］. 杭州：浙江大学出版社，2009.

陆机. 文赋译注［M］. 张怀谨，译注. 北京：北京出版社，1984.

罗伯兹. 英国史：1688年至今［M］. 鲁光桓，译. 广州：中山大学出版社，1990.

马克斯. 花园里的机器：美国的技术与田园理想［M］ 北京：北京大学出版社，2011.

麦尔维尔. 白鲸［M］. 曹庸，译. 武汉：长江文艺出版社，2006.

麦茜特. 自然之死：妇女、生态和科学革命［M］. 吴国胜，吴小英，曹南燕，等，译. 长春：吉林人民出版社，1999.

梅洛-庞蒂. 知觉现象学［M］. 姜志辉，译. 北京：商务印书馆，2012.

梅特里. 人是机器［M］. 顾寿观，译. 北京：商务印书馆，2009.

莫尔特曼. 创造中的上帝：生态的创造论［M］. 隗仁莲，等，译. 北京：生活·读书·新知三联书店，2002.

莫洛亚. 拜伦传［M］. 裘小龙、王人力，译. 杭州：浙江文艺出版社，1985.

尼采. 悲剧的诞生［M］. 孙周兴，译. 北京：商务印书馆，2012.

尼采. 查拉图斯特拉如是说［M］. 钱春绮，译. 北京：生活·读书·新知三联书店，2014.

尼采. 权力意志：1885—1889年遗稿［M］. 孙周兴，译. 北京：商务印书馆，2007.

阮智富，郭忠新. 现代汉语大词典［M］. 上海：上海辞书出版社，2000.

莎士比亚. 哈姆雷特［M］. 朱生豪，译. 武汉：湖北教育出版社，1998.

舒斯特曼. 身体意识与身体美学［M］. 程相占，译. 北京：商务印书馆，2014.

斯普瑞特奈克. 真实之复兴：极度现代世界中的身体、自然和地方［M］. 张妮妮，译. 北京：中央编译出版社，2001.

苏珊·桑塔格. 疾病的隐喻［M］. 程巍，译. 上海：上海译文出版社，2003.

苏文菁. 华兹华斯诗学［M］ 北京：社会科学文献出版社，2000.

唐建南. 生态批评的多维度实践［M］. 广州：世界图书出版公司，2017.

托马斯. 人类与自然世界：1500—1800年间英国观念的变化［M］. 宋丽丽，译. 南京：译林出版社，2009.

陀思妥耶夫斯基.卡拉马佐夫兄弟［M］.耿济之，译.北京：人民文学出版社，2002.

王春元，钱中文.英国作家论文学［M］.汪培基，等，译，北京：生活·读书·新知三联书店，1985.

王晓华.身体美学导论［M］.北京：中国社会科学出版社，2016.

王晓华.身体诗学［M］.北京：人民出版社，2018.

王佐良.英国浪漫主义诗歌史［M］.北京：人民文学出版社，1991.

伍蠡甫，胡经之.西方文艺理论名著选编：上卷［M］.北京：北京大学出版社，1985.

新牛津英汉双解大词典编委会.新牛津英汉双解大词典［M］.上海：上海外语教育出版社，2007.

许慎.说文解字全鉴［M］.北京：中国纺织出版社，2012.

雪莱.雪莱全集：第二卷 长诗：上［M］.江枫，王科一，顾子欣，等，译.石家庄：河北教育出版社，2000.

雪莱.雪莱全集：第三卷 长诗：下［M］.江枫，顾子欣，译.石家庄：河北教育出版社，2000.

雪莱.雪莱全集：第四卷 诗剧［M］.江枫，顾子欣，译.石家庄：河北教育出版社，2000.

雪莱.雪莱全集：第五卷 小说 散文［M］.傅惟慈，杨熙龄，杨黎，等，译.石家庄：河北教育出版社，2000.

雪莱.雪莱全集：第一卷 抒情诗［M］.江枫，等，译.石家庄：河北教育出版社，2000.

亚里士多德.政治学［M］.吴寿彭，译.北京：商务印书馆，2009.

张侠.肺结核的诊断与防治［M］.南京：东南大学出版社，2002.

（二）期刊

蔡霞."地方"：生态批评研究的新范畴：段义孚和斯奈德"地方"思想比较研究［J］.外语研究，2016（2）：102—107.

陈红.布莱克的"虎"的"天真式阅读"［J］.外国文学研究，2011（2）：79—85.

陈红. 古老牧歌中的绿色声音：约翰·克莱尔《牧羊人阅历》的生态解读［J］. 外国文学研究，2018（1）：32—46.

陈红.《摩尔镇日记》的后田园视野：特德·休斯的农业实践与田园理想［J］. 外国文学评论，2018（4）：167—185.

程相占. 环境美学的理论创新与美学的三重转向［J］. 复旦学报（社会科学版），2015（1）：36—43.

丁宏为. 灵视与喻比：布莱克魔鬼作坊的思想意义［J］. 外国文学评论，2007（2）：79—88.

范蕊. 十九世纪欧洲浪漫主义诗歌与肺病的互动关联［J］. 安徽大学学报，2015（4）：63—70.

高万隆. 欧洲诗画中的自然崇拜［J］. 外国文学研究，2013（1）：145—150.

黄擎，许诚. 约翰·济慈"消极感受力"内涵分析［J］. 外国文学研究，2015（6）：92—100.

刘须明."情感误置"与"自我湮灭"：罗斯金对艾略特"非个性化"论的影响［J］. 国外文学，2013（3）：33—39.

李玲，张跃军. 从荒野描写到毒物描写：生态批评的发展趋势［J］. 当代外国文学，2012（2）：30—41.

秦丽萍. 论雪莱诗歌的乌托邦内涵［J］. 学术交流，1999（9）：128—131.

田瑾. 生态关怀：济慈诗作中的自然主义向度［J］. 外语教学，2017（2）：110—113.

汪民安，陈永国. 身体转向［J］. 外国文学，2004（1）：36—44.

尚景建. 文学、历史抑或神话？：论唐璜形象的起源［J］. 外国文学，2014（1）：45—52.

王晓华. 身体、地方意识与生态批评［J］. 江苏大学学报（社会科学版），2014（1）：19—24.

王晓华. 身体视域与生命美学的理论构建［J］. 美与时代，2018（5）：5—11.

韦清琦. 知雄守雌：生态女性主义于跨文化语境里的再阐释［J］. 外国文学研究，2014（2）：145—153.

谢海长. 论华兹华斯的诗与科学共生思想［J］外国文学评论，2014（4）：193—205.

殷企平. 华兹华斯笔下的深度共同体［J］. 杭州师范大学学报（社会科学版），2015（4）：78—84.

袁宪军. 威廉·布莱克的灵视世界［J］. 国外文学，1998（1）：47—53.

袁霞. 生态女性主义的动物伦理观［J］. 江苏大学学报（社会科学版），2014（3）：1—8.

杨希，蒋承勇. 西方颓废派文学中的"疾病"隐喻发微［J］. 外国文学研究，2019（3）：70—80.

张旭春. "绿色浪漫主义"：浪漫主义文学经典的重构与解读［J］. 外国文学研究，2018（5）：93—104.

朱振武. 自卑情结：福克纳小说创作的重要动因［J］. 外国文学评论，2002（3）：53—58.

章燕. 审美与政治：关于济慈诗歌批评的思考［J］. 外国文学评论，2004（1）：122—129.

章燕. 20世纪上半叶华兹华斯在中国文化语境中的接受［J］. 国外文学，2013（4）：36—45.

赵霞. "童心说"与浪漫主义童年美学的中国传统［J］. 浙江师范大学学报（社会科学版），2017（1）：36—42.

周晓秋. 论英国浪漫派诗学中的想象观［J］. 江南大学学报（人文社会科学版），2011（2）：94—98.

赵光旭. 生态批评的三次"浪潮"及生态诗学的现象学构建问题［J］. 外国文学，2012（3）：141—160.

张嘉如. 物质生态批评中道德伦理论述的可能性与局限［J］. 东岳论丛，2017（1）：96—104.

（三）学位论文

高伟光. 英国浪漫主义的乌托邦情结［D］. 北京：北京大学，2004.

刘春芳. 英国浪漫主义诗歌情感论［D］. 长春：东北师范大学，2009.

田茫茫. 英国浪漫主义批评研究［D］. 长春：吉林大学，2014.

王欣. 英国浪漫主义诗歌之形式主义批评［D］. 长春：吉林大学，2008.

二、英文

（一）著作

ADAMS C. The Sexual Politics of Meat: A Feminist-Vegetarian Critical Theory [M]. New York: The Continuum International Publishing Group Inc, 2010.

ALAIMO S. Bodily Natures: Science, Environment, and the Material Self [M]. Bloomington: Indiana University Press, 2010.

ALAIMO S, HEKMAN S. Material Feminisms[M]. Bloomington: Indiana University Press, 2008.

ALLARD J. Romanticism, Medicine, and the Poet's Body[M]. Aldershot: Ashgate Publishing Limited, 2007.

ASTLEY N. Earth Shattering: Ecopoems[M]. Northumberland: Bloodaxe Books, 2007.

BUTLER J. Bodies that Matters[M]. New York: Routledge, 1993.

BATE J. Romantic Ecology: Wordsworth and the Environmental Tradition[M]. London: Routledge, 1991.

BATE J. The Song of the Earth[M]. Cambridge: Harvard University Press, 2000.

BRIAN M. British Historical Statistic[M]. Cambridge: Cambridge University Press, 1988.

BATESON G. Steps to an Ecology of Mind[M]. New York: Ballantine, 1972.

BEASLEY R. Theorists of Modernist Poetry: T. S. Eliot, T. E. Hulme, Ezra Pound[M]. Abingdon: Routledge, 2007.

BLAKE W. The Complete Poetry & Prose of William Blake[M]. NewYork: Doubleday, 1988.

BUELL L. Writing for an Endangered World: Literature, Culture, and Environment in the US and Beyond[M]. Cambridge: Harvard University Press, 2000.

BLAKE W. William Blake: Collected Poems[M]. Taylor and Francis e-Library, 2005.

CONNOLLY T. William Blake and the Body[M]. New York: Palgrave Macmillan, 2002.

HESS S. William Wordsworth and the Ecology of Authorship: The Roots of Environmentalism in Nineteenth-Century Culture[M]. Charlottesville: Virginia University Press, 2012.

HARTMAN G. Beyond Formalism: Literary Essays 1958-1970[M]. New Haven: Yale University Press, 1970.

HUBBELL A. Byron's Nature: A Romantic Vision of Cultural Ecology[M]. New York: Palgrave Macmillan, 2018.

KEATS J. The Collected Poems of John Keats[M]. London: Wordsworth Editions Ltd, 1994.

LIU A. Wordsworth: The Sense of History[M]. Stanford: Stanford University Press, 1989.

MORTON T. Shelley and the Revolution in Taste[M]. Cambridge: Cambridge University Press, 1994.

MCKUSICK J. Green Writing: Romanticism and Ecology[M]. New York: St. Martin's Press, 2000.

MCFARLAND T. William Wordsworth: Intensity and Achievement[M]. Oxford: Clarendon, 1992.

MARX L. The Machine in the Garden: Technology and the Pastoral Ideal in America[M]. Oxford: Oxford University Press, 2000.

MERCHANT C. The Death of Nature: Women, Ecology, and the Scientific Revolution[M]. New York: HarperOne , 1990.

MERLEAU-PONTY M. The Primacy of Perception[M]. Evanston, Ill.: Northwestern University Press, 1964.

Ottum L, RENO S. Wordsworth and the Green Romantics: Affect and Ecology in the Nineteenth Century[M]. New Hampshire: New Hampshire University Press, 2016.

RUETHER R. New Woman/New Earth: Sexist Ideologies and Human Liberation[M]. New York: Seabury Press, 1975.

ROSZAK T. The Voice of the Earth[M]. New York: Simon and Schuster, 1992.

RICHARDSON A. The Neural Sublime: Cognitive Theories and Romantic Texts[M]. Baltimore: Johns Hopkins University Press, 2010.

SPENCER C. The Heretic's Feast: A History of Vegetarianism[M]. Hanover: New England University Press, 1996.

SINGER P. A Companion to Ethics[M]. Cambridge MA: Blackwell Reference, 1991.

SINGER P. Animal Liberation[M]. New York: Harper Collins Publishers Inc, 2002.

SLOVIC S. Going Away to Think: Engagement, Retreat, and Ecocritical Responsibility[M]. Reno: Nevada University Press, 2008.

SIMONS J. Animal Rights and the Politics of Literary Representation[M]. New York: Palgrave, 2002.

SEED J, MACY J, FLEMING P, NAESS A. Thingking Like a Mountain: Towards a Council of All Being[M]. Philadephia: New Society Publishers, 1988.

WORDSWORTH W. The Collected Poems of Wordsworth[M]. London: Wordsworth Editions Ltd, 1994.

（二）期刊

ABRAM D. The Perceptual Implications of Gaia[J]. Ecologist, 1985(15): 7-15.

BATRA N. Dominion, Empathy, and Symbiosis Gender and Anthropocentrism in Romanticism[J]. Interdisciplinary Studies in Literature and Environment, 1996(3): 101-120.

BYERS B. Deep Ecology and Its Critics: A Buddhist Perspective[J]. Trumpeter, 1992(9): 33-35.

BUELL L, HEISE U, THORNBER K. Literature and Environment[J]. Annual Review of Environment & Resources, 2011(36): 417-440.

CRUTZEN P, Stoermer E. The "Anthropocene"[J]. IGBP News Letter, 2000(41): 17-18.

HIERS J. Wordsworth's Vision of Childhood: A Call for Reexamination[J]. South Atlantic Bulletin, 1969(3):8-10.

HONG C. To Set the Wild Free: Changing Images of Animals in English Poetry of the Pre-Romantic and Romantic Periods[J]. Interdisciplinary Studies in Literature and Environment, 2006(13): 129-149.

LUSSIER M. Blake's Deep Ecology[J]. Studies in Romanticism, 1996, 35(3): 393-408.

MORENS David. At the Deathbed of Consumptive Art[J]. Emerging Infectious Diseases, 2002(11): 1353-1358.

MURPHY M, SKILLEN P. A Sense of Place: The City and the Sound[J]. Equinox Publishing, 2017(5): 35-41.

OERLEMANS O. Shelley's Ideal Body: Vegetarianism and Nature[J]. Studies in Romanticism, 1995(34): 531-552.

POTTS F. The Spenserian and Miltonic Influence in Wordsworth's "Ode and Rainbow"[J]. Studies in Philology, 1932(29): 607-661.

附录一

"地方"与自我意识
——以乔纳森·贝特的"命名"理论解读《心灵的慰藉》①

　　特丽·坦皮斯特·威廉斯是美国当代作家、博物学家，她出生于美国犹他州的大盐湖湖畔，大盐湖与熊河候鸟保护区密切相连。与大自然亲密接触的生长环境塑造了她灵动的性格，赋予其广博的生态视野和环保的责任感。威廉斯往往通过书写人与地方的关系呼吁环保，如《心灵的慰藉：一部非同寻常的地域与家族史》（下简称《心灵的慰藉》)、《红色：沙漠中的激情与耐心》和《一种无言的渴望：来自田野的故事》等，她反复强调地方塑造了我们，构筑着我们。尤其是《心灵的慰藉》这部作品，它被誉为美国自然文学的经典之作。该作文体独特，每一章的标题以鸟名命名，鸟名之下记录大盐湖水位数据，而无论是鸟类还是大盐湖水位情况，都与书中人物故事紧密相关。它既记录了熊河候鸟保护区鸟类和大盐湖的生态情况，又讲述了癌症晚期病人如何应对病魔，以及人面临离别生死等痛苦之时，如何在地方中得到心灵的慰藉。西方现代环境主义或生态批评概念中的"地方"强调其是"感知价值中心"②，是"被赋予意义的空间"③，它不仅具有物质实在性，可以满足人类对食物、活动、休息等生活生存的需求，还联结着人的情感体验，是一个情感价值中心。然而人作为文化的主体，其思维意识是极其复杂的。处于地方并依赖地方，人自身是如何看待

---

① 原文发表于《江苏大学学报（社会科学版）》2018年第6期。

② 段义孚：《空间与地方：经验的视角》，王志标译，北京：中国人民大学出版社，2017年，第3页。

③ Carter, Erica, Donald, James, Squires, Judith. *Space and Place: Theories of Identity and Location.* London: Lawrence& Wishart, 1993, p.70.

脚下的这方水土，对地方又有怎样的体悟？当悲剧降临时，自我意识如何依靠地方找到心灵的慰藉之地？这部作品为我们展现了一个范本。

一

关于"地方"与人的自我意识，谢默斯·希尼在《地方意识》中写道："我认为了解和珍爱地方有两种方式，这两种方式可能是互补的，但也可能是互斥的。其一是素朴地、无意识地生活；其二是学习式的，有良好的教养，有自主意识。在文学情感中，两者可能共存于一种有意识和无意识的张力中。"[1]处于地方中的人，都无一例外地建立了生活与故土之间难以割舍的物质依赖或精神情怀，而由于人的文化程度和认知思维模式的差异，其中的自我意识对于地方认知各不相同。

英国生态批评领衔者乔纳森·贝特在《浪漫生态学：华兹华斯与环境传统》中对希尼所述的这两种方式做了进一步的阐释，他将自我意识与"地方"的关系分为"熟谙"（knowing）、"命名"（naming）、"记录"（recording）。素朴地、无意识地生活，这与贝特所说的"熟谙"相对应。有一部分人扎根于地方，他们熟知本地的一草一木、一花一鸟，他们在这方土地生活也从不借助地图，但他们并没有去表达自己与地方情感的强烈念头，并不会有意识地去观察或思考自己与地方的联系，甚至去记录地方的草木花鸟。与之相反的第二种方式便对应贝特所说的"记录"。颇为耐人寻味的是贝特所说的"命名"，贝特认为它处于希尼所说的两种方式之间，是协调"素朴生活"与"自主记录"之间的张力。贝特认为"为地方命名不仅仅指登记所知道的名字，还包括一种更宽广的命名意识，这种意识包括通过其特点定义一个地方"[2]。一部分人扎根一方水土，熟谙地方，但他们不会有冲动为本地写诗；"命名"者同样扎根于地方，但他对地方有着自我意识，他会审视自己的情感，能够强烈地意识到或思考自己与地方的关系，对于地方的关系是既身在其中又在其外。那么，由于自我意识与地方关

---

① Heaney, Seamus. "The Sense of Place." in *Preoccupations: Selected Prose 1968-1978.* London: Faber and Faber, 1980, p.131.

② Bate, Jonathan. *Romantic Ecology: Wordsworth and the Environmental Tradition.* London: Routledge, 1991, p.87.

系的不同，地方对于所在地之人所构建的意义是不一样的。

人们对土地建立了情感依附和文化共识，产生地方意识，一方水土一旦被称为"地方"，那么它便是人们生活、情感乃至身体的延展，关于地方的物质或文化印记会永久地烙在人身上。但现代社会不可避免地给人们带来各种政治、经济、文化上的冲击，这些冲击使我们与土地逐渐产生了距离，从"熟谙"向"记录"加强的自我意识也因此有了产生和变化的契机，人们也不可能都再以原始或素朴的无意识状态生长于地方、守卫地方。段义孚指出："思考创造了距离。本地人待在家中，沉浸于他们所在的地方的周围环境之中，但是一旦他们去思考地方，地方就变成了他们考虑的'在那里'的一个对象。"[1]在人们似乎越来越远离土地的今日，"地方"在很多情况下已经成为远距离的思考对象，但个体也无法隔断与土地的联系，这种联系是超出物质生存所需的。那么，自我意识该将自身置于何处，我们是否还能依赖地方完成精神的回归？"命名"无疑是一种很好的方式。在《心灵的慰藉》中，威廉斯集中展现了以"命名"的方式将自我意识置于地方，完成精神的救赎。

二

要充分解释威廉斯是如何审视自己与盐湖城及周遭这方水土的关系，如何在面对母亲的绝症时，从地方中得到心灵的慰藉，首先得探索地方如何给予其深刻的亲密经验，塑造其自我身份的认知。亲密经验或对故土的依赖扎根于我们内心深处，但我们很难确切地表达，甚至由于对地方的自我意识强弱的不同，一部分人可能并未注意到这种亲切经验的存在。而文学艺术具有将此表现出来的功能。"人们之所以会出现潜意识性质的却深沉的依恋是因为熟悉和放心，是因为抚育和安全的保证，是因为对声音和味道的记忆，是因为对随时间积累起来的公共活动和家族欢乐的记忆。"[2]《心灵的慰藉》中存在着大量描述大盐湖自然风景的篇幅，这些风景中夹杂着视觉、触觉、嗅觉等感官体验的记忆，同时，

---

① 段义孚：《空间与地方：经验的视角》，王志标译，北京：中国人民大学出版社，2017年，第146页。

② 段义孚：《空间与地方：经验的视角》，王志标译，北京：中国人民大学出版社，2017年，第160页。

作者对地方的描写中也结合了宗教历史和家族亲情，这些构成了作者处于地方而形成的生命经验。

大盐湖是一片超现实的自然风景，是不可侵犯的荒野，它连同周遭寂寞的沙漠，有着独特的野性和宁静。"荒野是自由主体、随性滋长、自然而然的本真存在，能让人们在忘我境界中化身为与自然宇宙万物具有相同性质的物，使人拥抱他者、跨越物种界限。"[①]美国生态诗人加里·斯奈德认为荒野是本真人性的家园，甚至是深层意义上的一种"地方"。世界因能源消耗和资本运作而变得日益拥挤，荒野风景则带给我们更多的意义，威廉斯也曾在《红色：沙漠中的激情与耐心》中通过书写沙漠歌颂荒野，认为荒野对人的心灵有着净化作用，荒野也是美国灵魂中弥足珍贵的一部分。可见其对荒野有着深刻的认知，且影响了她对于自我身份的认知，这几乎源于大盐湖给予的成长体验。荒野是一种本真的自然、原始的沉淀，大盐湖因其荒野性而更能净化当地人的心灵，赋予当地人以回归自然式的感悟力，也将其原始性融入属于威廉斯的"地方"意义之中。

此外，流动性较高的现代人往往对于地方的体验是肤浅的，但大盐湖之于威廉斯意义非凡，对于大盐湖的亲切体验，存在在她关于童年的记忆里。她曾回忆儿时去大盐湖浸泡身体，"渐渐地，我们仰面平躺在清凉的湖水之上，发现刚才欺骗了我们的盐湖现在却如同巨手般支撑着我们。我们就这样仰面在水上漂浮了几个小时，把西部大盆地的蓝天印记于心间。这些儿时的记忆，使得大盐湖一直荡漾于我的心灵之中"[②]。在时间的跨度下，视觉、嗅觉、触觉等感官的直接体验是对于地方感觉形成的重要因素，这些感觉看似转瞬即逝甚至平淡无奇，却被时间赋予价值，已在无意识间融入一个人的骨骼和肌肉之中。于是乎大盐湖与身体已融为一体，以至于威廉斯在书中多处表现大盐湖也如同自己一样有着性格或灵魂，并与她血脉相连。

如果说大盐湖是如神灵般静态的存在，那么周遭的鸟类便是"大地和上苍

---

① 段义孚：《空间与地方：经验的视角》，王志标译，北京：中国人民大学出版社，2017年，第105页。

② 特丽·威廉斯：《心灵的慰藉：一部非同寻常的地域或家族史》，程虹译，北京：生活·读书·新知三联书店，2010年，第30页。

之间的媒介"①一般的动态生灵，它们与威廉斯共同拥有一部自然史。环绕着大盐湖的湿地为北美的鸟类提供了栖息繁殖之地，这片湿地即熊河候鸟保护区。威廉斯对这片风景和鸟类了如指掌，观鸟甚至是她日常生活和工作的一部分，长年累月与鸟儿为伴，她对候鸟保护区鸟类的熟悉程度已经到了"常常是在没有看到一个物种之前，我就早已感觉到了它的存在"②。鸟儿对于她而言，已不是人类世界之外的另一个物种，而是融入她心灵的一种意象，成为她身份意识的一种象征。在一个地方根深蒂固，那么能引起她想象的自然之物皆与心灵融为一体，与大盐湖一样，鸟儿是代表地方的象征之物，它是能提供情感显现的形式。较之于人，鸟儿更接近或属于自然界，而它又作为能行动的动物与人共栖于地方，因而与大盐湖不同的是，它更像是连接人与土地的精神媒介，各种各样的鸟儿给地方中人各种情感的寄托提供了实际意象。大盐湖水位的持续上涨可能导致鸟儿逐步失去家园，与此同时，母亲的癌症也逐渐恶化。威廉斯对两者的担忧是联结在一起的。

"地方"作为"感知价值中心"，被人们赋予文化内涵，宗教是其中的重要因素。"来自不同文化的证据表明，地方是具体的——与某个特定的建筑集聚区联系在一起，无论置身何地，人们都认为它不仅是自己的家，而且是他们守卫的神灵的家。建造一座城市的最初的灵感就是要与诸神同在。"③大盐湖流域生活的是摩门教徒，这片环境恶劣的土地是威廉斯的祖先们所选择的"上帝之土"，她在书中写道："与世隔绝，沙砾遍地的一方水土正是摩门教徒寻求的地方。一片没人想要的土地意味着宗教自由以及可以任意组建摩门社区而不受迫害。"④摩门教徒在这片土地扎根，获得宗教自由，当他们遇到天灾时，加州鸥曾从天而降，帮助他们清除了蟋蟀，保护了庄稼。段义孚认为"这种地方类型的宗教

---

① 特丽·威廉斯：《心灵的慰藉：一部非同寻常的地域或家族史》，程虹译，北京：生活·读书·新知三联书店，2010年，第105页。

② 特丽·威廉斯：《心灵的慰藉：一部非同寻常的地域或家族史》，程虹译，北京：生活·读书·新知三联书店，2010年，第19页。

③ 段义孚：《空间与地方：经验的视角》，王志标译，北京：中国人民大学出版社，2017年，第150页。

④ 特丽·威廉斯：《心灵的慰藉：一部非同寻常的地域或家族史》，程虹译，北京：生活·读书·新知三联书店，2010年，第75页。

鼓励它们的信徒建立一种强烈的过去感，以及适当的家族感和连续感"①。宗教历史、祖先故事和鸟的传说赋予了地方神圣感，这种神圣感使得地方加深了人们的身份意识和传承精神。

在《心灵的慰藉》中，大盐湖、鸟类是这块土地的自然象征物，与它们的亲密相处形成了威廉斯对地方在感官上独一无二的亲密经验，这种感觉深入血脉，它们也是威廉斯地方感觉的直接触发点，宗教或祖先历史则增强了人的身份意识，升华了对土地的神性理解，也构成了对这方水土更为忠诚的情结。地方与威廉斯血脉相连的关系为她能够在自我意识对地方的审视中获得心灵的慰藉做好了铺垫。

三

厄秀拉·海斯谈到地方的"文化构建论"（cultrural construction）是"围绕着一个假设而展开，即地方并非先于人类理解而存在，它主要由那些创建它们的具体社区的文化惯例所塑造，而非由资本主义经济体制所塑造"②。笔者认同"地方"的概念由文化所构建，地方不同于自然，对地方的依附模式受文化或人类干预影响，加强与地方在身心上的密切联系，并不是纯粹地回归自然，依赖土地而生，而是在文化身份和自我意识下，去思考和加强与土地的联系，即贝特所说的"命名"。威廉斯在《一种无言的渴望：来自田野的故事》中感慨："我们都拥有一片故土，一片我们能够天然理解的风景作为我们的港湾。通过理解地方给予人的安全感，我们可以使自己像树一样稳定不移。"③去理解风景，理解地方给予人的安全感便意味着去审视自己的情感，自我意识正主动参与"地方"的建构，正是在对地方的这种"命名"式的认识中，她认为能"使自己像树一样稳定不移"，即主动获得扎根感和精神的慰藉。

大盐湖位于美国核试验基地的下风口，威廉斯家族中的女性多半患有乳腺癌，《心灵的慰藉》讲述了她陪伴身患癌症的母亲走完人生最后一程的故事。对

---

① 段义孚：《空间与地方：经验的视角》，王志标译，北京：中国人民大学出版社，2017年，第153页。

② 厄秀拉·海斯：《地方意识与星球意识：环境想象中的全球》，李苍贵、虞文心、周圣盛等译，北京：中国社会科学出版社，2015年，第61页。

③ Williams Terry. *An Unspoker Hunger: Stories from the Field.* New York: Random House, 1995, p.12.

于母亲被诊断为癌症晚期的事实，威廉斯首先是本能地抗拒，她无法承受母亲
会在痛苦中走向死亡的事实。同时，单乳家族的厄运也将死亡的信息埋在自己
身上，对于死亡的抵制，让她产生了极大的痛苦。威廉斯对地方的审视，是在
这样的背景下开始的，正如她自己所说，"我讲述这个故事，是为了医治自己，
是为了面对我尚无法理解的事物，是为了给自己铺一条回家的路"①。在这样的回
归旅程下，威廉斯转向了大盐湖和鸟儿。

当地方感觉融入一个人的骨骼肌肉，大盐湖成了威廉斯身体的延展，而当母
亲得癌症带来痛苦之时，她和母亲再次尝试去大盐湖浸泡身体。"我们仰身漂浮
于湖水之上，凝视着天空。尽管刺眼的阳光令我们眼花缭乱，清凉的湖水依然支
撑着我们。我听到了盐水褐虾的喃喃细语，感到了它们那橘红色的毛茸茸的身体
摩擦着我的身体……我们在宁静之中分解和化解，与盐湖水和天空彻底地融为一
体。"②此时威廉斯进入湖中的感觉已不同于儿时，此时的她是带着鲜明的自我意
识的，并能够清楚地意识到"我是大盐湖"③。"我想将湖视为一个女人，视为我本
人，拒绝被驯服"④，"她的爱心，她的温暖，她的呼吸甚至是她搂着我的双臂——
就是浪花、微风、阳光和湖水"⑤，威廉斯在整部书中多次将大盐湖视为她自己，
视为母亲，视为女人。大盐湖水位的上涨是因为人为地破坏它的整体性，家族女
性患乳腺癌也跟核试验基地脱不了关系，自然界的生态体系血脉相连。

进入大盐湖浸泡身体犹如寻找另一个完全依附于大地的自己。加之大盐湖
也因其荒野性而充满原生的能量，在跟湖水亲密接触时，她和母亲试图在宁静
中与自然融为一体，寻求生命的能量。威廉斯曾多次关注到内在能量的问题，
曾讲到要像印度数论派教义中所说的一样，有意识地控制体内的能量，"必须学

---

① 特丽·威廉斯：《心灵的慰藉：一部非同寻常的地域或家族史》，程虹译，北京：生活·读
书·新知三联书店，2010年，序第2页。

② 特丽·威廉斯：《心灵的慰藉：一部非同寻常的地域或家族史》，程虹译，北京：生活·读
书·新知三联书店，2010年，第85页。

③ 特丽·威廉斯：《心灵的慰藉：一部非同寻常的地域或家族史》，程虹译，北京：生活·读
书·新知三联书店，2010年，第26页。

④ 特丽·威廉斯：《心灵的慰藉：一部非同寻常的地域或家族史》，程虹译，北京：生活·读
书·新知三联书店，2010年，第101页。

⑤ 特丽·威廉斯：《心灵的慰藉：一部非同寻常的地域或家族史》，程虹译，北京：生活·读
书·新知三联书店，2010年，第251页。

会为自己留有一席之地"①。当她主动去注视大盐湖时,能够感受到"那有节拍的水浪变成了耗损我母亲的力量"②,当自我意识转向血脉相连的地方时,人能够深切感受到人与土地在能量上的互通性,在这种主动感受中,人获得情感的慰藉,从大地中获得能量的沉淀。"当我观望着一群群细嘴瓣蹼鹬展翅飞往岛上那些宁静的海湾时,我想起了观看母亲睡时的模样,我想象着那些缠绕着她的梦,琢磨着我必须依靠自己的体验方能得知的她所知道的一切。"③因而,由于"地方"是人与土地、人与人的情感凝结中心,那么唯有主动去审视这些血脉相连的关系,并去体验它们在能量上的互通性,才能平衡情感,找到心灵的慰藉之地。

如果说在自我意识的导向下,威廉斯从大盐湖找到了能量和心灵的栖息之地,那么她审视鸟儿获得的是关于人的反思。鸟儿作为这个地方的象征性自然之物是融入她心灵的一种意象,她在观察鸟儿中审视人的各种行为和情感,展开想象,获得关于生命和爱的启示。

首先,威廉斯经常将鸟儿视为自身情感的外化物。她对一只冬日里死去的天鹅展开遥远的想象,"我想象它那颗强壮的心驱使它不分昼夜地向前。我想象它从极地冻原腾飞时深深的呼吸……我想象着湖光激滟的大盐湖像母亲般地呼唤着天上的天鹅,而突如其来的风暴使得它们生离死别,造成千古遗恨"④。翱翔的天鹅是生命的象征,威廉斯想象着母亲对生命的渴望,天鹅的死亡象征着生命的坠毁,她在对天鹅的想象中寄托了她无限的痛苦和悲伤。母亲去世之时,"一群三趾滨鹬在悲伤的浪潮上盘旋"⑤,此时,她用鸟儿的形象来宣泄并诗化内心的悲伤。

其次,威廉斯在鸟儿身上看到了美和希望。"当美洲火烈鸟或粉红色琵鹭时

---

① 特丽·威廉斯:《心灵的慰藉:一部非同寻常的地域或家族史》,程虹译,北京:生活·读书·新知三联书店,2010年,第196页。

② 特丽·威廉斯:《心灵的慰藉:一部非同寻常的地域或家族史》,程虹译,北京:生活·读书·新知三联书店,2010年,第69页。

③ 特丽·威廉斯:《心灵的慰藉:一部非同寻常的地域或家族史》,程虹译,北京:生活·读书·新知三联书店,2010年,第69页。

④ 特丽·威廉斯:《心灵的慰藉:一部非同寻常的地域或家族史》,程虹译,北京:生活·读书·新知三联书店,2010年,第140页。

⑤ 特丽·威廉斯:《心灵的慰藉:一部非同寻常的地域或家族史》,程虹译,北京:生活·读书·新知三联书店,2010年,第271页。

常会像粉红色的落英在碧空中飘逸时，你又怎能抵挡住一颗期盼的心？"[1]漫天飞舞的鸟儿是地方中最灵动的一道风景线，威廉斯把它们视为"大地和上苍之间的媒介"[2]，她经常对着鸟儿祈祷，"我对着鸟儿祈祷是因为我相信它们会把我的心语带往上苍"[3]。在碧空中飘逸的鸟儿如生命一般美好，她在对鸟儿的审美中得到了心灵的安抚，也放飞了对生命的希望。

再次，威廉斯还从鸟儿身上得到精神指引，在鸟儿的陪伴下走向心灵的沉静。"在加拿大黑雁的夜间飞行中，驱使它们向前的是沉静。"[4]她将"沉静"或"宁静"看成生活的内在能量，她在鸟儿身上看到了沉静，也得到了反思，在沉静中逐渐地去尊重死亡，尊重母亲即将离去的事实，"死亡再也不是我所想象的那样。死亡是世俗的，如同出生、性爱，充满了气味、声音和人体的液体。它是肉体渐渐地萎缩和凋谢"[5]。她看到沉思于水中的苍鹭，"风攀上了她的后背，掀起几缕羽毛，但她纹丝不动。这是一只知道如何保护自己的鸟。她已久经风霜。经历了大洪水，现在湖水已回落，这只纯种的苍鹭一直守候在家园"[6]，威廉斯再次得到启示，她要像孤寂的苍鹭一样，用沉静的心去适应自然世界的变化，用沉静的心去面对生死，去守候家园。

用贝特所说的"命名"的方式来观照地方，体现了地方与自我意识的辩证关系，即栖居地方，融入其中，又能意识到生命与地方的关系；自我意识独立自主地去审视地方的一花一鸟，又处在与地方水乳相融的关系中。这就启示着我们要用一种开放的姿态立足地方，又能自主地站在更宏观的高度去审视与地

---

① 特丽·威廉斯：《心灵的慰藉：一部非同寻常的地域或家族史》，程虹译，北京：生活·读书·新知三联书店，2010年，第98页。

② 特丽·威廉斯：《心灵的慰藉：一部非同寻常的地域或家族史》，程虹译，北京：生活·读书·新知三联书店，2010年，第105页。

③ 特丽·威廉斯：《心灵的慰藉：一部非同寻常的地域或家族史》，程虹译，北京：生活·读书·新知三联书店，2010年，第172页。

④ 特丽·威廉斯：《心灵的慰藉：一部非同寻常的地域或家族史》，程虹译，北京：生活·读书·新知三联书店，2010年，第222页。

⑤ 特丽·威廉斯：《心灵的慰藉：一部非同寻常的地域或家族史》，程虹译，北京：生活·读书·新知三联书店，2010年，第258页。

⑥ 特丽·威廉斯：《心灵的慰藉：一部非同寻常的地域或家族史》，程虹译，北京：生活·读书·新知三联书店，2010年，第313页。

方的关系。与地方血脉相连的人在对地方的审视中，不可避免地赋予了地方中的自然之物以人的灵魂与情感，这并不是一种负面的人类中心主义，而是体现了人与土地两者相融合，人们也能从主动审视中找到心灵的慰藉。我国在生态文明建设中反复强调人与自然构成"生命共同体"的思想，而人与地方恰好也处于这样一种共同体之中。威廉斯认为大盐湖是人身体的一部分，或者人是大盐湖的一部分，鸟儿是人情感的显现物，或者人欲化身鸟儿守卫家园，这恰恰体现了在地方中，人与土地或自然的情感至深，这是一种拥有自我意识的地方感，同时也体现了人自觉地与环境重建关系，运用想象而重返自然，从而理解生命和死亡。在文学的功能论层面，她多次在作品中强调用文学来唤醒人的地方感，在《当女人是鸟：54种不同的声音》中，她指出，"讲什么故事能够唤醒人的地方感是我痴迷的问题"[1]。劳伦斯·布伊尔认为"仅仅依靠想象的力量，人们也能对地方产生依附感"[2]，自我意识在此起了重要作用，文学艺术对此做了很好的表达[3]。"地方"与自我意识的如是关系，也是我们回归大地、保护生态家园的重要一步。

---

[1] Williams Terry. *When Women Were Birds: Fifty-four Variations on Voice*. New York: Picador, 2013, p.108.

[2] Buell Lawrence. *The Future of Environmental Criticism: Environmental Crisis and Literary Imagination*. Malden, MA: Blackwell Publishers, 2005, p.72.

[3] 布伊尔在《环境批评的未来——环境危机和文学想象》(*The Future of Environmental Criticism: Environmental Crisis and Literary Imagination*)中认为文学作品能够使人通过想象增强对地方乃至虚拟地方的向往和忠诚。事实上，书写表现出地方意识的作品的创作行为，往往本身就代表着作家的自我意识处于对地方"命名"的程度，而作品就其内容也往往展现了自我意识与地方的关系，这类作品通常是自然诗歌，或带有地方感的抒情诗、散文及小说。

附录二

身体、疾病与诗：论肺结核与济慈诗学①

　　诗歌通常被认为是情感的历史，属于心灵的层面，但实际上，它实实在在地体现了与物质身体的互动关联。正如生态后现代主义学者斯普瑞特奈克（Charlene Spretnak）将"身体"指为"身心"（bodymind）②，身体是物质躯体和精神情感的统一体，这从现代医学的角度看来毋庸置疑。情感不是凭空而生的，它源自身体本身，是一种身体机能。在此话语前提下，我们可以对英国浪漫主义诗学进行新的解读。十九世纪初欧洲肺结核疾病肆虐，肺结核被视为"浪漫病"，甚至成为审美时尚。注重感性想象、崇尚自然的浪漫主义诗学时尚与肺结核有着莫大的关系，以结核病诗人济慈为例，他的诗作和诗论尤为明显地表现出肺结核所带来的身体呼唤。受结核病的影响，济慈的诗作有着其独特的病态美，对自然之美的情感表达也极具身体性。结核病亦影响了他的诗论思想与诗论表达方式中的审美取向，使后者呈现出明晰的身体美学维度，而这些在以往的济慈诗学研究中往往被忽略。这是个必须弥补的欠缺。

---

① 本文于2019年发表在《文化研究》第37辑，系国家社科基金项目"英国自然诗歌传统与当代生态诗歌的兴起研究"（编号：16BWW039）的阶段性研究成果。现收录于本书，内容有所改动。

② 斯普瑞特奈克认为现代世界观很大程度上造成了人与自然环境、身体与心灵之间的断裂，她指出"所谓'身体'，我指的是统一的身心；所谓'自然'，我指的不是科学上的理论体系或文化中所感知到的胁迫恐惧，而是我们的物理环境，它与我们的身体密不可分"，认为解决一些现代性问题应该回归身体与自然，回归其物理性质和物理背景。参见斯普瑞特奈克：《真实之复兴：极度现代的世界中的身体、自然和地方》，张妮妮译，北京：中央编译出版社，2001年，第4—5页。

一、环境、身体与一种时尚的浪漫病

身体往往在日常意识中缺场，当环境带给身体冲突时，它便凸显。凸显了的身体，时刻影响着主体的行为，获得主体与他人的双重关注。文学艺术是主体的创作，那么以身体为介质，文学与环境有着密切的关系。疾病是环境与身体产生不和谐的直接体现，群体普遍的疾病状况是一个时代环境特征的缩影，也影响着审美时尚与诗学时尚的形成。

十九世纪初是济慈所处的年代，这是一个工业革命蓬勃发展的时代，也是一个弥漫着雾霾和异味的时代。工业发展产生大量燃煤需要，大尺度地消耗这些能源造成了空气污染，这是呼吸道疾病最明显的引发之因。《英国史：1688年至今》记载了十九世纪初的英国城市状况："酿酒作坊、硝皮作坊、洗染作坊和其他工厂污染了邻近的河水，使本来人畜便溺气味已很浓的空气又增加了污染的气味。市区烟囱林立，吐出带硫黄味的浓浊黑烟。人们疾病丛生。"①此外，英国的地理特征也使得其气候长期处于潮湿的状态，这种环境亦更容易使人受凉、患病。在这样的时代环境下，结核病曾在欧洲流行了一个多世纪。与中世纪黑死病相对应，它在当时的欧洲被称为"白色鼠疫"，是造成死亡的主要疾病。肺结核是一种传染病，是结核病中最常见的一种，初期没有明显症状，而随着病情的进展，病人经常食欲不振、全身疲乏，却时而亢奋，形象上面色苍白，身体清瘦，又时而潮红，最终油尽灯枯而亡，是一种慢性消耗性疾病。苍白纤瘦、情绪敏感，持续的病痛、缓慢的死亡，这样的症状给病人的气质增添了几分感性而悲情的气息。

耐人寻味的是，结核病不是一种普通的传染性疾病，它被视为一种带有神秘色彩的"浪漫病"，甚至成为审美时尚。结核病患者一开始在社会上层集中出现，这或许是由于贵族或艺术家本身体质较为柔弱，抵抗能力差，且社交频繁，甚至生活放荡，增加了罹患此类疾病的概率。1943年链霉素发明之前，肺结核一直属于不治之症。"结核病在十九世纪所激发出来的和癌症在当今所激发出来的那些幻想，是对一个医学假定自己能够包治百病的时代里出现的一种被认为难以治愈、神秘莫测的疾病——即一种人们缺乏了解的疾病——的反应。这样

---

① 戴维·罗伯兹：《英国史：1688年至今》，鲁光桓译，广州：中山大学出版社，1990年，第90页。

一种疾病，名副其实地是神秘的"①，这种"神秘莫测"使得结核病更容易使人产生关于死亡的想象和审美上的幻想。故而，肺结核在当时被视为带有贵族气质的疾病，人们从它的症候中获得了美学的价值。身体美学认为"作品将身体—主体的意志客观化了，身体—主体在其中感受到自己感性生命不可穷竭的力量，为自己生命力的强大和丰盈而感到骄傲，欣欣然陶醉于自己的力量感，进入美学状态，这就是美最根本的起源"②。换言之，身体沉醉于作品中的身体力量而产生了美感，身体是审美主体，作品因其包含身体力量而成为审美客体，而艺术家患有结核病的身体对他人而言，是充满身体力量的"作品"本身，疾病刺激身体的短暂性与超越性，再加之结核病独特的症候和高发人群特征，它自然成为一种具有神秘和浪漫色彩的疾病。

一方面，艺术家患有结核病的身体是审美客体，另一方面，这样病患的身体对于艺术家本人而言亦是审美主体，那么如此这般的主体必然使得他们的作品或艺术主张凝结着独特的躯体感，包含着更加使人陶醉的身体力量。中外文学史上，皆有一些身患结核病的作家，如鲁迅、郁达夫、巴金、萧红、济慈、雪莱、劳伦斯、勃朗宁、卡夫卡、加缪等，疾病加深了他们对生命和世界的极端体验，结核病赋予病人的艺术化症候更影响着他们在创作中对于疾病想象的产生和隐喻的运用。英国浪漫主义诗人在作品书写中表现出极度关注自我情感的喷发，渴望生命的自由，向往景色宜人、空气清新的大自然，呼吁从自然中获得身心的慰藉，这完全符合肺结核这种疾病赋予患者在身体感觉上的追求。显然，当时此病的肆虐和对此疾病在审美上的推崇之风影响了浪漫主义诗学，并与此产生互动关联。由于患有结核病的艺术之躯成为审美客体和审美主体的双重合一，一些浪漫主义诗人在此般情况下构筑了独特的审美倾向，赋予死亡以美和浪漫。结核病进一步刺激了患者对死生和时间的诗性感受细胞，它是一种热情病，一种消极病，一种浪漫病，一种灵魂病。这种疾病和济慈尤其有着不解之缘。1810年，济慈照顾患了肺结核的母亲，并眼看着此病夺走了她的生命。1817年，他的三弟也患上了肺结核，济慈亦亲自照顾直至第二年弟弟去世，他

---

① 苏珊·桑塔格：《疾病的隐喻》，程巍译，上海：上海译文出版社，2003年，第6—7页。
② 王晓华：《身体美学导论》，北京：中国社会科学出版社，2016年，第36页。

自己也因此感染上这种传染病。①1819年，济慈出现明显的肺结核症状。第二年，济慈多次咯血，赴意大利疗养。1821年，济慈在罗马因肺结核病逝。济慈的绝大多数名篇如《冷酷的妖女》《赛吉颂》《夜莺颂》《希腊古瓮颂》《秋颂》等都写于1819年，皆是患肺结核之后所作。

　　疾病是生命机体与环境所产生的矛盾在身体上的直接显现。疾病可以生成一种身体美学，使病态之躯浪漫化，英国浪漫主义时期的肺结核病审美时尚即如此。它通过引发审美主体的身体感，而催生出审美对象的病态美，同时，患病之躯是创作的主体，那么疾病又影响了诗人或艺术家的创作。桑塔格等学者虽已探讨过身体疾病如何成为一种文学隐喻，然而，肺结核能够作为一种审美对象，并非仅仅是诗人或艺术家将其在作品中反复隐喻化而产生的结果，而是因为其作品本身就包含了疾病化的特征，换言之，即环境和肺结核实实在在影响了作品的呈现。

二、疾病、身体与诗语的症候

　　从济慈与肺病的接触经历可见，不仅亲人陆续因此离去，在他的记忆里埋下了关于此病的伤痛联想，此病更是直接发生在济慈身体上并将他推向死亡的深渊。按照神经力学的观点，刺激能引起说出词语的兴奋，从身体现象学角度来看，当身体被视作作为表达的身体，不同语言的语音、语法结构不是展示了一种随意的约定，而是表示了身体体验世界的各种方式。②故而，诗歌语言的选择必然深受身体状态的影响，疾病使得这一影响更为凸显，身患肺结核的济慈，自觉或不自觉地赋予诗歌肺结核病人独有的病态气质。再进一步看，身体

①　学界通常认为济慈在照顾三弟托姆的日子里被结核菌感染，即1817或1818年。事实上，济慈在1817年10月28日至30日写给贝莱的信中提到"我身体还没好到能抵御可能袭来的夜雨"，这不是一般22岁的健康青年该有的身体状况，因此极有可能是肺结核初期畏寒之症状，这可能是其肺病症状的最早记载，参见济慈：《济慈书信集》，傅修延译，北京：东方出版社，2002年，第43页。此外，1817年，济慈在《"英国多快乐！我感到由衷满意"》这首诗歌中亦写道，"但有时我仍恹恹地想去寻觅/意大利天空，内心叹息着渴望"，参见济慈：《济慈诗选》，屠岸译，北京：外语教学与研究出版社，2012年，第89页。意大利在当时被视为疗养肺病之地，"恹恹"（languishment）则表现了诗人有时处于衰弱无力的状态，而疲劳和不适感是肺结核病人最初出现的典型症状。因此本文姑且认为1817年10月济慈已患有肺结核病。

②　梅洛-庞蒂：《知觉现象学》，姜志辉译，北京：商务印书馆，2001年，第224页。

在疾病的刺激下，加强了对生命之有限性超越的渴望，"这种超越不是空间性的活动，而是生命意境的建构：通过身体的精神活动，人可以象征性地涵括宇宙，参与存在生成的游戏，欣欣然与万物为伍，并因此满足自己对终极关怀的渴望"①。作诗是济慈的精神活动，是其身体意志的转化，更是其生命意境的构建。肺结核对身体的超越渴望有着强大的催化作用，诗歌语言由此通过身体这一介质而明显带上了疾病因素。质言之，济慈的大部分诗歌可视为肺结核与其他行为因素共同产生的一系列情感的身体体现，即诗歌呈现出肺结核症状在文字上的蔓延。事实上，我们可以发现济慈的诗歌语言正如疾病本身，同样具备着肺结核的症候。

肺结核的临床表现特征显明，典型表现为咳嗽、胸痛、呼吸困难、发热。这些症状时常表现在济慈诗歌中所刻画的人物身上，尤其是1818年和1819年，诗人身体出现明显的肺结核症状后。从体征上来看，肺结核病人通常面容苍白憔悴，时而潮红，"有中毒症状的病人可表现为上午面色苍白，下午面颊潮红；重症病人面色憔悴，有的口唇紫绀；胸膜炎初期病人表情痛苦；自发性气胸病人表现痛苦而焦躁；大咯血后的病人面白如纸，表情紧张；肺心病病人面容浮肿紫绀"②。如此痛苦憔悴的面容形象经常出现在济慈笔下。在他的诗作中，"苍白"（pale）一词出现频率非常之高，如《赛吉颂》中"嘴唇苍白，沉迷于梦幻"③，《夜莺颂》中"青春渐渐地苍白，瘦削，死亡"④，《忧郁颂》中"别让你苍白的额头把龙葵野草/——普罗塞嫔红葡萄的亲吻承受"⑤，《人的季节》中"他也有冬天，苍白，变了面形"⑥，《咏梦——读但丁所写保罗和弗兰切斯卡故事后》中"我见到柔唇苍白……我吻的红唇也苍白"⑦，《冷酷的妖女》中"脸色苍白，独自彷徨"⑧，《圣亚尼节前夕》中"他屈膝跪下来，像一尊雕像，苍白，无

---

① 王晓华：《身体视域与生命美学的伦理构建》，载《美与时代》2018年第5期，第10页。
② 张侠：《肺结核的诊断与防治》，南京：东南大学出版社，2002年，第15页。
③ 济慈：《济慈诗选》，屠岸译，北京：外语教学与研究出版社，2012年，第9页。
④ 济慈：《济慈诗选》，屠岸译，北京：外语教学与研究出版社，2012年，第17页。
⑤ 济慈：《济慈诗选》，屠岸译，北京：外语教学与研究出版社，2012年，第29页。
⑥ 济慈：《济慈诗选》，屠岸译，北京：外语教学与研究出版社，2012年，第105页。
⑦ 济慈：《济慈诗选》，屠岸译，北京：外语教学与研究出版社，2012年，第119页。
⑧ 济慈：《济慈诗选》，屠岸译，北京：外语教学与研究出版社，2012年，第201页。

言"①"怎么你变了！竟这样苍白，忧悒"②，等等。这些诗句皆出自1818年与1819年，即诗人身体出现明显的肺结核症状后。在此期间，济慈在诗歌艺术上发挥出了惊人的创造力和想象力，无论是神话中的女妖，抑或是宗教爱情故事中的男女主人公。他擅长塑造憔悴痛苦的形象，这些人物往往以一种肺结核患者的面貌出现，使得人物的神秘感和梦幻感增强。济慈实则将憔悴、痛苦、虚弱等自身的身体感受通过人物塑造而具象化，这恰巧促成了其笔下的人物形象具有独特的病态美。

在济慈诗歌中，这种病态之美的呈现不同于中国文化中因长期封建专制和女性地位低下而在文学中所推崇的"西施病心""黛玉咳血""文弱书生""弱柳扶风"等病态审美倾向，济慈诗歌所呈现的病态美自身有着两种截然相反的表现：一方面，诗歌中的人物形象通常憔悴不堪，充满倦意和恐惧；另一方面，这些人物或者诗中的"我"却充满着无限的激情和想象，诗歌语言总是源源不断地喷发出生命的热情。这在《夜莺颂》《怠惰颂》《忧郁颂》等诗作中皆有所体现。

如在《夜莺颂》（1819年作）中，诗篇开头的"我"便以结核病患者的形象出现，"我的心疼痛，困倦和麻木使神经/痛楚，仿佛我啜吸了毒汁满杯"③。现实世界的种种烦恼使诗人身心困顿、郁结，诗人向着夜莺倾诉：

> 这里，人们对坐着互相听呻吟，
> 瘫痪者颤动着几根灰白的发丝，
> 青春渐渐地苍白，瘦削、死亡；
> 这里，只要想一想就发愁，伤悲，
> 绝望中两眼呆滞；
> 这里，美人保不住慧眼的光芒，
> 新生的爱情顷刻间就为之憔悴。④

① 济慈：《济慈诗选》，屠岸译，北京：外语教学与研究出版社，2012年，第233页。
② 济慈：《济慈诗选》，屠岸译，北京：外语教学与研究出版社，2012年，第235页。
③ 济慈：《济慈诗选》，屠岸译，北京：外语教学与研究出版社，2012年，第15页。
④ 济慈：《济慈诗选》，屠岸译，北京：外语教学与研究出版社，2012年，第17页。

在自然精灵夜莺清冽悠扬的歌声对比下，现实世界显得尤为让人绝望，"眼枯即见骨，天地终无情"，诗人病中呻吟，感慨万千。瘫痪、苍白、消瘦、死亡、呆滞、憔悴，这无疑是一个极度消极的病态世界，诗人已然陷入精疲力竭的状态。可即便如此，疼痛、困倦、麻木的身心并未使激情完全消失，当诗人转而将注意力集中到夜莺，下一节诗行所呈现的情绪发生巨大的转变，诗人兴致勃勃，借着夜莺的歌声，追寻至美的仙境：

> 去吧！去吧！我要向着你飞去，
> 不是伴酒神乘虎豹的车驾驰骋，
> 尽管迟钝的脑子困惑，犹豫，
> 我已凭诗神无形的羽翼登程：
> 已经跟你在一起了！夜这样柔美，①
> ……

学者通常认为此诗表现了诗人挣扎在痛苦的现实和美的梦幻境界之中，其实诗人这种反差明显的挣扎情绪跟肺结核患者所表现出的症候完全相符。肺结核病人时而疲乏困顿，时而发热或亢奋。处于结核病中的诗人常常麻木烦躁，因此夜莺作为大自然的歌者，它的声音尤能刺激他的听觉，诗歌语言也跟结核病症状一样，时而表现出消沉痛苦，时而却激情洋溢、幻想不止，似乎灵魂随着夜莺的歌声，飞向至美之境，转眼，诗人如梦初醒而又处于麻木中："音乐远去了：——我醒着，还是在酣眠？"②济慈就是通过此般带着结核病症候的语言，用真实的身体感受，营造出感人肺腑的美学效果。

济慈诗歌中的"矛盾"和"挣扎"是一种如黏液般的情绪，而对于一个肺病患者而言，他的诗歌也如"气体病人"一样，对新鲜空气和大自然充满着强烈的身体渴望。

济慈曾写道："对于一个长困在城里的人，/能见到天空明丽而开阔的容颜，/

---

① 济慈：《济慈诗选》，屠岸译，北京：外语教学与研究出版社，2012年，第17页。
② 济慈：《济慈诗选》，屠岸译，北京：外语教学与研究出版社，2012年，第21页。

能在蔚蓝苍穹的微笑下面,/低声做祷告,这可是多么舒心!"①城市空气污浊,雾霾弥漫,能呼吸到新鲜空气,或与自然亲密接触,对一个肺病患者来讲是一件非常具有幸福感的事情。改变环境被认为是治疗肺结核的手段,济慈后期也曾去空气较好的意大利治疗。因而济慈诗歌中与自然的互动,流露着身体的强烈渴望。如他的《秋颂》(1819年9月作),贝特(Jonathan Bate)在《大地之歌》(The Song of the Earth)中认为此诗跟当时环境变好有关,诗歌描绘了一幅秋景生态图,构筑了一个生态系统,诗中的自我消解在生态系统中。②笔者认同贝特的观点,济慈在1819年8月28日致范妮的书信中强调,"这两个月美妙宜人的天气是我得到的最高褒奖"③,"我喜爱好的天气,将它视为对我最大的祝福"④,稀有的好天气使得肺结核患者甚为欣慰,使得他身心极度愉悦,沉浸在秋天的美景之中。"让苹果压弯农家苔绿的果树,/教每只水果都打心子里熟透"⑤,"当层层云霞使渐暗的天空绚丽,/给大片留茬地抹上玫瑰的色泽,/这时小小的蚊蚋悲哀地合唱"⑥,诗歌语言体现出诗人在视觉、听觉、嗅觉、触觉等多重感官和视角下,全身心拥抱秋天和大地,对秋景的沉醉与欣喜之感犹如肺病患者对新鲜空气的渴望一样强烈。正是由于此时的济慈已是个重度肺病患者,环境变好给他带来强烈的身体刺激,才使得此诗体现出诗人全身心沉浸在自然中,达到物我交融的浑然境界,此诗亦成为济慈诗歌的传世经典。

如果说《秋颂》是身患重度肺病的诗人谱写的一曲大自然的天籁交响,"音乐美"是它最为明显的特征,那么《希腊古瓮颂》(1819年5月作)便是身患重度肺病的诗人所勾勒的一幅心灵的世外桃源图,诗歌富有"绘画美"。诗人开篇将古瓮比作未被侵犯而拥有着童真的新娘,全诗对于描绘对象皆呼其为"你",这显然不同于《秋颂》中隐去自我、物我交融的手法,诗人在此诗中营造了一种距离感,他所描绘的画面是遥远的,远离现实的。"绿叶镶边的传说在你的身

---

① 济慈:《济慈诗选》,屠岸译,北京:外语教学与研究出版社,2012年,第57页。
② Bate, Jonathan. *The Song of the Earth*. Cambridge: Harvard UP, 2000, p.107.
③ 济慈:《济慈书信集》,傅修延译,北京:东方出版社,2002年,第374页。
④ 济慈:《济慈书信集》,傅修延译,北京:东方出版社,2002年,第375页。
⑤ 济慈:《济慈诗选》,屠岸译,北京:外语教学与研究出版社,2012年,第33页。
⑥ 济慈:《济慈诗选》,屠岸译,北京:外语教学与研究出版社,2012年,第35页。

上缠，/讲的可是神，或人，或神人在一道，/活跃在滕陂，或者阿卡狄谷地"①，古瓮首先映入眼帘的是"绿叶镶边"，阿卡狄（Arcady）是田园诗中所描绘的牧人的家乡，济慈在此诗中亦将古瓮上的图景作为一种阿卡狄式的环境幻想。面对绿叶镶边的画面，济慈写"那些树木也永远不可能凋枯"②，而在第三节中，他更是发出了强烈的呐喊：

> 啊，幸运的树枝！你永远不掉下
> 你的绿叶，永不向春光告别；
> 幸福的乐手，你永远不知道疲乏，
> 永远吹奏出永远新鲜的音乐；
> ……
> 这一切情态，都这样超凡入圣，
> 永远不会让心灵餍足，发愁，
> 不会让额头发烧，舌干唇燥。③

通过大量呼语的使用，以及几个连续的"永远"，表达了济慈对乌托邦世界的强烈渴望，而这样的世界是以绿意环绕为前提的，济慈首先呼唤的是树枝和绿叶永不凋落，从当下生态批评的视角看来，这无疑透露着诗人朴素的生态关怀。"额头发烧，舌干唇燥"无疑是结核病的症状，诗人在不经意间恰恰透露了自己的身体状况，也即透露了对理想中绿意环绕的生态乌托邦产生强烈渴望的重要原因。

在此诗的最后一段，济慈写道："树林伸枝柯，脚下倒伏着草莱；/你呵，缄口的形体！你冷嘲如'永恒'/教我们超脱思虑。冷色的牧歌！"④古瓮作为一件"物"而沉默不语，但它提供给我们关于美的永恒范式，对于诗人而言，古瓮使他心目中的阿卡狄和田园牧歌得以具体呈现，并且它是永恒存在的，因此诗人接着写道："等老年摧毁了我们这一代，那时，/你将仍然是人类的朋友，并且/会

---

① 济慈：《济慈诗选》，屠岸译，北京：外语教学与研究出版社，2012年，第23页。
② 济慈：《济慈诗选》，屠岸译，北京：外语教学与研究出版社，2012年，第23页。
③ 济慈：《济慈诗选》，屠岸译，北京：外语教学与研究出版社，2012年，第25页。
④ 济慈：《济慈诗选》，屠岸译，北京：外语教学与研究出版社，2012年，第26—27页。

遇到另一些哀愁，你会对人说 /'美即是真，真即是美'——这就是/你们在世上所知道、该知道的一切。"[①]身患肺病的诗人难免有着对生命易逝的感伤，但他直言古瓮是永恒的，它永远是人类的朋友，质言之，古瓮寄托了济慈对于牧歌式的理想世界或自然之美的永恒期许。"美即是真，真即是美"，这是济慈的名句，学界历来对它有着五花八门的解读。在笔者看来，这是古瓮所表达的真理以及给予世人的启示，而济慈所说的"真"（truth），是他反复期许的"永恒"，也即"自然"。济慈认为美是一种真理，它恒久存在，就好比古瓮提供给我们关于牧歌式世界的永恒幻想，换言之，这表现了济慈对于自然之美的强烈渴望。

济慈的诗歌语言明显带有肺结核的症候，反映了诗人深切的身体体验，它是肺结核的病症在文字或语言上的呈现。诗歌和诗人共同呈现为时而面色憔悴，时而发烧兴奋，又时时充满着对健康、新鲜空气、大自然的强烈渴望。肺结核加深了自然之美对于济慈感官的刺激度，给予他独特的创作灵感。济慈的诗歌便如此带着疾病的症候，带着消沉、热情和渴望的情绪，去思考世界与自然、生命与死亡，真切感人而具诗学上的独特性。

三、肺结核与济慈诗论中的身体美学维度

在肺结核的影响下，济慈书信中所表达的诗论思想亦呈现身体性特征。身体现象学认为"身体是这种奇特的物体，它把自己的各个部分当作世界的一般象征来使用，我们就是以这种方式得以'经常接触'这个世界，'理解'这个世界，发现这个世界的一种意义"[②]。我们于日常中虽意识不到身体知觉在赋予任何事件意义时所起到的直接作用，然身体毫无疑问地参与了我们理解世界的全部过程。从纯粹感性意义上来讲，疾病使病人对生命产生更为深刻的认识，而从身体角度而言，疾病在无意识中也改变了诗人认识世界的知觉参与模式与身体渴求，正如大卫·莫朗所说，"肺结核，寻找无意义成为意义，或者给无望的痛苦和死亡寻找希望，因而被视为创造才能的先决条件"[③]。肺结核早期对济慈产生

---

① 济慈：《济慈诗选》，屠岸译，北京：外语教学与研究出版社，2012年，第27页。

② 梅洛-庞蒂：《知觉现象学》，姜志辉译，北京：商务印书馆，2001年，第302页。

③ Morens, David. "At the Deathbed of Consumptive Art," *Emerging Infectious Diseases*, 2002, 8(11): 1354.

深刻的心理印象，最后又使其切身受此折磨，在这种特殊疾病的作用下，随着身体的逐渐消耗，他对诗歌创作和诗歌艺术产生了身体美学维度的体会。

济慈在书信中提出的"消极感受力"（negative capability）是济慈诗论的核心。1817年11月22日，济慈在信中写到自己常陷入麻木的情感状态中：

> 亲爱的贝莱，我请求你，要是以后你观察到我显得冷漠，别认为我是无情无义，而要把它看成是我的心不在焉——因为老实告诉你，我有时会整整一星期都陷入情感的麻木之中——而且，这种一直以来的表现使我开始怀疑自己，怀疑自己在其他时刻流露出来的情感是否真实——觉得这不过是看苦情戏流下的无聊眼泪——[①]

1817年12月21日或27日，他在信中提出"消极感受力"：

> 一些事情开始在我思想上对号入座，使我立刻思索是哪种品质使人有所成就，特别是在文学上，像莎士比亚就大大拥有这种品质——我的答案是消极的能力，这也就是说，一个人有能力停留在不确定的、神秘与疑惑的境地，而不急于去弄清楚事实与原委。[②]

学界多从创作主体和客体、理性和感性等角度进行分析，认为济慈提倡主体要排除理性、逻辑等自我干扰，摆脱强烈的自我意识，这样才能打开想象力，去感受美、抒写美，达到物我交融的境界，但较少有学者探索这种独特的诗论形成的原因。

国外已有学者从医学的角度来研究济慈的诗论，格里高利·泰特（Gregory Tate）认为十九世纪医学教育强调医生在手术中要克服对病人痛苦的同情，济慈诗论和诗歌中处理主客体的关系，即如何克制感情、调和情绪，如何介入客体，皆跟他早年所接受的医学训练有关。[③]学医之人的确对自己的身心感受特别敏感，在济慈那个年代，医界多会使用鸦片或酒精来麻醉动手术的病人，"'麻木'之

---

① 济慈：《济慈书信集》，傅修延译，北京：东方出版社，2002年，第53页。

② 济慈：《济慈书信集》，傅修延译，北京：东方出版社，2002年，第59页。

③ Tate, Gregory. "Keats, Myth, and the Science of Sympathy," *Romanticism*, 2016, 22(2): 191-202.

类词语频繁在济慈诗歌与书信中出现，与济慈的医学背景大有关系"①。而我们根据济慈自身身体状况来思考，他书信中提到自己时常处于"麻木"的状态，这也符合肺结核病人的初期症状。肺结核病人初期"往往在不知不觉中开始出现周身不适、疲倦、无力、盗汗、消瘦、纳差等症状，但易被误认为因气候变化、过度疲劳或感冒所致"②。周身不适，疲倦无力，换言之，即身心出现怠惰或麻木的感觉，结核病使济慈身体不适，出现疲惫与无力之感，显然会导致他情绪上的"心不在焉"。情感依赖于身体，建立在肺结核之上的麻木、怀疑之感，可视为结核病症在情感上的蔓延。此般身体状况进而影响了济慈对文学创作的独特思考。

"麻木"的状态在诗学上通常被视为济慈主张的创作情绪状态，是"消极感受力"的前奏，而"消极感受力"是济慈进一步提出的把握事物的一种能力，是种认知反应。所谓的"消极"并不是指一般意义上的"消沉"，而是诗歌创作中主体的一种隐遁式介入，即主体能够稳定地处于感性直观之中，哪怕是"不确定、神秘与疑惑"的境地，它不再强调依赖理性和逻辑的把控，这样也有助于使想象力更为自由。这看起来似乎与中国古代诗学中的"心斋""忘我""不求甚解"有着异曲同工之妙。此处的"消极"虽然不同于社会学意义上"积极"的对立面，但"negative"从用词本意出发必然是指偏于负面的一种状态，济慈强调的境地是"不确定、神秘与疑惑的"，这也没有"心斋""忘我""不求甚解"中的那种道家和禅宗式的放松宁静与怡然自得。从"麻木"到"消极"，撇开关于这些词的形而上猜测，如此状态显然是一种"直白"的身体感受。

联系他当时的生活和身体状况，济慈一方面眼看弟弟托姆已患肺结核，一方面自己也已感染，且"肺结核病人常发生失眠现象，主要是因为焦虑、恐惧、失望等心理上的创伤所引起"③。对亲人和自身健康的忧虑不得不使其产生心理焦虑，学医出身的济慈，对这方面是特别敏感的，他在1818年1月5日（即之后十

---

① 傅修延：《济慈诗歌与诗论的现代价值》，北京：北京大学出版社，2014年，第51—52页。

② 张侠：《肺结核的诊断与防治》，南京：东南大学出版社，2002年，第12页。

③ 济慈：《济慈诗选》，屠岸译，北京：外语教学与研究出版社，2012年，第13页。

来天）给弟弟们的信中就有提及健康问题①。患病初期的怠惰麻木，继而转为消沉无力，又夹杂着对未知的恐惧和疑惑，这样的身体感知直接作用在对文艺和诗歌的思考上，与"消极感受力"之说形成一种呼应。梅洛-庞蒂认为知觉先于人的思维，"关于意识，我们不应该把它设想为一个有构成能力的意识和一个纯粹的自为的存在，而应该把它设想为一个知觉的意识，行为的主体，在世界上存在或生存"②，按照身体现象学的阐释，思维是知觉作用下的思维，理性分析实则起源于身体知觉，那么济慈提出"消极感受力"，极有可能是因为背负肺结核病的身躯消磨了主体的理性探索欲，给予了感官以释放更大感受空间的可能，这恰巧促成了济慈独特的诗学主张。由此可见，"消极感受力"亦并非如一些学者所认为的那样，表达了诗人强调排除自我的主张，在结核病的身体感受影响下，济慈实则认为应调和思维与感官之间的张力，使自我达到自然的状态，才能打开想象，以感性身体获得事物的"美与真"。诚然，济慈的"消极感受力"言说也如同济慈本人，带着明显的结核病气质。

此外，肺结核病人对大自然的渴求也影响了他的诗论，这与前述中济慈自然诗歌与结核病的关联一脉相承。济慈的诗论在表达方式上别具一格，他在谈论诗歌时，喜欢引喻自然之物来表达观点，仿佛只要是关于诗歌和艺术的深层思考，都体现着他与自然的紧密联系，他的诗论中蕴含了身体对于大自然和良好环境的期许。从他的书信中，我们可以看到大量引据自然之物来阐释诗学思想的例子。

其一，济慈的诗论犹如诗歌本身那样生动形象，丝毫没有佶屈聱牙之语，他将诗论探讨置于"大自然"之中，强调身体感官的放松性和接受性，采用诗性的阐释方式去表现诗学思想。如"这些山峦、瀑布的大小与数量，你在未看到它们之前完全可以想象得到，但大自然的神工鬼斧定然超过任何一种想象，战胜任何一种记忆。我要从这里学诗"③，"让我们切莫急匆匆地乱窜，像蜜蜂那

---

① 济慈写道："今天上午我去看了苏雷，提到托姆的吐血并向他作了咨询，他好像对这些都不甚在意，但要我让你把自己的感觉以及与心悸、吐血及咳嗽相关的症状向他作详实报告——假如你有这些情况的话。"并在结尾叮嘱"记住早点给苏雷医生写信"。参见济慈：《济慈书信集》，傅修延译，北京：东方出版社，2002年，第61、65页。

② 梅洛-庞蒂：《知觉现象学》，姜志辉译，北京：商务印书馆，2001年，第442页。

③ 济慈：《济慈书信集》，傅修延译，北京：东方出版社，2002年，第142页。

样不耐烦地嗡嗡作响，在一门知识范围内或所有应到之处四下寻觅；我们所应做的是像花儿那样张开叶片，处于被动与接受的状态"①。延续"消极感受力"的理念，他往往强调感官的放松性和接受性。济慈曾提到自己对什么都无把握，除却对"心灵情感的神圣性和想象力的真实性"，并且认为"想象力以为是美而攫取的一定也是真的"。②济慈把"心灵"和"想象力"指向"真"，联系他所提倡的"消极感受力"，此处的"心灵"和"想象力"并非理智之"思"，而是指向对于身体感官的绝对信任。如蜜蜂般"嗡嗡作响"和"急切乱窜"的状态与虚弱的结核病人显然扦格不入，故而，济慈提倡应如花儿那样静笃伸展，使身体感官处于放松与接受状态，以此打开诗性感悟。

其二，济慈常以比喻言说诗论，在喻体选择上，他的审美偏好总是倾向于采用温和的物象，这亦与结核病人喜欢平和安静的自然环境、温和宜人的天气相符合。"落日使我满心舒畅——要是有一只麻雀来到我窗前，我会分享它的生存，和它一道在地里啄食"③，"诗之形象要像读者眼中的太阳那样自然地升起、运行与落下……如果诗之产生不像枝头生叶那样自然，那它还是不写出来为妙"④。无论是枝头生长叶子，还是落日飞来麻雀，济慈直接联想到的自然之"象"都是平和而温暖的，少有拜伦式的"狂风巨浪""电闪雷鸣"这般猛烈与不羁，也较少表现自然美的"崇高"（sublime）一面，如此偏好较大程度上体现了虚弱的肺结核病人对生态环境的本能渴求，换言之，诗人躯体的生理感受直接影响了他的审美取向。济慈对诗歌和艺术的思考中流露着他对自然或良好环境的渴望，患病的身体状态影响了他对诗歌与艺术的独特感知和表达。

济慈的诗论，无论是"消极感受力"之说，还是对于想象力之"真"的推崇，抑或是引喻自然物象及其物象选择上的审美倾向，皆隐含了肺结核这一疾病因素对诗人身体强烈刺激所带来的影响。以此角度看，浪漫主义的诗学时尚包含了可以进一步探索的身体美学维度。

---

① 济慈：《济慈书信集》，傅修延译，北京：东方出版社，2002年，第93页。
② 济慈：《济慈书信集》，傅修延译，北京：东方出版社，2002年，第51页。
③ 济慈：《济慈书信集》，傅修延译，北京：东方出版社，2002年，第53页。
④ 济慈：《济慈书信集》，傅修延译，北京：东方出版社，2002年，第97—98页。

四、结语

生态批评学者史黛西·阿莱莫（Stacy Alaimo）提出"毒性身体"（toxic body）的概念，认为生态系统中的万物皆有联系，毒素不可避免地存在于人类与非人类的身体，她强调一种"跨体性"（transcorporeality）理论，即以身体为媒介，人类与自然界其他物体间一直存在着食物、空气、水等物质交换。[①]此类概念的提出，旨在以身体为思考点，促进人的认知感，瓦解人与自然世界在文化语境中的分离。济慈疾病下的身躯，是典型的"毒性身体"。英国工业革命带来了弥漫着雾霾和异味的时代，导致了肺病等疾病肆虐，疾病作为一种独特的生命体验，强化了身体意识，拉近了诗人与死亡的距离，从而使人感受到生命意识的突出，身体的短暂性使主体在死亡的阴影中催生出对生命、自然的眷恋与热爱，从而影响了浪漫主义诗学时尚的形成。以身体角度来看，浪漫主义诗学与肺结核的审美时尚背后显然有着深层的生态意蕴。人作为生态系统中的机体，需要赖以生存的自然家园，生态批评强调回归机体本身去思考文化，如海德格尔所言，我们的存在是"向死"的存在，从机体存在的层面而言，人无法避免疾病和死亡，唯一能做的便是用爱抚平恐惧，用实际行动去关爱生命，爱生态家园，履行生态责任，这也是疾病之于文化的最大启示。

[①] Alaimo, Stacy. *Bodily Nature: Science, Environment, and the Material Self*. Bloomington: Indiana UP, 2010, p.18.

后　记

　　时值初冬，可江南的秋意总是热烈得一拖再拖。明明初雪已降，枫叶依然鲜红如血。银杏倒是释然，一阵一阵地落叶，但这落叶的光景因了叶子的色彩，倒显得格外温暖，若是有阳光，这一片片丰满的黄叶更是温柔地闪耀，不娇弱，也不萧索。这个季节，万物将彻底凋零，诗人总在伤感，但我瞧见这些正在凋落的暖色，常常会为这份一拖再拖的生命之意感到兴奋。这一刻，生命是多么自由，这些寒冬中的明艳，不就正如浪漫主义诗人本身吗，铆足了劲释放自己最夺目的色泽，是自由的，简单的，彻底的。

　　一沙一世界，一花一天堂。想必浪漫主义诗人是真心沉醉于大自然的奥妙，在卑微的野花中，看到胜之于泪水的深情。我亦为之感动。这些年与纸中的诗歌、诗人为伴，竟能愈发真切地感受到大自然的施事能力，也变得不常会感时花溅泪，而是对自然怀抱着敬畏，也充满孩童般的好奇。我重新观察它，爱它，也依赖它。我想，肉身凡胎的我们，是那么脆弱，那么灵动，就跟蝴蝶一样，应该快乐地热爱自己，热爱一切生命，跟山川万物建立友谊。我感激学术带给我的领悟，也希望这些思想的粗略表达与话语的粗浅形成，能够影响他人的认知，哪怕是一点点，也会为之庆幸，这是生态批评的使命。

　　这书稿脱胎于我的博士论文，2019年底，我终于完成了博士论文答辩，亦结束了在上海师范大学将近七年的求学生涯。我把师大视为铸就我全部灵魂的圣地，这一方精巧的园地，隐于气象万千的国际大都市中，淡泊而文雅。我就读的比较文学与世界文学学科，拥有郑克鲁先生、孙景尧先生这样的大家。孙先生是中国比较文学的主要奠基人之一，痛心与遗憾的是，在我刚读研一时，孙先生就逝世了。郑先生是著名翻译家、外国文学界泰斗，尽管已过退休年龄，他依然做着翻译工作，清茶青灯，不染俗尘。硕士论文答辩时，他是我所在小组的答辩委员会主席，能够被先生指点一二，深感荣幸。师大人都知道文苑楼亮到深夜的那个灯塔，也似乎已离不开它所散发的光亮，谁都不忍接受先生去世的事实，我亦如此。

在上海师大读研、读博，我大概经历的人生至今为止最为幸运之事，便是成为我的导师陈红教授的学生。老师热爱自然，优雅坚毅、睿智深刻，她用知行合一的姿态，让我感知生活和学问是一体的美学，文学或生态批评研究是快乐且充满意义的事业。更为难能可贵的是，老师性情善良，她让我领略到一位学者最为纯粹、认真和温柔的风度。记得研一时，我因教师资格证考试与上课时间冲突，向老师写邮件请假，老师回复同意且说"你的论文写得很好，要拿来做范文，所以主要是其他同学向你学习"。我生性敏感内向，又有着不知天高地厚的盲目骄傲，在本科期间从不跟任课老师交流，不曾认为老师会看到自己，一直以游离的态度，按部就班地完成学业而已，又以这样的习性开启了读研时光。未曾想到，第一次课程作业能够得到研究生导师这样的肯定，这对我来说是莫大的鼓励，我因自己的文章能被这样的资深教授看到而兴奋不已，也为自己的不学无术而深感羞愧。我想我会走上学术研究的道路，是源于这一刻。后来，同学告诉我，陈老师批那些论文，是一句话一句话看，一句话一句话打分的。是啊，此后的硕士论文、博士论文，老师都是一字一句地批改，尽心尽责，一丝不苟。老师亦时常与我们相聚畅谈，熟知我们禀性，因材施教，诲人不倦，她用最为温柔、善良的方式，帮助我们一步步成长。时光漫长，如此云云，赘述不尽。试问在这样的导师门下，又怎能不产生对学术与生活最为纯粹的热爱？吾遇吾师，说是人生最大的幸事，并不为过。本书即将付梓，我将最为诚挚的谢意与敬意献给她。

此外，书稿的最终完成也离不开以下学者的不吝指导，他们是上海师范大学的朱振武教授、李建英教授、Simon Estok 教授、刘耘华教授、宋莉华教授、施晔教授，以及深圳大学的王晓华教授，山东大学的程相占教授，南京师范大学的韦清琦教授，复旦大学的杨乃乔教授、李天纲教授。感激之情，不胜言谢。

2020年2月，我入职浙江科技学院，5月，我以博士论文为基础，提交了浙江省哲学社会科学后期资助课题申报表，并于10月成功获得立项。一场疫情，终止了我的毕业缅怀情绪，也将我对文学生态学的思考引向更为深刻与直观的境地。我在余论中提到的身体与毒性话语、动物伦理、生态想象，皆为全球性疫情所涉及的重要生态论题。而这些书稿完成于疫情之前，收笔未久，世界便经此灾害，甚是痛心感慨。拙见成书，希望能为促进生态思想的启迪与传播，推进生态文明与生态伦理观的建设贡献微薄力量，也望大方之家给予雅正。

　　秋去冬至，城西山间美如诗画。记得那天晨起，推窗远望，竟是"窗含西岭千秋雪"的盛景，天地有大美而不言，四季总在不经意间降临某些神性的启示。从沪上都市到杭城山林，好似浪漫主义者于城市和自然间的徘徊，行道迟迟，感恩一切境遇。

袁霜霜

2020年12月22日于杭州小和山

图书在版编目（CIP）数据

英国浪漫主义诗歌中的身体与生态 / 袁霜霜著. 一
杭州：浙江大学出版社，2022.1
ISBN 978-7-308-22016-3

Ⅰ．①英… Ⅱ．①袁… Ⅲ．①浪漫主义－诗歌研究－
英国 Ⅳ．①I561.072

中国版本图书馆CIP数据核字（2021）第243940号

英国浪漫主义诗歌中的身体与生态

袁霜霜　著

责任编辑	闻晓虹
责任校对	汪　潇
封面设计	周　灵
出版发行	浙江大学出版社
	（杭州市天目山路148号　　邮政编码　310007）
	（网址：http：//www.zjupress.com）
排　　版	杭州林智广告有限公司
印　　刷	浙江新华数码印务有限公司
开　　本	710mm×1000mm　1/16
印　　张	14.25
字　　数	225千
版 印 次	2022年1月第1版　2022年1月第1次印刷
书　　号	ISBN 978-7-308-22016-3
定　　价	58.00元